KB108535

부치지
못한
편지

부치지 못한 편지

발행일 2021년 6월 18일

지은이 고요한
펴낸이 손형국
펴낸곳 (주)북랩
편집인 선일영 편집 정두철, 윤성아, 배진용, 김현아, 박준
디자인 이현수, 한수희, 김윤주, 허지혜 제작 박기성, 황동현, 구성우, 권태련
마케팅 김회란, 박진관
출판등록 2004. 12. 1(제2012-000051호)
주소 서울특별시 금천구 가산디지털 1로 168, 우림라이온스밸리 B동 B113~114호, C동 B101호
홈페이지 www.book.co.kr
전화번호 (02)2026-5777 팩스 (02)2026-5747

ISBN 979-11-6539-838-5 03810 (종이책) 979-11-6539-839-2 05810 (전자책)

부치지 못한 편지

고요한 지음

북랩 book Lab

내 사랑 솔리에게

프롤로그

당신과의 편지 속으로 들어가며

편지를 정리하며 '이제야 사랑인 줄 알았네' 원고에서 몇 줄을 떼어 왔어요. 프로필에 당신이 내게 피드백을 주었던 단어들이 몇 개 박혀 있어서요. 엊그제 쓴 것 같은데, '사드'라는 단어 하나로 벌써 시의성이 떨어져 아득한 느낌이네요. 당신은 필명 '고요한'을 마음에 들어 했어요. 이름에서 복음의 향이 날뿐더러, 전과는 달리 중국에서 가족을 중심으로 한 삶 자체가 고요했기에 나랑 잘 어울린다고 했어요.

맞아요, 고요하게. 난 예전처럼 달리지 않아요. 그냥 걷기만 하기로 했잖아요. 당신과 손잡고 석양을 향해 함께 걸어가기로 약속했었잖아요.

당신은 '민간 외교관'이란 말도 근사하다고 했어요. 사회적 약자들과의 접점에 비친 남편의 행동을 항상 눈여겨보았고, 그 진중함을 좋아했어요. 당신 또한 본성이 착하고 친절한 사람이에요. 스스로도 민간 외교관이라 생각하며 살 것이라 다짐했고, 실제로도 당신은 그렇게 살았어요. 아이들에게도 바깥에서의 행동거지에 한국인으로서 부끄러움이 없어야 한다고 신신당부했던 건 물론이고요.

당신은 '기술 보부상'이란 이름은 싫어했어요. 유시민 작가의 '지식 소매상'이라는 표현에 착안해 만들었던 '기술 보부상'이라는 직명에서 무슨 장사꾼 냄새가 난다고 했어요. 평소 남편이 하는 일이 무슨 위대한 사명이라도 되는 양 자부심을 품어왔던 당신은, 그렇게까지 스스로를 비하할 필요는 없지 않냐며 몹시 속상해했지요.

'오늘이 고작 72일째인데, 당신에게 쓸 편지가 벌써 바닥을 보이고 있어요. 미안해요, 여보. 당신을 향한 내 사랑의 크기가 겨우 이것밖에 안 되다니! 나 정말 한심한 인간이군요!'

'백 일까지는 매일 편지를 보내겠다고 다짐했어요. 하지만 80일가량이 지나던 어느 시점부턴가 그 무게가 여간 버겁게 느껴지는 게 아니더군요. 시간이 부족했어요. 하루가 짧게 느껴지더군요. 덕분에 새벽 3시 기상시간을 좀 더 잘 지키게 됐고, 마감시간에 쫓기는 작가와 평론가들이 느낄 법한 압박감에 대해서도 조금은 이해하게 됐어요. 백 일의 약속을 지킬 수 있었다는 건 오로지 당신과의 사랑 이야기가 결코 적지 않았다는 사실을 말해주고 있어요. 고마워요, 여보!'

말초혈관 속까지 여전히 이과생의 피가 흐르고 있는 나로서는 결코 쉽지만은 않았어요. 중간중간에 이렇듯 고비들이 있었지만, 각고의 시간을 뚫고 여기까지 왔어요. 가슴 아픈 날들이었지만 하루가 살아졌어요. 당신에게 편지를 쓰고 가족들과 공유하며 하루하루가 보람찼어요.

첫 100일 동안은 매일 한 통의 편지를 썼어요. 이후로 1주기까지 매주 한 통꼴로 당신에게 보냈고요. 당신과 한 약속이니까요. 엄밀히 말하면, 당신과의 약속이라고 공언함으로써 결연한 내 의지를 줄곧 공고하게 다져온 셈이죠. 이렇게 오늘 그 148번째 편지를 보내요.

아침마다 보낸 내 글에서 오타라도 발견하는 날이면, "고요한 작가, 오타 작렬!" 하며 오전 내내 그렇게도 신나 했던 당신. 귀여운 당신. 내 글의 영원한 애독자임을 자처해왔던 너무나도 보고 싶은 사람.

목차

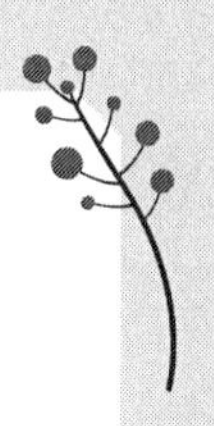

2장 당신 없이도 꽃이 피던 봄

3장 당신 없이 애타는 남국의 여름

5장 당신을 두고 저만 돌아온 겨울

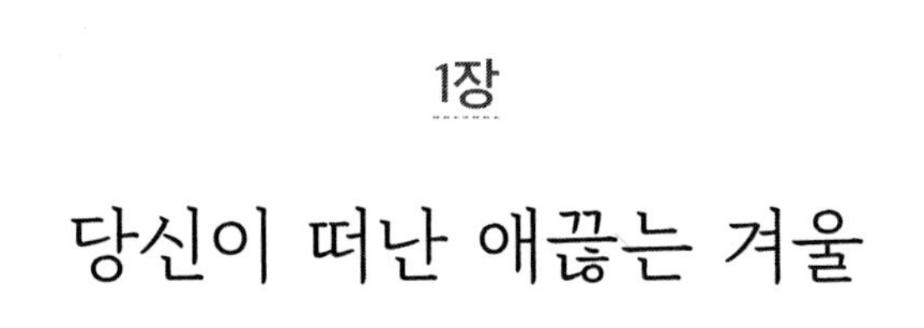

1장

당신이 떠난 애끓는 겨울

1. 갇혀있기보다 흐르고 싶어요

KTX를 타고 내려가는데, 작은 처남으로부터 전화가 와요. 눈물을 훔치고 객실 밖으로 나갔어요. 몇 가지 급하게 결정해야 할 것들이 있는데, 매형의 의견이 중요하다는 거예요. 정신을 가다듬어야 해요. 당신에게 가 있는 영혼을 전화기 속으로 데려왔어요.

첫 번째는 삼일장으로 치를 건지 그 이상으로 할 건지예요. 매형의 문상객이 많다면 사일, 오일장도 가능하다는 거예요. 나는 당신이 여러 사람에게 알리는 걸 원치 않을 거라고 했어요. 처남을 통해 어른들 의견을 물으니 역시 삼일장이라 했어요. 두 번째 문제는 매장인지 화장인지예요. 당신과 평소에 나눈 이야기들에 따르면 당신이 원하는 건 화장이었어요. 이 역시 처가 어른들과 의견이 일치하는 사안인지라 쉽게 결정이 됐어요. 세 번째는 납골당이냐 땅에 묻느냐예요. 내 유언은 강이나 바다에 뿌려달라는 거잖아요. 당신과도 글과 대화를 통해 서로의 의견을 몇 차례에 걸쳐 나누었잖아요. 하지만 지금 이 순간 당신의 뜻이 떠오르지 않아요. 당신이 자신의 생각을 말하지 않은 것인지, 아니면 내가 기억 못하고 있는 건지 모르겠어요. 납골당으로 해두면 후에 땅에 묻을 수도 있고 뿌릴 수도 있겠다는 생각이 퍼뜩 들어, 납골당으로 하겠다고 했어요.

"납골당으로요?"

하고 처남이 말을 맞받자, 수화기 너머로 장인어른과 처삼촌의 웅성거리는 소리가 높아졌다가 다시 잠잠해져요. 마지막은 장지에 관한 것인데, 후보지 두 곳을 알려주네요. 내가

"생각해본 적 없는데…."

하고 말끝을 흐리자, 삼촌이 전화를 넘겨받아요. 두 군데 중 자양공원이 이러저러한 입지조건으로 해서 좋겠고, 평장을 해야 하는 이유에 대해서도 조목조목 설명을 하시는데 귀에 들어오지 않아요. 그러고는 대뜸 고 서방은 갈 데가 따로 있는지 물으시더니, 내가 뇌를 채 가동하기도 전에 우선 당신 것과 나란히 두 기를 얻어두었다가 언젠가는 곁에서 함께하는 게 좋지 않겠냐고 해요.

"어른들 뜻이 그러시다면 그렇게 하겠습니다."

하고 전화를 끊었어요.

조문객들의 발길이 뜸한 사이 삼촌이 나와 처남들을 유족 대기실로 불러요. 긴박하게 결정해야 하는 사안들이라 다소 강압적이었다고, 지금이라도 바꾸고 싶은 게 있으면 바꿔도 된다고 해요. 내가 괜

찮다는 말을 하려는 동시에

"작은아버지! 계약금 이미 보냈는데요!"

하는 처남의 목소리가 귓전을 때려요.

발인이 끝나고 화장공원으로 이동하는 중에 처남이 결정해야 할 사안이 한 가지 더 남았다고 해요. 유골을 자기함에 넣을 건지 나무함을 쓸 건지예요. 자기함은 이장이 가능하고 나무함은 빠른 속도로 자연으로 돌아간다는 거예요. 당신의 마음은 여전히 알 수 없지만, 이미 내 뜻과는 상당히 다른 길로 와버렸는데, 지금 와서 어떤 함을 쓸지를 결정하는 게 무슨 의미가 있나 하는 생각이 들었어요. 화장공원에 도착해 수속을 밟으러 가는 처남을 불러 세웠어요.

"촉박한 시간 안에 일련의 힘든 결정들을 내려오셨는데, 이 부분도 어른들 뜻이 있다면 따르겠네."

하자, 대번에

"그럼 나무함으로 하겠습니다."

해요.

공원묘지에 홀로 당신을 두고 돌아오는 운구차 안에서 온갖 상념들이 한꺼번에 나를 공격해왔어요. 눈물이 하염없이 흘러내렸어요. '아아! 당신은 사람 많은 곳 싫어하는데!', '언제가 될지도 모르며, 내가 오게 될 때까지 얼굴 한번 본 적 없는 사람 옆에 마냥 혼자 묻혀 있어야 한단 말인가? 칸막이도 없이?' '당신은 내 유언 가운데 '갇혀 있기보다 흐르고 싶어요'라는 표현이 좋다 했는데!'

2. 중국으로 돌아오는 곳곳에서 만난 당신

인천공항으로 향하는 리무진에서 신혼여행 때가 생각났어요. 24년 전 그때는 김포공항 국제선 청사였죠. 당시 신혼부부들의 유니폼과도 같았던 커플룩이 싫다며 우린 청바지만 맞춰 입었어요. 아아! 작은아이가 졸업하는 내년엔 우리의 신혼여행지였던 태평양의 섬나라로 둘이 다시 은혼여행 가기로 했잖아요!

공항에 발을 딛는 순간, 지난가을 당신에게 보낸 생일 편지의 한 구절이 떠올랐어요.

신혼 때 종종 우스갯소리로 했던 말이 생각나요.

"우린 생일은 다르지만 기일이 같은 삶을 살자. 우리 제사가 일 년에 꼭 두 번 있을 필요는 없잖아? 한 번이면 족할 거야. 마음대로 되는 건 아니겠지만 말이야. 병으로 누구 한 사람이 먼저 가지 말고, 살 만큼 살았다 싶으면 그때부터 마구 여행 다니는 거야. 그러다 한날한시에 손잡은 채로 떠나는 거지."

아이와 탑승수속을 마치고 출국장 쪽으로 향하는데 공항 약국이 눈에 들어와요. 한번 출국할 때마다 당신은 6개월에서 1년 치의 가족 상비약을 챙겼어요. 약을 한 꾸러미나 사 들고 당신이 약국 앞에서 있어요!

보안 검색대를 지나는데, 먼저 통과한 작은애가 공항 보안요원 앞에서 캐리어를 열고 있는 모습이 보여요. 또 다른 요원이 내 캐리어도 가리키며 주인이 누구인지 묻네요. 내가 한 걸음 다가서자 열어봐도 되겠냐고 물어와요. 100ml 넘는 액체류가 있다고 해요. 꺼내 보니 내 건 바디로션이고, 작은아이 건 스킨로션이네요.

"나가서 수하물로 부치시든지, 버리셔야 합니다."

요원이 녹음된 목소리를 들려주듯 말하자, 순간 고민에 빠졌어요.

"뽕아!…. 그냥 버리자."

아이의 얼굴이 뾰로통해지더니,

"엄마가 사준 건데~" 해요

"…"

넋이 나간 채 피동적으로 출국심사를 마치고 나오자, 그제야 아아! 바디로션도 당신이 사준 거라는 사실이 떠올랐어요.

면세 공간으로 들어서자 어디선가 클래식 음악소리가 들려요. 홀린 듯 이끌려간 곳에서는 플루트, 바이올린, 첼로, 피아노로 구성된 실내악 공연이 열리고 있어요. 언젠가 우리가 당신이 현악, 내가 관악, 큰아이가 피아노, 작은애가 타악을 맡아 연주하는 가족 미니 콘서트를 열기로 약속했었는데. 난 얼빠진 사람마냥 무대 앞에 물끄러미 서 있었어요. 얼마가 지났을까? 아이가 아빠의 소매를 흔들어요.

"아빠, 우리 비행기예요. 가야 해요!"

비행기에 올랐어요. 선반에 짐을 올리고 자리에 앉는데, 기내 면세품 책자가 눈에 들어와요. 아아! 어느새 당신이 우리 사이에 앉아 책장을 넘기고 있어요.

공안 입국 심사대에 두 명씩 짝지어 줄 선 우리 네 사람의 모습이 보여요. 까불거리는 아들 녀석을 튀지 못하게 단속하고 있는 당신 모습, 중국 입국 때면 여권이나 비자에 문제는 없을까 항상 안절부절못하던 당신 모습이 보여요. 입술을 깨문 채 잔뜩 상기된 당신의 얼굴이 화면에 돋보기를 댄 것처럼 크게 튀어나와 보여요.

공항을 나와 택시를 타러 가요. 택시 승강장 안내원이 어디까지 가는지, 몇 명인지를 묻는데, 그제야 우리가 둘뿐이라는 사실을 알아차렸어요. 작은애와 나, 둘만 남겨진 중국의 현실로 돌아왔어요.

당신을 두고 우린 둘만 돌아온 거예요. 억누르고 있던 갖가지 감정들이 폭발하듯 수면 위로 솟구쳐 올랐어요.

3. 종잡을 수 없이 변하고 있는 당신 vs 시간은 다가오고 있고

당신이 다시 잠을 잘 못 잔다는 말을 할 때도 난 별 대수롭지 않게 생각했어요. 조금씩이나마 계속 호전되고 있다 믿었어요. 그도 그럴 것이, 당신이 내 눈앞에선 잘 먹고 잘 잤으니까요. 홍콩에 머무는 며칠 사이에는 몸무게가 1.5kg이나 불어서 돌아갔으니까요. 하지만 한국으로 돌아간 이후로 다시 지난여름과 같은 증상이 나타나기 시작했어요. 그러고는 급속도로 나빠졌어요. 당신이 다시 아파요.

'들어가야 되는데'라는 말만 벌써 몇 달째 반복해서 하는 걸 보면, 실제로 당신은 들어오려는 뜻이 없다는 의미로 읽혀요. 아직도 당신의 눈은 중국이 많이 두렵다고 말하고 있어요. 난 이번엔 함께 들어가지 않는 게 좋겠다고 했어요. 작년 시월 중국 국경절 연휴나 큰아이 홍콩 졸업식에서의 당신 컨디션 정도만 해도, 같이 들어갈 시점을 고민해볼 텐데. 지금은 때가 아니라고 했어요.

주말에는 가족들 모두의 뜻이 모아져 이번에는 당신이 들어가지 않는 게 좋겠다는 결정이 내려졌어요. 공교롭게도 당신은 그때부터 눈빛에 힘이 생기고, 얼굴 표정근이 좌우로 펴졌어요. 자신을 옥죄어 오던 형틀을 벗어내자 살도 오르기 시작했고요. 그동안 당신 안에서는 중국에 대한 무의식적인 자기방어 기제가 작동하고 있었던 거예요.

하지만 이 역시 오래 가지 못했어요. 이틀 만에 다시 당신은 불안한 기색이 역력해졌어요. 속 썩이는 아들 녀석을 지척에서 지켜보더니 또다시 상태가 나빠진 거예요. 계속해서 혼잣말로 뭔가를 중얼거리더니, 한숨만 들이쉬고 내쉬고를 거듭했어요. 아마도 당신은 부자지간 둘만의 중국 생활이 앞으로도 여전히 순탄치 않으리라는 걸 예감했었나 봐요.

출국을 앞둔 마지막 날 당신과의 친정집. 당신은 당신 본인이 출국할 때와 마찬가지로 밤새 한숨도 자지 못했어요. 당연히 당신의 안색은 일 주일간의 설 연휴 가운데 최악이었고요. 이럴 거면 다음부턴 우리 부자가 마지막 날까지 본가에서 자고 나오는 게 맞지 않은가요? 차라리 출국하는 날 새벽에 리무진 터미널에서 만나 작별하도록 일정을 짜는 게 낫지 않은가요?

뽕이와 중국에 돌아온 지 오늘이 삼 일째군요. 지난해 당신이 퇴원한 후로부터 줄곧 해왔던 대로 아침마다 당신과 통화하고 있어요. 당신의 상태는 조금 좋아진 듯해요. 목소리에 다시 힘이 붙었어요. 이때다 싶어 나는 당신에게 다짐을 받았지요. 앞으로 일 년 동안은 단 한 끼도 거르지 않고 약을 잘 챙겨 먹겠다고. 또한 나는 장담했어요. 그러는 가운데 어느 순간 반드시, 우리의 밝은 앞날이 또렷하게 보일 거라고요.

이튿날 당신은 다시 나빠졌어요. 잠을 못 잔 목소리예요. 남자 둘만 살고 있는 중국 현장에서 일상으로 일어나고 있는 이야기들 가운데 가장 사소하다고 간주한 에피소드 한두 가지를 당신에게 들려준 게 화근이었나요? 시시각각 변하고 있는 당신을 도무지 종잡을 수가 없어요.

"당신이 가까이에서 나를 바라보고 관찰한 글들을 읽으며
내 모습을 읽어봅니다
원인은 불안,
기계를 전혀 작동하지 못하는 현실….
방법을 습득할 수조차 없는 두려움
스마트폰 없이는 움직임이 쉽지 않은데
시간은 다가오고 있고

아무것도 할 수 없으니 발만 동동 구르면서
나를 자책하며 괴롭히는 것 같아요
머릿속엔 온통 가족들 생각만 하면서도….

나라는 인간은 대체 왜 이 정도밖에 안 되는 건지
다들 고통에 빠트리면서 뭘 어떡하라는 건지
당신 글을 보면서 나에게 소름이 끼치는 것을 느낍니다."

며칠째 휴대전화 채팅방에서 우리 부부의 대화들을 찾았어요. 찾는 족족 글들을 노트북으로 옮겨 담았어요. 그러다 당신의 이 답장을 발견했어요. 순간 온몸에 소름이 돋았어요.

'시간이 다가오고 있다고? 맙소사! 그때는 눈에 들어오지 않았던 문장인데! 아니, 어떻게 이걸 못 볼 수가 있지?'

우리가 당신 옆에 와 있던 설 연휴기간 동안 내가 당신을 관찰하고 썼던 편지고, 당신이 떠나기 불과 4일 전에 당신이 내게 보내온 답장인데. 대체 이게 무슨 시간이란 말인가요? 설마 먼저 떠나게 될 줄을 당신은 알고 있었던 건가요? 우리에게 시간이 얼마 남지 않았다는 것을 당신은 그날 이미 알고 있었던 건가요? 아아!

4. 힘내어요, 혹부리 할멈!

"힘내어요, 혹부리 할멈!

몸에서 나쁜 것들을 하나씩 덜어낸다고 생각하자고요. 몸이 절전형으로 전환된다고, 차츰 장수 모드로 들어간다고 말이에요. 혹에다가 걱정이랑 아픈 마음까지 몽땅 때려 넣어 도깨비에게 통째로 줘버려요. 혹부리 영감처럼요. 그래서 이번 수술을 계기로 당신이 마음까지 깨끗하게 다 나았으면 좋겠어요. 당신을 사랑하는 우리 모두가 간절히 바라는 일이란 걸 당신도 잘 알고 있으리라 믿어요.

당장이라도 달려가 당신 곁을 지키고 싶은 마음은 굴뚝같지만, 조금 길게 생각할게요. 내가 이 자리에서 작은애 돌보며 내 역할 해내는 게 가족의 미래를 위해 더 현명한 선택이라 믿어요. 장모님과 처형도 그렇게 말씀하시고요. 원한다면 당신의 신에게 기도라도 할게요. 사랑으로 이겨낸 고난이 행복이더라고 100세

철학자는 말하지 않소. 그런 행복이 메모리 저장소 내에 더 많은 용량을 차지하는 법이고, 나중에 그걸 불러내며 다시 한번 행복을 경험하게 된다 하지 않소. 삶을 더 풍성하게 한다고 말이요.

당신과 결혼해서 우리의 아이들도 만날 수 있었어요. 그만큼 당신은 내게 소중한 사람이란 얘기요. 많이 두려울 테지만 반드시 이겨내야만 해요. 나를 위해서라도요. 사랑하는 사람아! 계속해서 당신을 사랑할 수 있는 시간들을 내게 만들어 주어야 해요."

"이런~
지금 누구보다 힘든 사람이
누구보다 위로를 받아야 할 사람이
지금 이 순간 이런 부족하고 모자란 나에게
따뜻한 글을 보내준다는 게
인격적으로 정말 대단하다는 생각이 들어요.
마취 없이 수술한대도 할 수 있을 정도로
지금 내 몸은 그 어떤 상황도 받아들일 수 있을 정도로
몸에 대한 염려는 없어요….
당신에게 미안한 거 죄투성이
나는 모든 상황에서 내 맘 아픈 거 가족에게 다 상처 주고 말

로 뱉었는데….

당신은 참느라 지금 이 순간에도 고통이 마음을 짓누르고 있고

심장이 아픈 게 눈에 선하게 보여요….

가여운 분….

내 걱정은 마세요

나는 당신이 늘 마음이 가요.

고마운 사람

당신은 정말 존귀한 사람

당신이야말로 하늘이 내려준

정말 천사 같은 사람….

당신은 모든 걸 처연하게

받아들이고 있구나 라는 생각이 드네요….

그래서 더 마음이 아프네요

사 랑 합 니 다

내 심장을 주어도 아깝지 않을

존귀한 사람."

"내가 이 수술을 받을 의미가 있나?"

불현듯 수술을 앞두고 당신이 내게 이 말을 몇 번씩이나 되풀이했었다는 사실이 떠올랐어요. 얼른 전화기를 뒤져 당신이 다시 입원하

던 날 우리가 주고받은 편지를 찾았어요. 한 자 한 자 읽어 내려갔어요. '마취 없이 수술한대도'라는 대목에서 눈물이 흐르기 시작하더니, '내 심장을 주어도'에선 결국 울음이 터져 나왔어요. 맙소사! 당신은 수술 당일에도 갈등하고 있었어요. 글에, 가족들이 모두 다 힘든 시점에 수술로 혼자만 제 몸을 챙긴다는 게 가당키나 하냐는, 미안한 마음이 깔려 있어요. 당신의 한없이 착한 마음이 서려 있어요. 가여운 사람. 제 몸보다 가족을 더 사랑하느라, 정작 당신 본인은 당신 스스로를 사랑하지 못한 채 살았던 거예요.

아아, 사랑하는 사람아. 보고 싶은 사람아!

우리가 이토록 사랑하는데. 내 몸보다 상대를 더 사랑하는데. 하늘은 끝내 우릴 갈라놓았어요.

내 가슴 속엔 이제 두 개의 심장이 뛰고 있어요. 당신이 주고 간 당신의 예쁜 심장이 내 심장 바로 옆에 함께 뛰고 있어요.

5. 아까운 사람, 당신이 없는데

당신이 없는데 생일파티는 열렸어요. 당신만 홀로 공원에 두고 온 바로 다음 날인데요. 우리 가족 대표 셰프인 당신이 없는데, 각자 제멋대로 음식의 맛을 평하고 재료를 논했어요. 있어야 할 자리에 당신이 나오지 않는 기념사진들을 찍었어요. 당신 없이 온 가족이 떠들고 웃었어요. 어느 자리에 앉아서도 빛나고 있을 당신이 없는데 말이에요.

당신이 없는데 잠이 와요. 당신이 없는데 철관음 향기가 느껴져요. 당신이 없는데 명상을 해요. 당신이 없는데 다이어리와 글을 쓰고, 당신이 없는데 당신에게 편지를 보내요. 이젠 내 글을 놓고 함께 얘기 나눌 당신이 없는데. 당신이 읽을 수 있을지조차 알 수 없는데 말이에요.

오늘은 한국 마트에서 장을 봤어요. 부자 아빠 포기김치, 무말랭

이, 그리고 깻잎 절임 따위를 눈에 띄는 대로 이것저것 카트에 담았어요. 그렇게 무의식적으로 담아온 음식들을 저녁상에 올려놓고 보니 죄다 당신이 좋아했던 것뿐이네요. 절임류의 반찬들 속에서 문득, 당신이 간사이 가족여행에서 이 집 저 집 시식을 돌며 세심하게 단무지를 고르고 있는 모습이 보였어요. 엄마는 일본 단무지도 좋아했다고, 작은애와 웃으며 저녁을 먹고 있어요. 내 최고의 와인 친구였던 당신이 없는데 와인이 넘어가고 있어요. 당신이 떠난 지 고작 일주일밖에 되지 않았는데 말이에요.

아무리 생각해도 당신은 아까운 사람이에요.

쉰이 넘도록 당신은 흰머리 한 올 나지 않은 사람이에요. 충치 하나 없는 28개의 건강한 치아를 그대로 간직하고 있었어요. 볼록한 이마와 살짝 들린 짧은 코를 가져, 누구도 50대라고 보지 않는 완벽한 동안의 소유자였어요. 나이를 믿을 수 없다며 중국인들도 침이 마르게 칭찬했었지요. 최근까지 담낭 절제 수술, 역류성 식도염 치료, 자궁 근종 수술 등으로 끊임없이 거듭나고 있었어요. 중국에 있는 당신의 두 남자와 언제든 합류하겠다는 일념으로, 레이저 피부관리를 패키지로 받으며 당신은 나날이 젊어지고 있었어요.

안 보인 지가 1년이 다 되어가는데도, 한국 마트의 말도 통하지 않는 중국인 배달 아저씨가 여전히 안부를 물어 올 만큼 당신은 세상 누구나가 좋아하는 사람이에요. 화장공원 유족 대기실에 걸려 있던 그 많은 영정사진 가운데에서도, 당신은 압도적인 젊음과 빼어난 아름다움으로 모든 사람들의 시선과 발걸음을 멈추게 했던 사람이에요. 그들로 하여금 '여기 올 사람이 아닌데…'라고 느끼게 했을, 당신은 그런 사람이란 말이에요.

이렇게 허망하게 떠나보내기엔 당신은 너무나도 아까운 사람인데요.

6. 당신과 나의 장거리 연애사

1990년 8월 2일, 수영장이 내다보이는 호텔 커피숍에서 당신을 처음 만났소. 검정색 누비 소재로 된 투피스 바지정장 차림에 윤기 넘치는 긴 파마머리가 매우 인상적이었소. 토실한 볼살에 도드라진 빨간 입술이 지금도 눈에 선하구려. 보건지소에 근무 중이던 나는 아쉬운 휴일 오후를 즐기고 난 후, 늦은 밤이 돼서야 동해안으로 돌아갔죠. 그러고는 곧바로 주말에 몰아서 하는 당신과 나의 장거리 연애가 시작됐어요. 동해안, 포항, 경주, 대구 등지가 주 무대가 됐죠. 이듬해 내가 공중보건의 생활을 마치고 개원을 하자, 우리의 장거리 무대는 대구와 동해안에서 대구와 경북 내륙 일원으로 자리바꿈했어요.

두 번의 장거리 연애하는 동안 우린 선물도 많이 주고받았어요. 책, 음반, 옷가지….

당신이 내게 준 첫 선물은 류시화 시집 『그대가 곁에 있어도 나는 그대가 그립다』예요.

난 음반을 주로 선물했고요.

신승훈, 김건모, 한동준, 서태지와 아이들. 때론 직접 선곡한 컴필레이션 앨범을 구워 주기도 했어요. 당신은 팝보다 가요를 좋아했죠.

우린 차 안에서 듣고 노래방에서 불렀어요. 한동준의 사랑의 노래,

「그대가 이 세상에 있는 것만으로」

옷은 매장에 가서 함께 골랐어요. 서로 주고받았지요. 당시 반짝 인기를 끌던 인터크루라는 브랜드를 좋아했어요. 다 기억나죠?

결혼을 하며 우리의 2년 9개월짜리 장거리 연애는 자연스레 막을 내렸어요. 그러고는 23년을 내리 한집에 살았죠. 완전히 끝난 걸로 믿어 의심치 않았던 우리의 장거리 연애. 지난여름 느닷없이 우린 또다시 장거리에 돌입했어요. 전혀 예상치 못했던 건강문제로 인한 돌발상황이었어요. 이번엔 황해를 사이에 두고 대륙과 반도에서. 서로를 그리며 우리의 사랑은 더욱 애틋해져만 갔어요.

중국 국경절 연휴를 맞아 나와 작은애는 7박 8일 일정으로 귀

국했어요. 김해-대구-서울-대구-김해로 이어지는 강행군 동안 우린 그림자처럼 딱 붙어 다녔어요. 아이는 친가에 내팽개쳐두고 말이에요. 순식간에 지나가 버린 연휴 마지막 날 이별의 리무진 터미널. 나는 당신으로부터 시작해 배웅 나온 가족들과 차례로 포옹을 마친 뒤, 마지막에 한 번 더 당신을 안았어요. 그러고는 리무진에 올랐죠. 하지만 당신의 애원하는 듯한 눈빛에 이끌려 난 다시 차를 내려와야 했어요. 그러고는 다시 한번 당신과 포옹했죠. 한쪽 볼을 맞댄 채 우린 떨어질 줄 몰랐어요. 차가 출발한다고 기사님이 재촉할 때까지 우리의 포옹은 멈출 줄을 몰랐어요.

"사랑해요! 우리 조금만 더 견딥시다."

딸아이의 학위수여식 참여차 홍콩에서 만나 지낸 며칠은 수많았던 홍콩여행들 중에서도 특별히 아쉬움이 더했어요. 이번엔 공항에서 만나 공항에서 헤어져야 했거든요. 짧은 만남을 뒤로하고 각자가 중국과 한국으로 돌아가야 했기 때문이었어요. 더군다나 평소 겁이 많은 당신의 비행기가 그날따라 나의 것보다 한 시간 반 정도 늦은 상황이어서 마음이 더 쓰일 수밖에 없었어요. 아직 체크인 카운터가 열리지 않아 홍콩공항 출국장 밖에 홀로 남겨졌던 당신. 당신의 그 애잔한 눈빛과 슬픈 표정이 눈앞에 계속 아른거려요.

우리의 장거리는 이번이 마지막이 되기를 바라요. 우리 부부는 27년째 연애하고 있어요.

인류가 만든 음악 열 곡 가운데 아홉 곡이 사랑을 노래했대요. 사랑 노래 열 곡 중 다시 아홉 곡은 사랑의 아름다움이 아니라 사랑의 슬픔을 노래했다고 하고요. 나와 당신도 그랬지요. 노래방에선 사랑의 기쁨보단 사랑의 슬픔들을 노래하지 않았나요. 삼십 년에 가까운 시간 동안 사랑의 기쁨으로 가끔씩 행복해했고, 훨씬 더 많은 시간을 무덤덤하게 혹은 고통스럽게 보내지 않았나요. 사랑의 기쁨만을 노래하며 살기에도 부족한, 너무나도 아쉬운 시간들이었는데 말이에요.

사진 찍는 걸 그리도 싫어하는 사람이 셀피를 마구 찍어대던 큰아이의 졸업식. 아마 평생 찍은 것보다 더 많은 사진을 찍었을 홍콩에서의 짧은 만남. 그것이 우리의 마지막 여행이 될 거란 걸 당신은 예감하고 있었나요? 다시는 나와 사진을 찍을 수 없다는 걸 그때 이미 알고 있었던 건가요?

우린 다시 합치지 못했어요. 진짜 그게 마지막이 되고 말았어요. 그런 뜻이 아니었는데. 그런 바람이 아니었는데. 조만간 이번 장거리가 끝나고 나면, 다시는 떨어져 지내지 말자는 뜻이었는데. 영원히 함께 있자는 뜻이었는데. 세상 어떤 장거리도 목소리는 들을 수 있고, 만날 기대감을 갖고 사는 거잖아요. 정말 이런 건 아니잖아요.

엘리자베스 퀴블러 로스에 따르면, 그날 나의 일부도 당신과 함께 죽었어요. 대신 당신의 일부가 그 전과 다른 새로운 내 안에 살아남았어요. 살아 숨 쉬고 있어요. 어쨌건 우리의 장거리는 끝나긴 끝난 거예요. 다시 만날 수 없지만, 더는 헤어지지도 않으니까요.

7. 나의 새벽 vs 당신의 새벽

수면은 'REM 수면'과 '깊은 수면'으로 나누어져요. 5분가량의 REM 수면과 1시간 반의 깊은 수면을 합친 시간 반가량의 조합이 4~5번 반복되어 하루의 수면을 구성한다고 해요. 뇌가 잠을 깨는 REM 수면이 왔을 때 일어나지 않으면 다시 깊은 수면에 갇히게 되어 한 시간 반, 심지어 세 시간이 훌쩍 지나가 버리기도 해요. 새벽에 REM 수면이 왔을 때 눈을 부릅뜨고, 바로 침대를 벗어나야 해요.

침대는 하얀 날개를 활짝 편 채 밤새 나를 부드럽고 포근하게 감싸 안아줘요. 하지만 그만 일어나야 할 때도, 깨어있어야 할 때에도, 시커먼 입을 벌리고 나를 제 안으로 도로 빨아 당기지요. 침대는 밤엔 천사지만 아침부터는 악마로 돌변하는 거죠. 침대에서 내려와 제일 먼저 이부자리부터 정리해요. 정돈되어 말끔한 태초의 모습으로 되돌아간 이부자리는 다시 침대로 돌아가고 싶은 미련의 불씨를 매정히 덮어버려요. 작은 성취로 하루를 시작하게 해요.

새벽 세 시. 자는 동안 입안의 세균과 곰팡이들이 증식할 대로 증식해 기승을 부리는 시간이에요. 입안의 세균활성도를 낮추고 나를 비우는 첫 단계, 화장실로 가요. 이를 닦아요. 머리를 빗어요. 머리를 빗는 건 서재로 나가기 전에 거울을 한 번 더 본다는 의미예요. 외출할 때 혹은 누군가를 만나기 전에 머리를 매만지듯, 새벽 머리 빗기는 나를 만나러 가기 전에도 꼭 필요한 준비과정인 것 같아요. 스스로에 대한 예의를 갖추는 것이지요. 거실로 나가 냉장고 속 생수를 숨이 찰 때까지 들이켜요. 내 안으로 비로소 길이 열리는 게 느껴져요. 앞으로 세 시간, 나에게로의 여행에 가슴이 설레요.

찻물을 준비해요. 인문고전 독서광으로 알려진 천재 음악가들의 고전음악이 떠다니는 공간. 정성을 다해 우려낸 철관음의 향과 색과 맛에 온몸을 관통하는 전원이 켜져요. 30분 명상으로 하루 동안 뇌 속에 쌓인 생각 잡동사니들을 말끔하게 청소해요. 자는 동안 나를 위해 고생한 근육 또한 스트레칭을 통해 쓰다듬고 다독여줘요. 손가락 마디마디, 터럭 한 올 한 올까지 감각이 살아나요. 뚜벅뚜벅 내 안으로 걸어 들어가요.

Q&A 다이어리를 적어요. 나에게 던진 질문에 지난해엔 뭐라 답했나를 보며 올해의 답 글을 적어요. 하루를 살게 하는 또 하나의 긍정의 힘, 5분 다이어리도 적어요. 일기장들을 가운데 두고 내 안의 나와 마주 앉아요.

낮 동안 수첩에 메모해둔 글 조각들을 모아 스마트폰과 노트북으로 옮겨 적어요. 글쓰기 앱에 얼개를 짜고 살들을 붙여넣어요. 나의 이야기를 써 내려 가요. 하루 한 줄 쓰기로 걸음마를 뗀 글쓰기는 천 일을 넘기자 하루 한 페이지 분량으로 진보했어요. 이제 세포 하나하나마다 불이 들어와요. 어렴풋하던 내 모습이 점차 선명하게 보이기 시작해요.

사랑하는 이들에게 글을 보내요. 글은 나와 동일한 경험을 공유한 사람들이 내게 준 선물이라 하지요. 선물을 받은 그때그때 선물의 내가 보는 쪽 사면을 복사해둬요. 시간이 날 때마다 육감까지 동원해 보이지 않는 나머지 면들을 복원해내고요. 새벽마다 이들을 병풍처럼 펼쳐두고 활자화 작업에 들어가는 거죠. 아침이면 제목을 달아 그분들께 되돌려 드리고요. 활자로 보내진 선물이 그들 눈앞에서 다시 입체화되기 바라며. 마침내 되살아나 동영상으로 재생되기를 기대하면서.

이제 책을 읽어요.

나를 만나왔던 새벽 시간. 이제는 당신을 만나러 가는 시간이에요. 나의 새벽이 당신의 새벽이 됐어요. 그렇게 설레던 시간이었는데, 지금은 그저 힘없이 시작해요. 세네카가 말하길 함께 나눌 사람이 없다면 아무리 귀한 것도 소유하는 기쁨이 없다고 하더니만. 더 이상 새벽이 기쁘지 않아요. 몸은 그냥 관성에 따라 시계추처럼 왔다 갔다 하고, 마음은 당신이 집 안 어딘가에 있을지도 모른다는 기대 반 두려움 반으로 시작한다고 할까요. 당신을 보고 싶은 마음은 간절한데, 미안한 마음 또한 엄청나다는 얘기일 거예요. 너무 보고 싶지만 당신을 마주하기도 두려운 거죠. 당신이 나를 원망하고 있을까 봐요.

기상부터 침구정리, 명상, 중국식 다도, 일기와 글쓰기, 독서에 이르기까지. 새벽시간이 눈에 띄게 달라진 점은 없어요. 있다면 머리를 좀 더 꼼꼼하게 빗는다는 걸까요. 물도 칠하고 매무시까지 해서요. 당신은 아이들을 낳은 당일에도 단장을 곱게 하고 남편을 맞을 만큼, 평생 내게 민낯 한번 보여준 적 없어요. 그게 '우리 신랑'에 대한 기본적인 예의라고 생각했어요. 어린 시절 '엄마가 화장을 하는 날은 외지 근무가 잦았던 아빠가 집에 오시는 날'이라 기억하며, 현모양처의 꿈을 키우며 자랐던 당신. 현실의 높은 파도에 막혀 완성하지 못한 당신의 꿈을 생각하니 새벽부터 가슴이 아파오네요.

어쨌건 이젠 나도 단정한 모습으로 당신을 대하고 싶어요. 아무리 새벽이라도 당신을 만나기 전에 거울을 한 번 더 보고 나오는 거예요. 나의 새벽이 끝나갈 무렵이면 어김없이 잠에서 깨어, 내게 방해라도 될까 봐 살금살금 거실로 나오던 착한 당신. 내가 눈길을 주면, 안아달라고 양팔 벌린 채 낑낑대며 어리광부리던 사랑스러운 당신. 그리고 내가 가슴 터지도록 꼬옥 안아주면, 숨 막힌다며 풀어달라 조르던 귀여운 당신. 우리의 이런 새벽 풍경들을 하나씩 되새기면서요.

출장 가는 기차 안에서 모차르트를 들었어요. 차창에 비친 내 얼굴 너머로 이어폰을 한 쪽씩 나눠 낀 당신과 나의 모습이 투영되었어요. 영화 〈아웃 오브 아프리카〉의 삽입곡 '클라리넷 협주곡'이 나오자 눈물이 흘렀어요. 눈물은 순식간에 주체할 수 없을 정도로 뚝뚝뚝뚝 떨어졌어요.

음악은 정말 놀라운 힘을 발휘하더군요. 특히 당신과 함께 듣던 음악은 당신 생각을 켜는 스위치였어요. 새벽시간, 차 안에서, 병원에서, 길을 걷다가. 이 소리 감응식 스위치는 때와 장소를 가리지 않았어요. 켜지기만 하면 즉각 눈물부터 흘렀고, 당신에 대한 그리움이 뒤따라와 가슴을 사정없이 휘저어 놓았어요. On만 있고 Off는 없는 스위치였어요.

이제 당신을 만나는 새벽에는 음악을 듣지 않아요. 당신에게 집중해야 하니까요. 당신을 좀 더 명징하게 보고 싶으니까요. 더군다나 새벽부터 울면, 눈물 먹어 세우기조차 힘들 만큼 무거워진 머리를 인 연체동물처럼, 온종일을 방전된 채 퍼져 지내게 되더라고요.

아내를 잃은 C. S. Lewis도 내 마음과 같았군요. 그는 사별은 결혼한 두 사람 사이의 사랑의 단절이 아니라고 했어요. 사랑의 다음 단계일 뿐이라고 했어요. Lewis의 글을 읽는 순간 가슴에 어떤 울림이 느껴졌어요. 사랑의 단절이 아니라는 말은 선뜻 이해가 되는데, 사랑의 다음 단계라는 말은 어떤 의미를 내포하고 있는 걸까요? 산산이 흩어져버린 내 뉴런들이 작동을 멈추었군요. 그 뜻을 연결해내지 못하고 있어요. 혹시 더 높은 경지의 사랑이 있다는 말인가요?

맞아요! 새벽마다 당신과 내가 만날 수 있게 사랑의 다리가 만들어지고 있다는 뜻이군요. 사이가 나쁘다는 까마귀와 까치마저도 힘을 합쳐 우리가 건널 오작교(烏鵲橋)를 짓고 있다는 뜻이겠군요. 당신이 내게 남긴 유산은 사랑이란 말이에요. 알겠어요, 여보. 오늘은 당신을 더 많이 사랑할게요. 사랑해요! 당신을 사랑해요.

8. 당신이 보낸 여러 가지 신호들

당신을 만나러 귀국한 작년 시월 국경절 연휴 때였어요. 그때만 해도 당신이 주도해서 아이들 떼놓고 우리 둘만 따로 며칠을 보냈어요. 50대에 떠난 당신과의 꿀맛 같은 허니문이었죠. 하지만 이번 설 연휴에는 내가 아무리 부탁을 해도 당신은 들어주지 않았어요. 부부 둘만의 시간을 당신은 허락하지 않았어요. 괜스레 또 하나의 추억을 남겨 내가 당신을 쉽사리 잊지 못할까 봐 그랬던 건가요? 마지막까지 날 배려했던 건가요?

당신은 영화를 무지 좋아하는 사람이에요. 한국 영화를 특히 사랑했어요. 영화라면 할리우드 영화에 중국어 자막이라도 마다하지 않는 사람이, 이미 본 영화라도 가족과 함께면 기꺼이 다시 보던 당신이, 설 연휴에 가족 다 같이 한국 영화 보러 가기로 결정했을 때 이렇게 말했어요.

"영화는 왜 보는 거지?"

뭔가 의미를 놓아버린 듯한, 내게만 들릴 크기의 혼잣말로 말이에요.

마지막이 되고 만 당신의 편지. 그 속에 숨겨져 있었던 독백과도 같은 문장.
'시간이 다가오고 있는데, 할 수 있는 건 없고'

아무 생각 없이 흘려버렸던 당신이 떠나기 전날 내게 던진 질문.
"빨리 준비해야 할 일이 무엇인가요?"

그날 아침에도 우린 여느 때와 다를 바 없는 일상적인 통화를 했어요. 그런데 출근해서 보니 당신이 뜬금없이 아이들 옛날 사진을 보내왔더군요. 한 장은 작은애 생일날 아이와 내가 찍은 사진을, 다른 한 장은 아이들끼리 찍은 사진을요. 어지간해서는 가족의 사진을 스마트폰으로 잘 전송하지 않는 사람이. 그것도 아무런 토도 한 마디 달지 않고서 말이에요.
시간이 지나며 문득 당신이 두 장의 사진을 아무 의미 없이 그냥 보내진 않았을 거란 생각이 들었어요. 한 달이 넘은 이제야 당신이 사진 속에 담아 보낸 메시지를 혼자 가늠해 보고 있어요. 하나는 작은아이와 내가 사이좋게 지내길 바란다는 뜻이었나요? 다른 하나는 예쁜 우리 아이들 둘 다 잘 부탁한다는 그런 뜻이었나요? 사진 속에서 천진하게 웃고 있는 아이들 모습이 오늘은 무척 슬퍼 보이네요.

이 모든 게 당신 먼저 간다는, 내게 보낸 신호들이었나요? 내가 풀어내길 바란 암호들이었나요? 아니면 우리를 두고 혼자 떠나고 싶지 않다는, 제발 당신을 좀 붙잡아 달라는 애원의 몸짓이었던 건가요?

Q&A 다이어리 1

자신을 관찰해서 도달하는 질문은 닫혀있던 인생의 다음 문을 열어주는 열쇠라고 했어요. 몇 년 전부터 써오던 다이어리가 있어요. 당신도 잘 알고 있는 Q&A 다이어리예요. 365개의 질문 중 오늘 나에게 주어진 질문에 지난 해 같은 날엔 뭐라고 답했나를 보며 올해의 답 글을 적는 일기예요. 당신과 큰아이에게, 그리고 작은애는 좀 더 철이 들고 나면, 하나씩 선물하겠다고 당신에게 말했던 바로 그 다이어리지요.

2월 ○○일 오늘의 질문은 '세상을 떠난 유명인 중 저녁 식사를 함께하고 싶은 사람은?'이에요.

2년 전에는 '베토벤'이라고 했네요. 베토벤은 중학교 때 내가 기악부 하면서부터 좋아했던 나의 영웅이지요. 내가 당신 삶 안으로 불쑥 문을 열고 들어간 날 이후, 베토벤 또한 당신 허락도 없이 따라 들어와 우리와 함께 살게 됐지요.

지난해엔 '딱히 없다'라고 썼었네요. 그땐 누가 보고 싶다거나 누굴 부러워하지 않았네요. 짧은 문장이지만 그야말로 딱히 아쉬운 것 없어 보이고, 자긍심이 높은 상태였을 것 같아요. 맞아요. 그땐 당신과 함께 자족한 저녁시간을 누리며 행복하게 살았어요. 우리 부부의 유일한 사치였던 98위안(약 17,000원)짜리 호주산 와인을 제외하면, 우린 안빈낙도의 삶을 영위하고 있었어요. 그땐 우리 마음이 부자였어요.

오늘은 '당신'이라고 써넣었어요. 식사는 같이 못 한다 하더라도, 얼굴이라도 한 번 볼 수 있다면 좋으련만. 만나서 미치도록 보고 싶었다고, 사랑한다고, 미안하다고 말하고 싶은데. 아아! 이 질문에 대한 답을 당신이라고 적게 될 줄을 꿈에라도 알았을까요.

이 질문엔 1년 뒤에도 그 1년 뒤에도 '당신'이라고 답하겠죠.

2월 ○○일 오늘의 질문은 '좋은 친구란 무엇일까?'예요.

2016년엔 '같이 있으면 내가 좋은 사람이 될 것 같은 친구. 내 가슴이 따뜻해지는 친구.'라고 돼 있네요.

2017년엔 '공감하는 친구. 편한 친구.'라 되어 있고요.

작년은 '내 아픔을 이미 다 알고 있어 애써 털어놓을 필요가 없는 친구.'예요.

오늘은 '내 지인들 중 평소 당신이 좋아했던 사람. 당신이 고마워했던 사람.' 하고 썼어요.

맙소사! 당신이었어요. 좋은 친구에 대한 이 모든 기준이 바로 당신에게 달려 있었어요. 바보처럼 난 내 유일한 연인이자 가장 좋은 친구인 당신을 눈앞에 두고서, 좋은 친구의 이런저런 요건만 들어가며 찾고 있었어요. 엉뚱한 데서 두리번거리고 있었던 거예요.

3월 ○○일 오늘의 질문은 '절대 일어나지 않았으면 하는 일은?'이에요.

재작년 란엔 '가정이 깨지는 일'이라고 돼 있어요. 아마도 작은아이 양육 방식에 대한 견해 차이로, 당신과 뻥이 그리고 내가 중국에서 힘겹게 보내던 시기였나 봐요. 문장에서 어떤 균열에 대한 두려움이 느껴지네요.

작년엔 '나보다 누군가가 먼저 가는 사건'이라고 쓰여 있어요. 맙소사! 아니, 세상에 어떻게 이럴 수가! 그때 이미 우리에게 뭔가 불길한 징조라도 있었던 건가요? 분명 가족 중에 누군가가 먼저 떠날 것을 우려하고 있었어요.

오늘은 '절대란 없다!'라고 적어 넣었어요. 한때 우리 내외는 '정말 절대라는 말은 절대 쓰면 안 된다.'라는 말을 입버릇처럼 하고 다녔어요. 근거 없는 믿음은 깨지기 마련이라는 삶의 지혜들이 쌓여가던 어느 날부터였지요. 우리가 사용하던 단어 중에서 '절대로, 결코, 영원히' 따위의 부사들을 우리 부부 사전에서 아예 삭제해버렸던 일 말이에요. 사람 일은 누구도 모른다고. 정말 인간의 일이란 한 치 앞도 내다볼 수 없는 거라고. 세상 그 무엇도 영원한 건 없다고 하면서요.

'절대로, 결코, 영원히'라는 글자는 모두 현실이 됐어요. 실로 사람 사이에 일어나지 않는 일이란 없는 거군요. 우리 부부도 예외일 순 없다는 사실이 가슴 아플 따름이네요.

인생 정말 허망하네요. 다이어리는 아직 당신에게 선물하지 못했는데요.

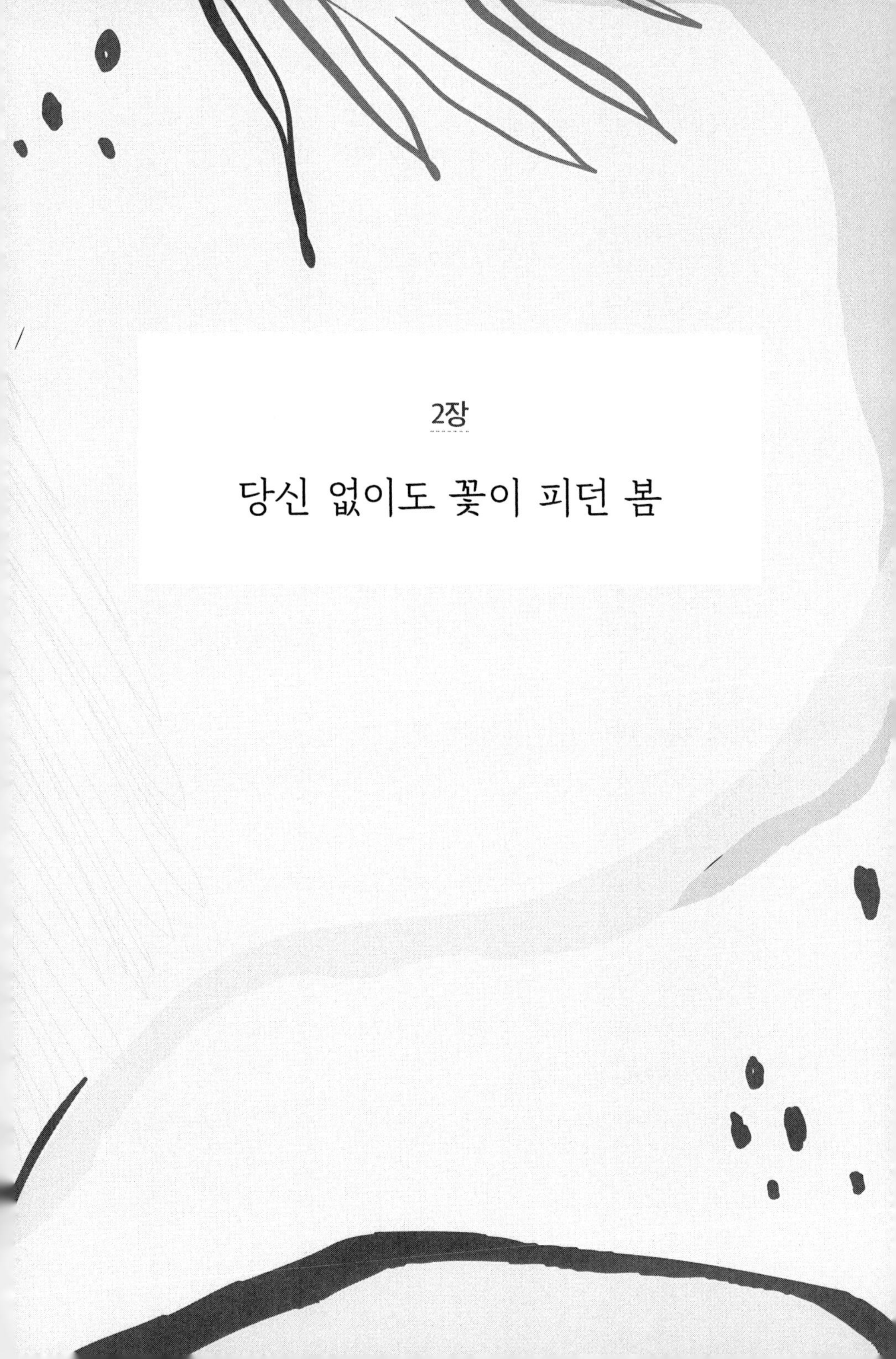

2장

당신 없이도 꽃이 피던 봄

1. 별 헤는 밤

1.

당신의 분신, 작은애가 오늘은 학교에서 한국어 수업이 있었어요. 학생들마다 시를 한 편씩 낭송해야 하는데, 뽕이는 윤동주의 「별 헤는 밤」을 선택했대요. 녀석이 평소 열광하던 〈고등래퍼〉 프로그램의 영향을 받은 탓인지 그 제목이 눈에 들어왔나 봐요. 어떤 내용인지도 모르고 골랐는데, 알고 보니 엄마를 그리워하는 사모곡이었다는 거예요. 시를 읽으며 엄마 생각이 많이 났다고 했어요.

수업을 마치고 선생님이 녀석을 남게 했대요. 선생님은 말씀하셨대요. 엄마 소식 듣고 너무 슬퍼서 혼자 울었다고. 엄마만큼 좋은 사람 없다고. 선생님 본인도 뽕이 나이 때 부모를 잃었다고. 자식은 정도의 차이만 있지 돌아가신 부모님 앞에 다 죄인이라고. 떳떳한 사람 없다고. 그러니 너무 자책하지 말라고.

학부모 중에 뽕이 부모님만큼 좋은 분들은 만나본 적이 없다고.

'당신과 다시 함께할 수 있다는 한 가닥 희망으로, 힘들지만 중국 생활과 아이 뒷바라지도 잘 견디고 있다'라는, 지난번 콘퍼런스 때의 뽕이 아빠 모습이 계속 떠올랐다고. 아빠 연세가 어떻게 되시냐고. 규정상 학부모를 밖에서 만나거나 밥을 먹을 수 없게 되어 있지만, 아빠랑 친구가 되고 싶다고.

그래요. 당신이 한국에서 투병 중이라 나 혼자 참석했던 콘퍼런스였어요. 당신이 떠나기 전 마지막 콘퍼런스지요. 나와 둘만 만난 선생님은 당신을 너무 보고 싶어 하셨어요. 하지만 그동안 파킨슨병이 많이 진행됐다고 했어요. 교내식당에 가기도 힘들 정도로 심해져 별관 3층에 있던 교실을 본관 1층으로 옮겼다고 했어요. 점심은 사모님이 도시락을 싸 와서 교실에서 같이 드신다고 했어요. 그렇게 불편한 몸을 이끌고 두 달에 한 번꼴로 혼자 한국에 치료받으러 다닌다고 했어요. 그럼에도 불구하고 다음에 들어가면 당신을 꼭 봐야 한다고 했어요. 평소엔 당신이 주로 어디에 있냐고, 당신을 만나러 가야 한다고 했어요.

선생님과 아이들, 그리고 학부모가 함께한 중국에서의 첫 콘퍼런스 날이 생각나는군요. 아무리 오래 전 이야기지만, 당신은 기억하고 있을 거예요. 콘퍼런스를 마치며 악수하려 내민 내 두 손을 양손으로 감싸 쥔 채 나를 바라보던 선생님 모습 말이에요. 집에 돌아오자 당신은 "뽕아, 선생님 눈에서 하트 뿅뿅 나오는 거 봤니?" 하며, 선생님과 나 사이를 질투라도 한다는 듯 그렇게 좋아했어요. 이후로도 당신은 그 장면을 오래도록 반추해내곤 했지요. 나 역시 그렇게 말하던 당신의 표정을 또렷이 기억하고 있어요. 당신이 그리워요.

2.

결국 다음 카카오도 중국에서 완전히 막혀버렸어요. 그래서 최근엔 며칠에 한 번꼴로 뽕이의 VPN을 통해 메일을 확인하고 있었어요. 그러던 어느 아침 뽕이가 대뜸 선생님 메일 봤냐고 묻는 거예요. 아차! 며칠 동안 메일을 열어보지 않았구나 하는 생각에, 그 자리에서 바로 확인했죠. 만나고 싶다는 학교 카운슬러 선생님의 메일이었어요. 다음 날부터 출장인지라 그날 아침으로 급하게 약속을 잡고는 바로 선생님을 만났어요. 뽕이의 파란만장했던 학창생활 전 역사를 시종일관 낱낱이 통역해왔던 한국인 선생님도 함께 자리했고요.

카운슬러 선생님은 먼저 애도를 표했어요. 그러고 나선 학교가 뽕이와 뽕이의 가족을 위해 도와줄 게 없는지 물었고요. 난 괜찮다고, 지금까지의 보살핌과 배려만으로도 감사하다고 답했어요. '며칠 전에 만난 뽕이가 성적을 잘 받고 싶어 하더라고, 엄마가 바라던 일이라고'라는 말을 통역하는 과정에서 통역 담당 선생님이 눈물을 보였어요. 늘 죄인마냥 불려와 있던 당신이 생각났나 봐요. 나도 따라 울었어요. 카운슬러 선생님은 미팅 말미에 죽음에 관한 책이 필요한지 질문했고, 나는 집에 몇 권이 있다고, 마음만으로도 감사하다고 대꾸했어요. 끝으로 더 할 말이 있냐는 물음에, 나는 요즘 만나는 사람들에게 하는 말이 있다고 했어요. 그건 옆에 있는 당신의 짝을 확인하라고, 그에게 매일 사랑한다 말하라고, 그녀에게 수시로 고맙다 말하라는, 그런 말이라고 답했어요.

'지금 사랑하라고. 나도 지난 수년간 나름 그렇게 살려 노력했고, 또 상당 부분은 그렇게 살았다 자부해왔지만, 그건 착각이었다고. 돌아보니, 사랑에는 충분하다는 형용사가 없는 거라고. 그건 말도 안 되고 턱도 없는 소리라고. 사랑이란 그 언제도 부족할 수밖에 없는, 정말 끝이 없는 경지라고. 남겨지는 회한은 가히 엄청나다고.'

미팅을 마치고 무작정 코리안 선생님을 찾아갔어요. 마침 수업이 없는 비는 시간이었어요. 선생님은 불편한 몸임에도 몸소 자리를 안내하시고 커피를 내오셨어요. 몸을 돌려 머그잔을 내미는데 선생님 코가 벌써 빨개져 있어요. 커피잔을 내려놓고 우리는 두 손을 마주 잡았어요. 그리곤 울기 시작했어요. 한참을 격하게 울었어요.

어느 정도 진정이 되자, 선생님이 먼저 입을 여셨어요.

“조금 전까지도 두 분을 생각하고 있었습니다. 와주셔서 감사합니다.”

순간 다시 울컥해졌어요. 선생님은 좋은 분이세요. 우리 부부를 기억하고 또 추모하고 계시다니. 역시 교민사회의 정신적 지주라 할 만한 분이군요.

“아닙니다. 아이에게 좋은 말씀을 많이 해주셨더군요. 제가 감사합니다.”

“수업 시간에 아이가 좀 안 좋아 보였어요.”

“그랬군요. 녀석이 「별 헤는 밤」이 엄마에 대한 사모곡인지 몰랐다나 봐요.”

“그래서 수업 시간에 울고 있었군요. 많이 힘들겠구나 싶어 뽕이를 남게 하고 얘기도 나눴습니다.”

이런저런 얘기를 나누다가 어느 순간 선생님 등 뒤로 벽시계가 눈에 들어왔어요. 20분 정도가 흘렀더군요. 내가 잘못 봤나 싶어 다시 한번 시침을 노려보고서야 분침이 한 바퀴 넘게 돌았다는 사실을 알아차렸어요. 다음 수업 시작 시간이 이미 지난 거 아닌가 하는 생각이 퍼뜩 들더군요.

“선생님 시간을 제가 많이 뺏었군요.”

내가 소지품을 주섬주섬 챙기자, 선생님은

“집사님을 위해 기도드려도 되겠습니까?”

하는 거예요. 난 숨도 한 번 안 쉬고 곧바로

"물론입니다."

하고 답했죠. 선생님은 당신이 천국에서 행복하길 빌었어요. 그리고 내게 찾아와 주셔서, 당신을 놓아드릴 시간을 만들어 주셔서 감사하다 말했어요.

우리 가족이야 말할 것도 없이, 당신을 아는 모든 이들이 당신을 좋아했는데. 아이들의 학교 선생님들, 교회분들, 나와 함께 일해온 중국 병원의 관계자들과 샤오인, 심지어 아파트 우리 동에 사는 모든 중국인 주민들과 한국 마트의 배달하는 아저씨들까지도 당신을 보면 그렇게 좋아했는데. 정작 당신 스스로는 자신을 못마땅하게 여긴 건 아닌가요?

사랑하는 사람아! 보고 싶은 사람아!

2. 기쿠지로의 여름

작은애는 어제 수련회에 참가한다고 상하이에 갔어요. 오늘은 큰 아이와 누이들마저 한국으로 돌아갔고요. 홀로 남겨졌어요. 당신이 떠난 후로 곁에 아무도 없이 혼자 보내게 된 건 처음이에요. 오늘 하루 난 어떻게든 혼자 있는 시간을 만들지 않으려고, 공항까지 배웅 나갔다가 곧장 병원으로 출근했어요. 그리고 우리 가족에게 베풀어 준 입이 쩍 벌어지는 진수성찬, 누이들에게 준 마오타이주 선물, 친절한 차량 서비스, 그리고 따듯한 마음 등등의 융숭한 대접에 대한 보답으로 내가 중국인들에게 저녁을 사기로 했죠. 근데 퇴근할 때가 되자 갑자기 그들이 약속이 생겼는지 다음에 하자고 해요. 들어보니, 원래 선약이 있었지만 나와 같이해도 되겠다 싶었는데, 아무래도 자리의 성격상 내가 불편해할 것 같으니 며칠 후에 따로 하는 게 좋겠다는 거예요.

난감했지만, 그래도 집에서 저녁을 먹기는 싫었어요. 그것도 혼자.

사실 좀 두려웠거든요. 혹시라도 심각하게 침울해질까 봐요. 그래서 퇴근길 어딘가에서 혼자라도 저녁을 먹고 들어가기로 작정했죠. 가능하면 좀 왁자지껄해서, 혼자 와 있는 내가 눈에 띄지 않는 곳을 떠올려봤어요. 생각이 닿은 곳은 '기쿠지로의 여름'이에요. 당신이 이곳의 일식당 중 그나마 제일 좋아하던 곳이지요. 힘겨웠던 수도권 시절에 아이들 맡기고 둘만 다녀온 오사카 여행에서의 뒷골목들을 떠오르게 한다며, 아이들 없이 당신과 둘이서 종종 왔던 이자카야지요.

입구에서 난 두 사람이라 말하고 기역자로 된 바 테이블 가장 구석자리에 앉았어요. 사람들 눈을 피하고 싶었거든요. 그리고 내 바로 옆에, 그것도 양쪽으로 누군가가 앉는다는 것도 싫었고요. 먼저 화이트와인을 한 병 고르고, 음식을 주문했어요. 출장지 뷔페식당에서와 마찬가지로 혼자서 사람들을 관찰하며, 나오는 음식들을 먹어가고 있었어요. 근데 옆자리에 세팅해 둔 멀쩡한 식기가 별안간 쓸쓸해 보이는 거예요. 그래서 와인 잔을 하나 더 달라고 했죠. 잔을 함께 세팅해 놓으니 제법 모양새가 갖춰졌고, 다른 사람들로부터의 익명성도 생기는 것 같았어요. 와인 잔은 내 옆에 사람이 있으니 다가오지 말라는 일종의 영역표시였어요. 나를 외롭다고 보지 말라는 경고장 같은 거 말이에요. 그러면서 나 자신에게는 혼자서도 충만감과 연대감을 느낄 수 있게, 최면을 거는 마법의 구슬이 되어주었어요.

술이 오르자 구슬 안으로 당신의 얼굴이 보였어요. 내가 구슬에 손을 대자 그만 마법이 풀려버렸어요. 구슬 속의 당신이 사라지고 만 거예요. 순간 당신이 미치도록 보고 싶어졌어요. 눈물이 흐르기 시작했어요. 눈물은 순식간에 주체할 수 없이 뚝뚝뚝뚝 떨어졌어요. 흐르는 눈물을 훔칠 생각도 못한 채 넋 놓고 울었어요. 주위 괘념치 않고 내친김에 실컷 울었어요.

흐느낌이 어느 정도 진정되자 점장의 모습이 흐릿하게 눈에 들어왔어요. 우리 부부에게 늘 친절하게 음식을 서빙해 왔던 낯익은 그가 반쯤 찬 생맥주 잔을 들고 있어요. 내가 시선을 맞추자 그는 입술을 오므린 채 건배하는 시늉을 하네요. 나도 잔을 들어 보였어요. 그가 묻지 않았지만, 난 말없이 대답했어요. 빈자리에는 아무도 안 온다고, 이제 당신은 오지 않는다고.

3. 당신과의 술 이야기

술과 당신에 관한 기억은 그다지 많지가 않아요. 하지만 남아 있는 몇 편의 영상들은 너무나 선명하네요.

기독교인인 당신은 날 만나기 전까지는 술을 입에 대지 않았어요. 평소 기억력 좋기로 유명한 당신은 기억이 없다고 하지만, 나랑 연애할 때 한번은 당신이 소주를 한 병 가까이 마신 적이 있어요. 그러고는 펑펑 울면서 나랑 헤어지겠다고 했죠. 주말만 시간이 있는 나와 주일엔 교회에 가는 가족 사이에서 당신은 많이 힘들어 했어요. 만약 이 남자와 결혼까지 가게라도 된다면 기독교와 불교 집안 간에 맞닥뜨려야 할 넘기 힘든 여러 가지 장애물들도 부담이었겠죠. 당장 결혼식을 올리는 요일부터 제사 문제들까지 말이에요. 무엇보다 심성이 온유한 당신에게 나쁜 남자인 내가 어울리지 않는다는 사실이 가장 크게 작용을 했을 터예요. 그땐 내가 당신을 놓아주지 않았어요.

결혼 후에도 당신은 기본적으로 금주가였어요. 기껏해야 맥주 한 잔 정도. 하지만 당신은 나와의 첫 오사카 여행에서 조우한 생맥주 맛에 단번에 반해버렸고, 여행 일정 내내 밤낮 할 것 없이 맥주 파티를 벌였어요. 그러고는 단숨에 생맥주 마니아가 돼버렸죠.

몇 년 뒤 우린 중국으로 오게 됐어요. 중국인들과의 식사자리가 잦았던 남편은 중국 독주를 많이 마셔 속이 다 망가져 버렸고, 막걸리와 와인 이외에는 마실 수 있는 술이 없을 지경에 이르렀어요. 하지만 당시 중국에서는 한국 막걸리의 수급이 원활하지 않았어요. 더구나 현지에서는 막걸리가 수입주류인지라 가격이 거의 와인 값에 육박할 만큼 비쌌어요. 그래서 그때부터 난 당신을 꼬드겼어요. '포도주는 창세기부터 꾸준히 성경에 나오고, 예수 그리스도의 피이기도 하다'라며 줄기차게 꼬드겼죠. 나의 유혹이 시들해질 기색이 안 보이자 당신은 하는 수 없이 남편을 따라 와인을 마시기 시작했어요. 못 이기는 척 넘어왔던 거지요. 그러고는 내 인생 와인 부문에서도 최고의 친구로 자리매김했어요.

함께 홀짝이던 와인의 양이 점점 늘어가던 어느 때부턴가 이래선 안 되겠다 싶은 생각이 들었어요. 그래서 우린 합의하에 두 사람이 하루에 마실 수 있는 양을 제한했어요. 처음엔 한 병이었죠. 하지만 얼마 지나지 않아 와인 한 병을 두고 서로 조금이라도 더 마시겠다

고 다툼이 벌어지기 시작했죠. 조금 더 안 준다고,

"치사하게! 나보다 와인이 더 소중해?"

하며 토라지던 당신. 귀여운 당신 모습을 떠올리니, 금세 기분이 좋아지네요. 당신이 떠난 후로 필러 부작용처럼 뻣뻣하게 표정이 사라져가던 내 얼굴에 처음으로 미소가 번지고 있다는 게 느껴지네요.

와인 쟁탈전이 치열해지자 규정을 지키지 못하는 날들이 늘어났어요. 그런 날은 합의하에 두 번째 병을 따서 마셨고, 남은 와인은 냉장고에 보관했어요. 당신은 그건 자기 몫이라고, 나더러 손대면 가만 안 두겠다고 으름장을 놓았죠. 그러고는 남은 와인을 다음 날 나와 점심을 먹으며 당신 혼자 마시기도 했어요. 낮부터 술이 얼근해지면 보수의 대마왕인 당신이 날 유혹하기도 했고, 취기가 더 오르면 내가 화장실 다녀온 새 소파에 곯아떨어져 있기도 했어요. 사랑스러운 사람.

당신이 떠나기 한 달 전쯤이던가요? 당신은 나와 와인 마시던 그때가 그립다고 했는데. 우리의 디오니소스 축제가 그립다고 했는데. 당신의 바쿠스도 그때가 그립다고 맞장구쳤는데. 우리가 또다시 같이 마시게 될 날이 머지않았으니, 함께할 많은 날들이 남아 있으니, 조금만 참고 견뎌내자 했는데. 그때까지만 해도 우리의 축제가 계속될 거란 믿음에는 추호의 의심도 없었는데.

4. 사십구재 편지

벌써 일곱 번째 월요일이군요. 불가에서 말하는 당신의 사십구재 날이에요. 지난 49일 동안 당신이 떠난 먼 길을 내 걸음으로 한번 따라가 보았어요. 당신이 남긴 무슨 단서라도 없는지 돋보기를 들고 유심히 들여다보았어요. 하지만 당신의 자취는 온데간데없고 온통 미로밖에 없었어요.

가계부를 비롯해 뭐든 꼼꼼히 기록해 왔던 평소 당신 모습에 비춰보면 모든 게 의문투성이일 뿐이에요. 가까운 곳으로 짧은 여행을 가도 몇 날 며칠을 패킹리스트를 만들고, 보따리를 쌌다 풀었다, 저울에 올렸다 내렸다 하기를 거듭했던 당신인데. 그 먼 길을 떠나며 단 몇 줄의 글밖에 남기지 않았으니까요. 그것도 우리에게 보낸 편지가 아니라 흘려 쓴 독백만을 남기고서요.

나쁜 일은 혼자 오지 않는다더니. 아이의 정학, 여름방학 기간 한국 방문일정 잡기와 항공권 예약, 심리치료 캠프 참가와 숙소 마련하기, 중국 내에서 이사 갈 집 찾기와 계약 및 실제 이사. 과연 떼 지어 몰려왔어요.

나와의 대화가 끊길 때면 고개 돌려 창밖을 바라보던 당신은 지난 봄부터,

"일이 왜 이렇게 한꺼번에 몰려서 오는 거지?"

라는 말을 되뇌면서부터 무너지기 시작했어요. 당신의 심신을 가장 힘들게 했던 게 과연 무엇이었나요? 그렇게 서둘러 가야 했나요? 아니면 아무도 모르게 오랫동안 준비해왔던 건가요?

반백 일이 지나는 동안 내겐 새로운 버릇 하나가 자리 잡았어요. 당신이 알다시피 평소에 난 핸드폰을 잘 휴대하지 않아요. 쓸 일이 없으면 만지지도 않잖아요. 심지어 가까운 곳이면 사람을 만나러 갈 때조차 집에 놔두고 다니잖아요. 그런 내가 어느 날부턴가 휴대전화를 항상 몸에 지니고 있어요. 집에서는 손에 들고 있고, 병원에선 가운 주머니에 넣은 채 일을 하고 있어요. 진동이 울리지나 않는지 늘 신경을 곤두세우고 있고, 시도 때도 없이 강박적으로 열어 보고 있어요. 행여나 하는 마음에 휴대전화를 다시금 열어 보지만, 도착한 문자와 답장들 속에 오늘도 당신의 편지는 없어요.

연두, 초록, 청록, 황록, 옥색. 출근길 차창 밖으로 보이는 녹색들

이 어찌 저리도 다양한지, 올봄에야 난생처음 알게 됐어요. 봄 산은 연두가 연다는 시인의 표현도 목도하게 됐어요. 색채는 빛의 고통이라고 괴테는 말했어요. 아름답게만 보이는 것도 실은 다 고통의 산물이라는 뜻이겠지요. 모르겠어요. 지금 내 눈엔 봄의 색채가 아름답지 않아요. 그저 원래 저렇게 다양했었구나 하는 정도에 그쳐요. 차라리 빛의 슬픔으로 다가와요.

당신이 언 땅속으로 돌아가고 봄꽃들이 피고 졌어요. 매화를 필두로 백목련, 자목련, 벚꽃, 라일락, 겹벚꽃들이 차례로 피고 졌어요. 당신이 없는데도 피고 졌어요. 당신은 알고 있었어요. 봄이 오지 않는다는 것을. 남국의 봄이 다 가고 있건만 봄은 오지 않네요. 당신과 나의 계절은 아직 겨울에 멈춰 있네요.

5. 아이들에게 편지를 썼어요

1.

“우리 누구도 자유로울 수 없다. 그렇다고 해서 누구의 잘못인 것도 아니다. 엄마가 우리 곁에 오래 머물지 못하고 떠난 건 말로는 표현할 수 없을 만큼 가슴 아픈 일이지만, 그렇다고 너무 오랫동안 뒤돌아보고 있지는 말자. 대신 우리 셋이서 앞으로 어떻게 살 것인가를 고민해 나가자. 알겠지? 그게 엄마를 진정으로 위하는 길일 거야. 엄마도 그러길 바라지 않겠니? 그렇게 기도하고 있지 않겠니?”

2.

“아빠와 결혼하지 않았고, 리니와 뽕이를 만나지 않았다 하더라도 엄마는 오래 살지 못했을 거라 믿자. 무슨 수를 써도 일어나고야 마는 신탁(神託)을 받은 거라고 말이다. 쉽지 않겠지만 일단 그렇게 가정하고 나면, 엄마가 아빠의 아내로 너희들의 엄마로, 우리와 함께할 수 있었던 건 엄청난 행운이 되는 셈이야. 너무나 감사한 일이지. 슬프지만 엄마 먼저 아름다운 자연으로, 불멸의 천국으로 가 있다고 생각하자. 우리의 삶이 자연의 일부이긴 하지만, 자연과 달리 혼자서는 완벽할 수 없기에 더 아름다운 건지도 모른단다."

3.

"그녀를 아는 어떤 사람도 좋아하지 않을 수 없는, 나무랄 데 없는 아름다운 여인. 성격은 별로지만, 그래도 한번 한다면 무서운 집중력을 발휘하고, 딴에는 나름 쓸만한 성과들을 만들어 내는 사나이. 조합이 멋지지 않니? 너희는 이 두 사람의 피가 반반씩 흐르고 있는, 아직 불붙지 않은 용광로와 같은 아이들이야. 시간이 지나면 언젠가 그 불은 붙게 되어있다. 다만 엄마의 바람은 우리 셋이 힘을 합쳐 그 발화 시점을 앞당기라는 거야. 바로 지금 말이다. 그리고 학교와 교회에서도 위축되지 말거라. 이건 가슴 아픈 일이지 결코 숨기거나 부끄러워할 일은 아니란다.

같은 삶을 살더라도, 매일매일이 다르다고 생각하는 사람이 늘 감사와 행복을 느끼며 살 수 있는 법이야. 그러니 어제를 잊고, 다른 오늘을 시작하자. 그 어떤 시점이 바로 오늘이 되게 하자는 얘기지. 언제나 그래왔듯 아빠 뒤에서 너희를 지지할 것이다. 이젠 엄마도 하늘에서 영원히 너희 남매를 지켜줄 거야."

4.

"뽕이가 태어난 후로 20년 가까이를 우린 줄곧 네 개의 축으로 살아왔어. 축이 네 개일 때는 경사진 곳에서도 균형 잡는 데 문제가 없었어. 그러니 넘어질 일은 더더욱 없었지. 하지만 하루아침에 축 하나가 쑥 빠져나가 버리고, 우린 삼각대처럼 셋만으로 버텨야 할 처지가 됐어. 자꾸 한쪽으로 기울고 있어. 쓰러지려고도 해. 서 있기는커녕 중심 잡기조차 힘든 상황이야. 이대로 가다간 모든 게 무너져 내릴지도 모른다는 위기감마저 감돌고 있어. 하지만 이런 극한의 고난들을 넘고 나면 한 발짝씩이라도 걸음을 뗄 수 있게 될 거야. 이런 시련들을 오히려 감사히 받아들이게 될 날은 오게 되어있으니까. 그 날이 머지않았다고 믿자. 어두울수록 새벽이 가까운 법이니까. 삼각대도 원래는 온전한 구조니까."

아이들에게 편지를 썼어요. 용기를 주고 싶어서 썼는데, 글이 두서도 없고 맥락도 없어요. 쓰면서도 내가 무슨 말을 하는지 길을 잃을 때가 많았거든요. 편지를 쓰는 행위 자체가 아이들을 경유해 당신에게로 귀착하는 여정이었을 테니까요. 쓰기는 아이들이 어제에서 놓여날 수 있도록 내일을 향해 썼어요. 분명 낙관적인 메시지들임에도 불구하고, 한 문장 쓸 때마다, 단어 하나 고칠 때마다 가슴 언저리가 시려오고 눈두덩이 두꺼워졌어요. 예전 같으면 아이들에게 보내기 전에 당신에게 먼저 보여주었을 테고, 당신은 당신 의견을 내게 주었겠죠. 어쩌다가 이젠 거꾸로 아이들에게 보냈던 편지를 당신에게 전하고 있네요.

아이들에겐 말하지 않았지만, 당신이 없는 우리 셋만으로는 더 이상 우리 가족이 완전하지 않아요. 당신의 빈자리가 너무나 커요. 당신을 처음 만났을 때 내 애창곡은 이상우의 '채워지지 않는 빈자리'였어요. 당신도 기억하지요? 당신을 만나 넘치도록 채워졌던 빈자리가 다시 텅 비어버렸어요. 당신의 빈자리가 오늘따라 커다랗게 느껴져요. 시간이 흐르면 새살이 돋아나는 건지, 아니면 어떻게 다시 채워야 하는 건지 모르겠어요. 아이들을 생각하면 그저 막막하기만 하네요.

오늘도 보고 싶어요.

6. 결혼기념일 편지 vs 당신이 없는 결혼기념일

살면서 당신은 다시 태어나도 당신과 결혼할 건지 여러 차례 내게 물어왔어요. 당신은 나랑 다시 결혼할 거라고 하면서요. 큰애에게도 항상 아빠 같은 사람 만나야 한다고 하면서요. 그때마다 나는 대답을 얼버무리곤 했어요. 아이들과 함께 화기애애한 분위기로 시작했던 대화는 난처한 질문과 상대의 마음을 헤아리지 않는 자기애적 대응으로 경색되곤 했지요.

이런 당혹스러움의 실체가 과연 무엇인지, 나 스스로를 한번 곰곰이 들여다보았어요. 그래요. 그건 결코 당신을 사랑하지 않아서가 아니었어요. 다음 세상에서는 당신을 또다시 내 틀 안에 가두고 싶지 않다는 뜻에서였어요. 나와의 결혼으로 다시금 당신 자신을 잃어버리는 일이 없었으면 하는 바람에서였어요.

우리가 부부의 인연을 지은 지 꼭 스물두 해가 되는 오늘은 똑 부러지게 대답할게요. 당신과 반드시 결혼하겠다고. 다음 세상에서도 나는 나만의 당신을 만나고 싶어요. 장인 장모님의 둘째 딸은 나와 만나지 않아도 존재할 테지만, '솔리'는 당신과 내가 만나야만 나타나는 존재잖아요. 우리가 결혼하지 않으면 '쭈여사'라는 존재는 존재할 수 없는 존재잖아요.

아이들도 다시 만나고 싶어요. 당신과 결혼하지 않으면 우리 아이들을 다시 만날 수 없을지 몰라요. 설사 만난다고 하더라도 낯설게 느껴질 거 같아요. 분명 이번 생에서처럼 특별한 인연이 아닐 게 뻔하거든요. 더구나 아이들이 나를 아빠 이외의 다른 이름으로 부르는 모습은 상상조차 하기 싫어요.

솔리는 나만의 한정판이에요. 영화 〈백투더퓨처〉에서처럼 무슨 수를 써서라도 당신과 이웃집 얼간이와의 결혼을 막아야 해요. 〈터미네이터〉처럼 아이들의 엄마로 당신을 지켜내야 해요. 그렇게 당신은 반드시 나와 결혼해야만 해요. 우리만의 후속편들을 계속해서 만들어가고 싶어요.

두 해 전 결혼기념일에 보냈던 편지를 오늘 다시 펼쳤어요. 당신이 듣고 있을지 알 수 없지만, 오늘 다시 한번 대답할게요. 다시 태어나도 반드시 당신과 결혼할 거라고. 그래서 우리의 아이들도 다시 만

날 거라고. 리미티드 에디션인 솔리와의 후속편도 이어서 만들어나
갈 거라고.

당신은 내가 처음으로 결혼하고 싶다는 마음을 품게 한 여인이에요. 내 마지막 연인이기도 하고요. 아침이 밝으면 24년 전 당신과의 부부의 연을 허락해 주신 장인 장모님께 전화드릴 거예요. 부모님 살아계실 제 당신이 내 생일마다 나를 낳아주셔서 감사하다고 전화드렸던 것처럼 말이에요. 근데 아버지 어머니라고 부를 수 있을지 모르겠어요. 두 분이 원하는지 원하지 않으시는지도 모르겠고요. 당신이 지금 물어 봐줘요. 듣기에 어느 호칭이 좋으신지요.

25년 전 우리가 2년을 사귄 시점에 "이제 부모님 뵈어야지?"라는 말로 청혼을 대신했던 게 당신과 살아오며 늘 마음에 걸렸어요. 은혼인 내년엔 당신에게 정식으로 청혼하려 마음먹고 있었는데. 반지도 준비해서 한쪽 무릎 꿇어 다시 결혼해 달라고 하고 싶었는데. 우리의 신혼여행지로 당신과 은혼여행 가겠다고 당신에게 맹세까지 했었는데.

사랑은 과거형이 없대요. '사랑했었어'라고 과거완료형으로 말하는 건 사랑이 아니라는 거죠. 맞는 말이에요. 돌아가신 부모님에게 '어머니 사랑합니다'라고 하지, '엄마 사랑했어요'나 '아버지 사랑했었어

요'라고 하진 않잖아요. 부모가 아이들에게 말하는 '사랑한다 아가!'에 대한 시제도 영원한 것처럼 말이에요. 한번 사랑하면 끝없이 사랑하는 게 사랑이었어요. 사랑이 떠나고 난 후에도 언제나 '사랑해'라고 말할 수 있는 사랑이 진짜 사랑이었어요.

앞으로도 당신이 많이 그리울 거예요. 몇 번이 남았을지 모를 우리의 결혼기념일 날엔 더욱 더하겠죠. 태어나 지금껏 내가 가장 잘한 일은 당신과 결혼한 사실이에요. 고마워요, 나와 결혼해줘서. 당신을 사랑해요.

7. 리니가 온 결혼기념일

오늘 큰아이가 와요. 근데 리니가 오는 날의 마음이 당신이 있을 때랑은 사뭇 달라요. 딱히 이렇다 표현하기 어렵지만, 마냥 기쁘기만 한 건 아니에요.

아이들이랑 아파트 앞 햄버거 집에 왔어요. 당신이 우리 셋에게 차례로 소개한 뉴질랜드 수제 버거 식당에요.

"이제 아빠가 이 세상에서 가장 사랑하는 사람은 두 명이 되었고, 그 두 사람이 내 앞에 있구나. 엄마가 떠나고 벌써 두 달이 다 됐는데, 우리 셋만 한자리에 있긴 처음이구나. 엄마가 살아 있을 때도 이렇게 우리 셋만 지낸 적이 없었던가?"

"네, 그런 거 같아요."

'당신은 우리의 모든 순간을 함께했었군요.'

수제 버거로 저녁을 들며 작은애가 키가 부쩍 자란 것 같다는 얘길 하다가, 자연스럽게 당신과 나의 키 이야기로 흘러갔어요.

"엄마는 한 번도 아빠 키가 작다고 생각해 본 적이 없대요."

"아빠도 기억하고 있어. 연애하면서 엄마가 아빠한테 반한 부분 가운데 하나가 아빠의 책임정신 아니었나 싶어. 하하. 결혼 후에도 상당 기간 동안 엄마가 그 얘길 했었어. 실제론 아빠 엄마 키 차이가 4cm밖에 나지 않거든."

"그래서 아빠가 크게 느껴졌겠군요. 믿고 의지할 만한 사람이어서요."

'나도 당신과 비슷한 감정적 경험이 있어요. 미안한 얘기지만, 당신이 그렇게 예쁜지 몰랐어요. 당신이 진짜 예뻐 보인 건 내 두 번째 인생이 열리면서부터였어요. 당신에 대한 사랑이 새롭게 샘솟으면서 말이에요. 연애할 때보다 20년 가까이 살고서 당신이 더 예뻐 보였고, 당신을 생각하는 것만으로도 가슴이 뛰고 마음은 설렜어요. 그동안 당신의 빼어난 마음씨에 취해서, 정작 그 예쁜 얼굴은 제대로 보지 못하고 살았던 거죠. 어리석게도.'

아이들 마음을 다독여주긴 해야겠지만 무슨 말을 어떻게 해야 할지 감이 오지 않았어요. 그래도 목청을 가다듬고 다시 우리 네 사람의 이야기를 꺼냈어요.

"지난 27년간 엄마를 제일 그리고 가장 많이 사랑한 사람이 아빠겠지만, 그만큼 미안한 것 또한 가장 많은 사람이 아빠야. 아빠는 매일 새벽 엄마를 만나. 만나서 미안했던 일들을 하나하나 끄집어내고 있어. 고통스럽지만 안간힘을 다해 정면으로 마주하고 있어. 그러자 신기하게도 미안한 마음이 하나씩 덜어내어 지더구나. 엄마가 그게 아니라고 말하고 있거든. '내가 미안해요, 여보', '당신 탓이 아니에요'라고 얘기하고 있거든. 너희도 아빠처럼 그렇게 해야 한단다. 말이든 글이든 밖으로 쏟아내야 해. 품고 가지 말고 가능한 한 아빠한테 다 털어놔. 그 대상이 아빠가 아니어도 괜찮아. 기쁨은 나누면 두 배가 되고, 슬픔은 나누면 반으로 줄어든다고 하지 않니. 아빠보다 엄마가 훨씬 더 간절히 바라는 일 아니겠니."

이튿날 퇴근해서 현관문을 열고 들어오는데,

"아빠 다녀오셨어요!"

하며 남매가 나란히 서서 밝고도 높은 톤의 목소리로 아빠를 맞이해요. '솔솔 솔솔솔솔솔솔!'의 음정으로 이중창을 하듯 말하네요. 순간 가슴이 뭉클하더니, 표현하기 힘든 격한 감정들이 왈칵 쏟아져 나왔어요. 아! 이건 행복이에요. 당신이 떠난 후로 처음 느껴본 이 감정은 분명 행복이에요. 그런데 왜 코가 시큰하지요? 왜 슬픈 거지요? 삶이란 각박한 찰나의 행복을 위해 영겁과도 같이 느껴지는 긴 고난의 시간들을 견뎌내야 하는 건가요?

'하루아침에 엄마를 잃은 아이들이 불쌍하다. 미안하다. 아이들은 죄가 없지 않은가. 아이들이 대체 무슨 잘못으로 이런 벌을 받아야 한단 말인가. 우리야 부부의 인연으로 서로를 지목한 것이라 하지만, 아이들은 부모로 우리를 선택한 적이 없지 않은가.'

옷 갈아입고 손발 씻고 나오니 아이들이 식탁에 저녁을 차려 놓았어요. 리니가 만든 낙지볶음 소면, 내가 아침에 해둔 쌀밥, 누이가 해놓고 간 단무지와 오이지 무침, 처형이 리니 편에 보내온 젓갈 삼종세트, 그리고 한국 마트에서 산 깻잎 절임 따위가 눈에 들어와요. 찬들 모두가 히스토리는 다르지만, 하나같이 당신의 세 사람에 대한 사랑을 담고 있어요.

"엄마 아빠가 제일 좋아하시는 낙지볶음 만들어 봤어요. 마트에 낙지가 없어 주꾸미로 했지만요."

"고맙구나. 낙지는 우리 식구 모두가 좋아하지. 엄마는 낙지 요리를 먹는 것과 만드는 거 둘 다 좋아했어."

'아이들에게 말은 그렇게 했지만, 사실 낙지볶음은 당신과 아이들이 좋아하는 음식이지요. 난 당신이 미나리 넣고 맑게 끓인 연포탕을 좋아하고요.'

"저도 선물 있어요!"

하며 뽕이가 케이크를 내놓아요. 아빠 혼자 맞은 첫 번째 결혼기념일이란 뜻인가, 초는 한 개를 준비했네요. 노래는 '결혼 축하합니다'를 불러요. 우려 반 기대 반이었지만, 역시 아이들은 회복 탄력성이 좋네요. 빠른 속도로 벗어나는 모습이에요. 그래야죠. 그나마 다행이라고 해야겠죠. 감사하네요.

셋 다 약속이나 한 듯 어느새 손뼉 칠 자세를 잡은 채 서로 눈치를 보고 있어요.

"아빠가 촛불 끄세요."

"같이 끄자꾸나."

"후욱!"

짝짝짝.

"주인공이 한 명 빠졌네요."

"아냐! 엄마 방금 같이 불었어."

'당신이 옆에 와 있군요.'

다음날 리니가 우리 결혼기념일에 쓴 자신의 일기를 보내왔어요. 아빠와 한날 한 장소에서 같은 그림을 보고 쓴 글인데 분위기가 많이 다르네요. 아빠는 현장의 분위기를 위주로 썼고, 딸은 거기까지 오는 심리적인 과정을 적었네요. 글이 신선해서 '글에도 나이가 있구

나. 젊은 글이 있고, 나이 든 글이 있구나.' 하는 깨달음을 받았어요. 내 글과는 느낌이 많이 다르지만, 당신을 사랑하는 마음만큼은 나와 조금도 다르지 않아요.

일기를 읽으며 아이가 엄마를 잃은 슬픔이 얼마나 클까 하는 생각에 가슴 아팠어요. E. K. 로스는 사랑하는 사람의 죽음에서 오는 분노는 그 대상이 신에게까지도 확장된다고 했어요. 리니의 글을 읽으며 로스의 말에 다시 한번 공감했어요. 리니가 그랬고 내가 그랬으니까요. 사람 잘못 데려갔다고, 하고많은 사람 중에 이렇게 착한 사람을 데려가는 법이 어디 있냐고, 누군지도 모를 애꿎은 누군가를 원망하며 몸서리쳤으니까요.

그래도 아빠와 동생을 챙기는 리니의 마음이 예뻐요. 힘든 가운데 녀석이 또 한 뼘 훌쩍 자랐어요.

엄마 없이는 처음 보내는 엄마아빠의 결혼기념일

많이 울 거 같았지만 그래도 생각보단 많이 웃으면서 셋이 좋은 시간을 보냈다. 문득 평소 엄마가 우리에게 자주 해주던 요리들 중 아빠가 낙지볶음과 소면을 좋아했던 것 같아 작은고모에게 전해 받은 특급 레시피로 소박하지만 풍성한 저녁을 준비해 보았다. 엄마의 손맛은 절대 따라갈 수 없겠지만, 평소 친할머니의 요리를 좋아하던 엄마였기에, 친할머니의 레시피를 물려받은 작은고모의 도움이 더해지면 엄마의 낙지볶음을 조금이나마 따라갈 수 있지 않을까 짐작해보았다.

그렇게 차려진 따뜻한 저녁상 위에 슬쩍 뽕이가 본인이 사 온 오레오 맛 케이크를 올려놓았다. 요즘 용돈이 예전보다 부족하다던 뽕이였기에 어젯밤 넌지시 "용돈 부족하면 누나가 케이크 값 줄까?" 물어봤는데, "이 정도는 내가 살 수 있어."라며 답하던 모습이 생각난다. 엄마 아빠를 향한 사랑을, 그리고 우리 가족을 위한 위로를 선물하고 싶었던 거겠지. 케이크의 가격이 얼마인지는 모르지만, 본인이 줄 수 있는 것 중 최고이자 최선을 선물했기에 그 무엇보다 값진 케이크였다고 난 생각한다.

오늘 찬양을 들으면서 아파트 안을 거니는데, 문득 '이 모든 일들을 겪기에 나와 뽕이는 아직 너무 어리잖아요.'란 생각이 들었다. 생각해보면 주님은 늘 나로 하여금 내 또래들보다 다양한 일들을 먼저 겪게끔 하셨다. 조금은 속상하기도, 조금은 원망스럽기도 하지만 그래도 이렇게나마 '먼저 빚진 자'의 삶을 살아내게끔 하심에 감사하다. 나의 삶이 누군가에게 위로가, 또 누군가에겐 용기가 되었으면 한다.

부엌에서 엄마가 좋아하는 예쁜 그릇들을 닦으며 사랑하는 가족들을 위해 저녁을 준비하고 있으니 엄마 생각이 더 많이 나는 건 어쩔 수 없다. ‘언제쯤 아빠가 퇴근할까?’ 창밖을 내다보며 야채를 손질하는 내 모습에 엄마의 모습이 겹쳐 보여 또 잠시 눈물이 났다. 슬퍼서 나는 눈물이 아니라 사랑해서 나는 눈물일 거야.

오늘도 사랑해 엄마.

8. 커피 이야기

커피에 관한 당신의 이야기를 쓰기로 했어요. 커피는 당신이 워낙 좋아하던 애호품인지라, 제목만 쓰고 나면 글이 저절로 자동완성될 줄 알았어요. 근데 막상 쓰려고 하니 잘 써지질 않더군요. 한두 줄 끄적이던 어느 날 문득 떠올랐어요. 예전에도 당신을 관찰하고 썼던 커피에 관한 글이 있다는 사실이요.

"당신은 커피를 참 좋아해요. 커피라면 뭐든 좋아해요. 원두커피, 인스턴트커피, 커피믹스. 종류를 가리지 않고 커피를 사랑해요. 사탕과 아이스크림마저도 당신은 커피 맛을 좋아하는 사람이잖아요. 근데 그 언제도 당신이 커피를 다 마시고 난 빈 잔을 본 적은 없어요.

내가 관찰한 당신과 커피에 대한 인상은 '중국어 공부를 시작할 때 책을 먼저 펴두고 커피를 준비한다. 커피를 내리는 동안 화장을 하고 머리를 말면서 외출 준비를 한다. 커피를 앞에 두고는 우두커니 창밖을 바라보고 있다.' 따위였어요. 하지만 정작 내가 외출에서 돌아와 보면 사람은 간데없고, 반 이상 남은 커피잔만 테이블 위에 덩그러니 놓여 있을 때가 다반사였어요.

'원두를 갈고, 물을 끓이고, 커피를 내리고, 커피 향을 맡고, 예쁜 잔에 담아 테이블에 내고'. 당신은 커피에 관한 전 과정을 좋아해요. 커피를 위한 무의식적 의식(儀式)을 숭상하는 거예요. 어찌 보면 커피 마시는 것보다 잔에 담긴 커피를 더 좋아하는 거지요. 테이블 위에 놓인 하얀 도자기 커피잔과 잔 받침, 그리고 까만 커피의 대비를 감상하며, 커피 향을 맡으며, 마음의 안정을 얻는 듯해요. '말을 건네기도 어색하게', '탁자에 다소곳이', '너를 만지면 온몸에 너의 열기가 퍼져' 같은 노고지리 '찻잔'의 노랫말처럼, 그런 흑백사진 같은 실루엣들을 사랑하는 거죠.

당신은 미각적 쾌락만이 아니라 시각과 후각이 협연하는 공감각적 체험 전체를 좋아해요. 음악으로 치면 솔로보다 협주곡이나 교향곡을 사랑하는 거지요. 단순히 듣는 음악보다는 뮤직비디오나 공연을 선호하는 취향과 같은 맥락인 거죠. 당신은 경험의 최종 결과물보다 그 일련의 과정에 더 높은 가치를 두고 제대로 즐길 줄 아는, 운치 있는 사람인 거예요."

한동안 잦아드는가 싶었던 당신에 대한 그리움이 오늘따라 이상하리만치 깊게 사무쳐요. 내 영혼은 수술과 회진 사이사이에 작은 틈만 보이면 당신에게 가 있어요. 대화의 맥을 자꾸 놓치고, 초점이 어긋난 상담을 했어요. 수술을 시작하며 마취를 할 때도 당신이 보이고, 수술을 마치며 잇몸을 꿰매고 있을 때도 당신의 모습이 보여요. 그럴 때마다 '이러면 안 되지!' 하며 흠칫 놀라 현실로 되돌아 나오는 나를 발견하고 있어요. 밖에 화재가 난지도 모르고 수술에 몰입하던 나인데. 수술실 전체를 관장하고 책임져야 할 주 수술자인 내가 이러고 있다니, 하! 이럴 땐 나조차 내가 두려워져요.

이제 오월 초를 지나지만, 남국의 봄은 곳곳에서 여름 냄새를 물씬 풍기고 있어요. 집으로 돌아오는 기차역에서 아이스 아메리카노 한 잔을 샀어요. 커피를 안 마신 지가 벌써 오래지만, 대합실에서 M자 모양의 로고와 마주치자 당신이 생각났거든요. 나는 "맛은 그저 그렇지만 속은 그런대로 편해!"라며 품평했고, 당신은 "중국에서 이게 어디야!" 하며, 함께 감사히 마셨던 브랜드잖아요. 당신은 한여름에도 뜨거운 커피를 좋아했지요.

승차 시간을 기다리며 커피를 한 모금 빨아들이는데 핸드폰 알림음이 울어요. 가족 톡으로 사진이 올라왔네요. 아! 당신의 비석에 놓인 꽃다발 사진이군요! 과연 그랬군요! 큰아이가 오늘 당신에게 갔었군요!

기차가 노을 속으로 들어가고 있어요. 차창 턱에 커피를 올려놓았어요.

'기차, 노을, 커피, 당신. 기차 노을 커피 당신'

눈물이 주르륵 흘렀어요. 당신과 나 그리고 리니, 이렇듯 사랑하는 사람끼리의 감정은 우주의 시공간을 가로질러 핫라인 없이도 직거래를 하는가 봐요. 시선만 노을에게 내주고, 난 다시 당신에게 가 있어요.

9. 호칭

딸들은 대부분 자신의 어머니를 평생 엄마라고 불러요. 그래서인지 모녀관계는 보통 친구 사이에 가까워요. 반면에 아들은 성장과정 중 어떤 특별한 시점에서 호칭이 엄마에서 어머니로 바뀌고요. 내 경우엔 내가 가장이 되면서부터였던 것 같아요. 어머니는 그때부터 나를 아범이라 불렀어요.

이름을 부르는 어머니는 자식의 정체성을 존중하고, 큰애, 둘째, 막내라고 부르는 어머니는 가족 구성원으로서의 역할을 중시하는 듯해요. 아범이라는 호칭은 가족사회 안의 작은 구성단위 하나를 책임지는 독립적인 존재가 되어 달라는 바람을 담는 것 같아요.

기억이 있을 때부터 나는 아버지를 아버지라 불렀어요. 당신도 알다시피 아버지가 돌아가실 때까지 그 호칭은 그대로 이어졌어요. 돌아가신 후엔 '당신'이라 칭해 존경을 표하긴 했지만, 다정다감한 친구 같은 관계를 나타내는 호칭은 아니었던 것 같아요. 아마 당 시대의 가부장적인 유교식 교육의 영향도 한몫했을 터예요. 가까이 다가가기엔 다소간 거리감이 느껴지는 호칭이네요.

당신이 형님이라고 부르는 내 누이들은 자신들의 기억으로 평생 부모님을 엄마와 아버지로 불렀다고 해요. 그 시대에는 그게 보편적인 호칭이었고, 유년의 어느 시점에 엄마의 양육 방식이 호칭을 아빠에서 아버지로 옮겨가게 하지 않았겠나, 라고 덧붙이더군요. 누이들은 당신을 올케라고 부르지 않고, 당신의 이름을 불러요. 당신을 하나뿐인 금쪽같은 남동생의 아내보다는 여형제처럼 생각한다는 의미 아닐까요? 마치 어린 시절부터 한 동네에서 알고 지낸 언니 동생 사이처럼 말이에요.

대학생인 딸아이와 고등학생인 아들 녀석, 우리의 아이들은 나를 아빠라 부르고 있지요. 물론 당신은 엄마라 부르고요. 지금까진 내가 그리 어렵지 않은가 봐요. 나에 대한 호칭이 앞으로는 바뀔지도 모르지만 말이에요. 바뀐다면 아버지라는 호칭이 유력하겠지만, 지금으로선 듣기에 많이 어색할 거라 짐작되네요.

오십이 다 된 당신은 친정 부모님을 아직 엄마 아빠라고 부르지요. 타인과의 대화에서 삼인칭으로 등장할 때도 똑같이 부르더군요. 앞으로도 서로의 관계와 역할에 있어서 특별한 변화는 없을 거로 예상되니, 아마 그 호칭을 평생 쓰게 되지 않을까 싶네요. 장인 장모님도 50년 전 당신들이 주신 딸의 이름을 그대로 부르고 있어요. 여전히 딸의 자아를 존중해주고 있는 듯해요. 당신들의 관계는 친구나 멘토 등의 매우 이상적인 모습으로 보여요.

당신은 시어머니를 직접 부를 때는 어머니, 대화 속의 3인칭일 때는 어머님, 우리 어머님, 이렇게 불렀어요. 어머니는 당신을 '새아가'라 부르다가 손주가 생기면서 어멈으로 바꿔 불렀어요. 새아가에서 어멈으로 호칭이 옮겨가는 건 당신을 새로 얻은 자식이나 손님의 지위에서 '이젠 작은 안주인으로 인정한다'는 역할 전이의 느낌을 줘요. 당신은 시아버지를 인칭에 관계없이 아버님이라 불렀어요. 아버지는 치매로 며느리를 알아볼 수 없게 될 때까지 당신을 아가라고 불렀고요. 하나뿐인 며느리였던 당신은 아버지에게 영원한 아가였어요.

호칭은 관계와 역할을 기초로 만들어지지요. 그리고 부르는 시점의 상대에 대한 바람과 감정에 따라 알맞게 채용되는 것 같아요.

장모님 퇴원 일이 다가오고 있어요. 날짜에 맞춰 전화 드릴까 해요. 항상 당신이 받던 우리의 핫라인, 인터넷폰으로 말이에요. 당신이 없는데 당신으로 연 맺은 분들을 이제 어떻게 부를지 생각해봤어요. 당신과 내가 쓰던 호칭들을 다시 한번 따라가 보았어요.

장인 장모님 먼저 볼게요. 예전 글에서처럼 나는 내 부모님을 어머니 아버지라 불렀어요. 당신은 친정 부모님을 결국 끝까지 엄마 아빠라 불렀고요. 부모님 두 분이 다 돌아가시고, 나는 장인 장모님에게 이제 두 분이 내 부모님이라고 말했어요. 두 분도 고 서방을 아들이라 생각한다고 하셨고요. 늦은 감이 없지 않지만, 이제 두 분을 아버지 어머니라 불러도 괜찮지 않을까요? 당신이 있을 때부터 그렇게 불렀더라면 더 좋았을 테지만 말이에요.

그리고 처남들이에요. 나는 그들을 최근까지 김 기장 김 팀장이라 불렀어요. 당신은 현아 덕아 하며 이름을 불렀고요. 편하게 자신의 이름을 불러줄 자기편이 세상에 한 사람 줄어든 그들. 이젠 내가 그들의 이름을 부를게요. 현아 덕아 하고 부를게요. 친동생 대하듯 친숙하게 부를 수 있을 거 같아요. 이 호칭은 아마도 어렵지 않게 채용될 것 같네요. 맘에 들어요.

우리의 성남과 서초 시절을 옆에서 항상 지켜주던 이모님. 당신과

5촌지간이었지만 친이모보다 더 가까웠던 이모님. 마지막까지 당신이 그리도 따르고 의지했던 이모님. 당신은 이모 혹은 이모야 하고 불렀어요. 이제 나도 이모님을 이모라 부를게요. 이 호칭도 마음에 드는군요.

조카들도 있네요. 조카들이 기억하는 당신에 대한 청각적 인상은 "깜찍이들 왔어?"예요. 깜찍이는 원래 작은애가 말귀를 알아들으면서부터 당신 입에 붙은 애칭이에요. 큰애가 "누가 깜찍인데?" 하고 질투를 느끼는 듯하자, 당황한 당신은 큰애에게도 '1번 깜찍이' 혹은 '원조 깜찍이'란 별명을 붙여 주었지요. 우리의 아이들이 자라며 어느 순간 더 이상 깜찍하지 않게 되자, 깜찍이란 호칭은 조카들에게로 옮겨 갔어요. 조카란 조카는 모조리 다 깜찍이가 됐던 거죠. 앞으론 내가 "깜찍이들 왔어?" 하고 그들을 맞이할게요.

빠진 사람이 있어요. 당신이 끔찍이도 사랑하는 당신의 언니. 언제나 당신을 자신의 자랑이라 여겼다던 언니. 아이들의 상견례에 나와 아이 사이에, 아이들의 결혼식에 나와 나란히 혼주석에 앉을 공산이 가장 큰 사람. 처형이에요. 나는 처형, 당신은 언니야, 하고 불렀어요. 이제부턴 뭐라고 부르면 좋을까요? 지금처럼 그냥 처형? 당신이 불렀던 언니야! 이건 아닌 거 같고요. 아니면 이름을 불러요? 이것도 아닌 거 같아요. 현실적으로는 처형이라 부르는 게 가장 편할 것 같긴 한데, 그래도 당신이 알려줘야 해요. 당신이 쓰던 호칭들 대부분을 이제부턴 내가 그대로 받아 쓰게 되겠지만, 그중에서 '언니야'와 '처형'은 가장 비슷하지 않잖아요.

이제 우리 이야기를 해야겠네요. 당신이 내게 가장 많이 썼던 호칭은 '여보'였어요. 낯간지러워 나는 한 번도 당신을 그렇게 불러본 적 없지만, 당신은 어린 새댁 시절부터 곧잘 날 그렇게 불렀어요. 그리고 내가 3인칭일 땐 '우리 신랑'이라 칭했어요. 나는 신혼 때는 당신을 당신의 이름으로 불렀고, 아이들이 생긴 후로 아이들이 함께 있을 땐 '부인' 우리 둘만 있을 땐 '마누라!'라고 칭했어요. 당신의 대답을 들을 수 없게 된 지금에서야, 나도 처음으로 당신을 이렇게 불러봐요. "여보!"

소월은 '불러도 주인 없는 이름이여!'라 읊조리며 초혼(招魂)했다지요. 하지만 인디언들은 죽은 사람의 이름을 부르지 않는대요. 이름을 부르면 가뜩이나 갈길 바쁜 망자를 자꾸 뒤돌아보게 한대요. 미련을 훌훌 털어버리고 떠나야 할 사람을 가지 못하게 붙잡아 둔대요. 나름 일리 있는 말이라 여겨졌고, 그렇게 해서 나쁠 건 없겠다는 생각도 들더군요. 가족 간의 대화에서 당신이 3인칭으로 등장할 때 나는 당신을 당신의 이름으로 불렀어요. 이제부터는 당신을 '그녀'라 칭할게요.

세월호가 벌써 5주기라고 하네요. 뉴스에 관심 두지 않고 산 지가 오래지만, 오늘 김훈 작가의 신간 수필집이 그렇다고 일깨워주네요. 해마다 이맘때면 세월호 유가족들의 마음을 조금씩은 헤아려 왔어요. 하지만 당신을 그리워하며 지내는 지금은 세월호가 내 안으로 비집고 들어올 틈이 없어요. 우리 유족들 살피기도 버거워요. 아니! 당신 마음 하나 헤아리는 것만으로도 힘에 겨워요.

오늘도 미안해, 여보!
지켜주지 못해 정말 미안해!

10. 샤오인

어제는 샤오인이 다녀갔어요. 내가 수술 중인 병원에 남자친구도 데려왔어요. 결혼할 사람이라고 인사도 시켜주었고요. 샤오인은 날 보자마자 눈이 똥그래지더니,

"원장님! 살이 왜 이렇게 많이 빠지셨어요?"

하며 울먹였고, 난 다이어트 중이라고 안심시켰어요. 당신 이야기를 꺼내며 샤오인은 그때마다 눈물 지었어요.

샤오인은 내가 페이닥터로 일하던 병원에서 처음 만났어요. 당신도 기억하겠지만, 내가 출장을 다녀온 사이에 병원 측에서 뽑아서는 내 전담 통역이라며 내게 맡겨진 아이에요. 당시 한국원장 통역 일은 급여와 처우 등 여러 가지 면에서 저평가된 아웃사이더에 속했어요. 또한 맡은 일의 특성상, 병원의 주요상품인 한국원장과 상대적으로 가까이 지내다 보니 다른 중국 직원들의 질시의 대상이기도 했고요. 그렇게 존재감을 발휘할 기회도 없이 수모만 당하고 있던 샤오인은 1

년여 만에 병원을 떠나는 나의 제안을 흔쾌히 받아들였고, 나를 따라 나왔어요. 그러고는 길 위에서 7년을 함께 보냈어요.

샤오인은 그동안 나와 같이 일하며 모은 돈으로 집도 하나 장만했다고 했어요. 내게 고맙다고 했어요. 난 장하다고 칭찬해 주었고요. 샤오인은 따로 독립해 일하게 되면서, 나와 함께 있을 때 자신이 얼마나 존중받았는지 알게 됐다고 했어요. 내게 배운 지식과 사람을 대하는 태도로 새로운 병원에 가서도 기록적인 성과를 낼 수 있었다고 했어요. 모든 일이 원장님이 말한 대로 됐고, 자신이 그렇게 될 수 있었던 건 다 원장님 덕이라고 말했어요. 원장님이 하신 '손해 보는 것이 결국 이득이다', '환자를 위하는 게 곧 나와 병원을 위하는 길이다', '몸이 힘든 건 힘든 게 아니다'와 같은 말들을 항상 품에 간직한 채 살았다고 했어요. 나는 같은 말을 듣고 똑같은 행실을 보고도, 그걸 받아들이고 자신의 것으로 만드는 사람은 드물다고 칭찬해 주었어요. 공자의 나라 사람에게 공자처럼 말했어요. 아이가 많이 성숙해졌더군요. 또 한 사람의 중국인을 우군으로 두게 되었다는 생각에 마음이 뿌듯해졌어요. 당신과 내가 줄곧 바라왔던 그 아이와의 '아름다운 이별'이 완성된 것 같다는 느낌을 이번에야 제대로 받았어요.

그러고도 훨씬 더 많은 이야기를 나눴어요. 우리가 중국 각지를 돌며 함께 보냈던 고난의 시간들, 그리고 그간 인연 맺었던 협력 병원과 병원 사람들의 근황 따위에 대한 이야기들이었죠. 솔직히 말해 엄청 수다를 떤 거죠. 내용은 당신과 나누었던 이야기들과 별반 다를 게 없었지만, 오랜만에 속이 다 후련해졌어요. 그동안 얘기 나눌 사람이 없어 내가 많이 답답했었나 봐요. 사실 나와 중국인들 사이의 일에 관련된 이야기를 터놓고 한국말로 나눌 수 있는 사람이 내겐 당신과 샤오인밖에 없잖아요.

샤오인은 다시 원장님과 함께 일할 수 있는 날을 고대한다는 말을 남기고 돌아갔어요. 오늘은 그날 녀석이 내 가슴 깊숙이 새겨 넣고 간 문장들을 혼자 들여다보고 있어요.

"우리 원장님이야. 내겐 아빠 같은 분이셔!"

남자친구에게 날 소개하며 자랑질하는 아이처럼 하던 말. 그리고, "사모님이 저한테 얼마나 잘 해주셨는데. 집에 초대도 해주시고, 옷도 사주셨는데. 얼마나 살갑게, 따뜻하게 대해주셨는데."

눈물 글썽이며 당신을 그리워하던 말.

그러고 보니 샤오인은 우리 아이들이 이모라고 불렀던 가족 같은 사람이네요. 집으로 초대해서 우리가 세뱃돈도 주고, 당신이 손수 지은 집밥을 먹인 유일한 중국인 멤버 중 한 명이기도 하고요.

추신

샤오인은 지금 난징(남경, 南京)의 한 치과병원에서 어엿한 최고경영

자 자리에까지 올랐어요. 아무런 배경이나 기초적인 의학 지식도 없는 일개 통역으로 시작해서, 업계에서는 부러움을 한 몸에 받는 신화적인 인물이 됐어요. 대견스러워요. 축하할 일이고요. 상술한 내용이 나 스스로도 얼마나 낯뜨거워지는 얘긴지 결코 모르지 않지만, 당신에게 들려주고 싶었어요. 당신이 보면 틀림없이 글에 교만이 들어있다며 날 나무랐겠지만, 그래도 들려주고 싶었어요. 정말 잘 됐다고, 하나같이 당신이 좋아했을 내용들이잖아요.

11. 최고령 환자 커플

오늘 마지막 수술 환자는 91세 할아버지라고 하네요. 수술 전 루틴으로 검사 결과들을 체크업 해요. 고령임을 감안하면 할아버지의 몸은 매우 건강한 편이에요. 수술받으시는 데 아무런 지장이 없어요.

건강의 비결이 궁금하기도 하고 수술 전에 긴장도 좀 풀어드릴 겸 해서, 수술실에 들어서자마자 몇 가지 질문을 드려요. 수술실 스태프들이 다 같이 듣고 있는 가운데 할아버지의 또랑또랑한 대답은 대체로 이러저러해요. '평소에 채소 위주로 소식을 하신다. 고기보다는 생선을 자주 드신다. (이 대목에서 조금 통통한 스태프를 두고 수술방 팀원들끼리 고기 좀 적게 먹으라고 놀리고, 본인은 아직 젊기 때문에 괜찮다며 티격태격하네요. 하하) 담배는 원래 안 피웠고, 술은 끊은 지가 한참 됐다. 수면시간은 저녁 10시부터 아침 6시까지로 일정하다. 무엇보다 수십 년째 매일 같은 일과를 같은 시간에 하며 살아오고 있다.' 우리가 이미 다 알고 있는 내용들이지만, 할아버지는 그걸 몸소 실천하며 살아오신 거예요.

환자의 협조도가 높아 수술은 무난하게 진행됐어요. 하악 전치부에 흔들리는 치아 세 개를 뽑고 두 개의 임플란트를 심었어요. 수술 후 파노라마 사진을 찍고 나온 할아버지는 수술의 과정과 결과가 만족스러우셨는지, 상악 틀니도 조만간 임플란트로 바꾸고 싶다고 하네요. 다음 달엔 내가 며칠 날 오는지도 물으시네요.

대기실로 나오자 할머니 한 분이 기다렸다는 듯 성큼 다가서더니 감사인사를 하네요. 간호사장이 소개하길, 수술환자 배우자인 그녀는 올해로 87세이고, 부부 두 분이 현역 시절엔 다 교수였다고 하네요. 쑤저우(소주, 苏州) 병원의 기록을 경신한 최고령 환자와 인증샷을 찍어요. 쑤저우는 당신과 내가 중국 들어와 아이들 데리고 처음 다녀온 여행지이기도 하지요. 할머니는 사진 속으로 들어오길 한사코 거부하셔, 결국 할아버지와 둘만의 인증샷을 남겨요. 그들의 잔잔한 걸음걸이에 맞춰 엘리베이터 앞까지 배웅해 드려요.

집으로 돌아오는 열차 안이에요. 차창 밖 노을은 모네의 유화처럼 짙은 스모그 속에서도 여전히 아름다워요. 세월이 흐를수록 일출보다 일몰이 더 아름답게 느껴져요. 인생을 이미 절반 이상 살아서, 오늘이 생일보단 기일에 가까워지고 있다는 누군가의 묵시는 아닐는지.

최고령 환자 커플, 다정한 황혼을 누리지 못하고 비교적 이른 연배에 차례로 세상을 등지신 부모님 커플, 언제까지라도 정정하실 것 같은 장인 장모님 커플, 그리고 우리 내외의 모습이 차례차례 창밖으로 지나갔어요. 노부부만큼 오래 살지는 않더라도 저렇게 서로를 아끼며 황혼을 보내고 싶다는, 예전부터의 내 작은 꿈이 노을 위로 다시 피어올랐어요.

"부부는 동행이에요. 이인삼각(二人三脚) 경기 같아요. 혼자 먼저 가는 건 안 돼요. 그건 반칙이에요. 1등도 필요 없고 등수도 중요하지 않아요. 하나가 힘들어하면 기다려주고, 넘어지면 일으켜 세워주고. 그렇게 인생길을 서두르지 말고 차근차근 결승점까지 갈 수 있으면 그만이에요. 빨리 가는 게 아니라 웃으며 완주하는 걸 목표 삼아 가는 거예요. 석양을 향해 같은 곳을 바라보며 그대와 함께 완주할 수 있다면 더 이상 바랄 나위가 없어요."

지난겨울 초입에 독백 형식으로 써서 한국에 머물고 있는 당신에게 보냈던 편지예요. 결과적으로 당신이 떠나기 불과 두 달 전에 보낸 편지가 됐네요. 오늘은 몇 해 전 내 작은 꿈에 대해 썼던 '이인삼각'이라는 글이 연상되어 글의 마지막 문단을 저렇게 편지 말미에 같이 붙여 봤어요. 무엇보다 먼저 매듭이 풀린 채 혼자 넘어진 당신을 일으켜 세웠어야 했는데. 결승점까지 웃으며 함께 가고 싶었는데. 석

양을 바라보며 당신과 완주하고 싶었는데. 그만 당신의 손을 놓치고 말았어요. 좀 더 꽉 잡고 있었어야 했는데 말이에요. 두 개의 편지를 붙여놓고 읽으니 아쉬움이 배가되는 느낌이네요.

꿈이란 으레 빗나가기 마련인가요? 그게 아니라면 내 꿈이 작지만은 않았던 것인가요? 인생은 바라는 대로 계획한 대로 되는 게 하나도 없는 것 같아요. 내 작은 꿈은 물거품이 되고 말았어요. 이루어지지 않는 헛된 꿈으로 남았어요. 그날 차창 밖으로 차례로 스쳐 갔던 네 쌍의 커플이 이젠 순서도 없이 뒤죽박죽 엉망이 돼버렸어요. 결국 우리 내외가 가장 이른 이별을 하는 커플이 되고 말았잖아요. 인생 정말 무상하네요.

12. 아빠와 아들

오늘도 무사히 착륙했어요. 늘 그래왔듯 휴대전화 전원을 켜고 식구들과 감사의 메시지를 나눴어요.

공항을 나와 택시를 타려는데, 담소를 나누며 대기 중이던 기사들 무리에서 한 사람이 다가와 나를 자기 차로 안내해요. 그러더니 대뜸 나더러 앞자리에 타라고 해요. 난 짐짓 못 들은 척하며 뒷문을 열었죠. 근데 이미 뒷자리에 대여섯 살 정도로 보이는 사내아이가 앉아 있는 거예요. 얼핏 보니 휴대전화로 게임을 하고 있어요. 그제야 기사가 말하길 자기 아들이라고, 나더러 앞자리에 앉으면 안 되겠냐는 거예요. 싫었죠. 보통 그 시간대엔 택시기사들이 졸음운전을 하는 것도 있고, 그보다도 난 혼자 뒤에 앉아 이튿날 새벽에 당신에게 보낼 편지 초안을 쓸 심산이었죠. 싫다고 하자, 기사가 이번엔 직접 앞문을 열어주며 앞에 좀 앉아달라고 부탁을 하는 거예요. 급기야 내가 뒤 트렁크에 넣어둔 캐리어를 빼겠다는 시늉을 하자, 그제야 아이를 앞자리로 옮겨 앉게 하더라고요.

순간 미안한 마음이 밀물처럼 밀려왔어요. 퍼뜩 뭔가로 벌충해야겠다는 생각이 들었어요. 그래서 아이가 안전벨트 매는 걸 도와주었죠. 그리곤 쓸데없이 기사에게 아이가 몇 살인지 묻고, 아이에겐 무슨 게임을 하느냐고도 물었어요. 나 참 못됐어요.

편지 초고를 완성한 후 스마트폰을 가방에 넣고 나니, 앞자리에 나란히 앉아 있는 부자가 다시 눈을 통해 가슴으로 들어왔어요. 내가 참 이기적이구나 하는 마음이 다시 올라왔어요. 기어이 아이를 조수석에 앉게 하고, 목까지 올라오는 안전을 장담할 수 없는 안전벨트까지 매게 하고 말이에요.

'아이를 봐줄 사람이 없나?'

'음, 엄마가 바쁜가?'

'아니! 엄마가 없나?'

몇 가지 생각이 교차하는 순간, 엄마가 없는 우리 아이들이 떠올랐어요. 가여운 녀석들! 눈물샘이 또 주책을 부렸어요.

정신을 차리자 택시는 어느덧 아파트 입구에 도착해 있었어요. 요금은 고속도로 통행료를 포함해 평소대로 180위안이 나왔어요. 내가 200위안을 내며 거스름돈은 괜찮다고 하자, 그는 쏜살같이 뛰어

내려 트렁크에 실린 내 캐리어를 꺼내주네요. 연신 굽실거리며 고맙다고 하면서요. 불현듯 우리 부부가 박봉에 2교대로 힘들게 근무하는 택시기사들을 상대로 벌였던 '작은 호의'가 생각났어요. '민간 외교관' 프로젝트 말이에요.

당신이 알다시피, '작은 호의'란 뭐, 많은 사람들이 참여하는 장대한 물결 같은 건 아니지요. 신변에서 누구나 할 수 있는 것부터 실천한다는 당신과 나 두 사람의 도덕성 회복 운동이지요. '사람은 누구나 다 귀하다'를 기본취지로 출발한 일종의 스카우트 운동 같은 것이지요.

식당 종업원과 같은 민초들에게 내가 먼저 친절하기. 조금 떨어져 있더라도 뒤에 오는 사람 위해 문 잡고 기다려주기. 경사지나 턱에 걸린 휠체어 뛰어가서 잡아주거나 밀어주고, 떨어뜨린 물건이 있으면 주워주기. 택시기사들을 상대로 펼친 '작은 호의' 운동. 영어를 잘하는 한국 승무원과 중국어를 잘 알아듣는 중국 승객 사이에서, 중국어를 잘 못 알아듣는 한국인 승객과 영어에 서툰 중국 승무원 사이에서, 주제넘지만 어설픈 중국어 실력으로나마 적극 나서서 통역 돕기. 기내 선반에 짐을 올리거나 내리기가 쉽지 않아 보이는 승무원이나 승객 재빨리 다가가 도와드리기.

하나씩 실천에 옮기자 당장 내가 좋았어요. 당신이 뿌듯해했어요. 아이들과 우리 식구 모두의 행복지수가 놀라우리만치 높아졌어요.

도리어 은혜를 받는 기분이었어요.

이윽고 다시 어딘가로 떠나는 그들의 택시를 향해 우두커니 동상처럼 서 있는 나를 발견했어요. 그들이 아파트 모퉁이를 돌아 시야에서 사라지고 난 후에야 비로소, 집에 혼자 기다리고 있을 작은아이의 모습이 눈앞에 나타났어요. 서둘러 발길을 내디뎠어요.

Q&A 다이어리 2

4월 ○○일, 오늘의 질문은 '하루 동안 초능력을 가질 수 있다면 어떤 것을 원하는가?'네요.

재작년엔 '없다!'였어요. 그때도 역시 욕심이 없었군요. 주어진 환경에 순응하며, 삶을 즐기고 있었던가 봐요. 유유자적한 일상들에 소소한 행복을 느끼며 살고 있었을 테고요. 어쩌면 그때가 당신과 함께 사는 동안 가장 행복했던 시절이었을 수도 있겠네요. '지금 우리가 누리고 있는 것보다 더 큰 행복은 없다'라고 단호하게 말했었네요.

작년엔 '책을 내는 일'이었네요. 그때 당신은 "과연 지금 시기가 적절한가?" 하며 나더러 들으라는 듯 혼자 되뇌었어요. 나는 발끈했지만 '뭐가 문제가 되지?' 하며 속으로만 응수했고요. 하지만 내가 책을 내는 일은 진짜 초능력이 필요할 만큼 무모한 시도였어요. 얼마 못 가 당신은 무너져 내렸고, 당신과는 상관없이 출간은 결국 무산되고 말았어요. 내 개인의 일보다 가족 내부로의 결속이 어느 때보다 중요한 시점이었는데. 가장인 내가 철이 없었지요.

오늘은 '단 하루라도 좋으니 당신을 되살려내는 일. 당신을 한 번만이라도 만져 보는 일.'이라고 써넣었어요. 볼 맞댄 채로 당신을 안아보고 싶어요. 손 마주 잡고 당신에게 하고 싶은 이야기가 많단 말이에요. 아니에요, 아니에요. 아무 말 없이 그저 바라만 볼 수 있어도 좋겠어요. 그럴 수만 있다면요. 그게 당신을 가장 선명하게 기억하는 방법이라면 두말하지 않겠어요.

5월 8일, 오늘의 질문은 '어머니에게 하고 싶은 말은?'이에요.

2016년엔 '누이들이 보내온 저녁노을 사진이 많이 쓸쓸해 보였어요. 말년에 어머니가 머물던 고향 하늘 사진이에요. 어머니! 편히 쉬세요. 감사해요!'였어요.

2017년에는 '어머니의 자식 삼 형제에 대한 사랑과 교육열, 정말 대단하세요. 이젠 쉬셔도 돼요.'고요. 다들 어려웠던 시절, 우리 집도 남들과 다르지 않았어요. 그땐 연탄을 한 번에 한 장씩밖에 살 수 없는 형편이었어요. 그것도 외상으로 가져와야 했어요. 쌀은 봉지쌀로 팔아와야 했어요. 어머니는 저녁마다 일수 아줌마에게 죄인처럼 시달려야 했어요. 어머니는 그 많은 날들을 끼니 걱정까지 하면서도 우리 셋을 대학까지 길러내신 훌륭한 분이에요. 세상 어느 어머니도 그렇지 않은 분이 없으시겠지만, 우리에겐 한석봉이나 율곡의 어머니보다 위대하신 분이죠. 시댁의 과거사를 듣고 당신은 가슴 아파했어요. 그 정도로 힘들게 살았는지, 그렇게까지 어렵게 공부했는지 몰랐다면서요. 당신 잘못도 아닌데 당신이 미안해했어요. 당신은 감수성 풍부하고 공감능력이 뛰어난, 정말 순수한 사람이에요.

2018년에는 '올 제사에는 꼭 뵈러 갈게요. 그곳에 가셔서도 여전히 저를 지켜주고 계신다니! 당신의 끝없는 사랑에 그저 탄복할 따름이에요.'라고 적혀 있네요. 이건 무슨 이야기인지 기억나지 않는군요.

오늘은 '사랑하는 예쁜 며느리 만나셨어요? 만나는 사람마다 "우리 며느리! 우리 며느리!" 하며 자랑하고 다니시나요? 두 분 거기서도 여전히 환상적인 고부관계를 이어가고 계신가요? 보살님과 집사님 두 분이 목욕탕 가서 등도 밀어주고,

생선초밥 먹으러 다니시나요? 아니면 기독교에서 말하는 대로 지상에서의 인연은 깡그리 지워지고 친구로 지내시나요? 궁금하네요.'라고 썼어요. 생애를 통틀어 내가 가장 사랑한 여인 세 명이 있어요. 어머니, 당신, 그리고 당신과 나의 유일한 딸 리니. 리니와 내가 우리 별에 남았고, 두 분은 더 이상 이곳에 없군요. 더 높은 차원에 계시겠죠. 보고 싶어요. 보고 싶지만 그래도 참아야죠. 다시 만날 그날까지 두 분 잘 지내고 계셔야 해요. 사랑해요!

5월 ○○일 오늘의 질문은 '가장 최근에 말다툼한 적 있는가? 무슨 일 때문이었나?'예요.

2016년엔 '아내와. 작은애의 이 닦기와 맥북 사용 등 자기관리 문제로~'라고 쓰여져 있어요. 2017년엔 '아내와. 작은애 문제를 이유로 큰아이와의 약속을 일방적으로 취소하려고 해서~'라고 돼 있고요. 이런! 작년에도 '아내와. 중국에서의 이사와 한국 가는 항공권 문제로. 현재를 살지 않고 생각이 미래의 걱정에 가 있다.'라고 되어 있어요.

아아! 아이 기말고사와 여름방학을 앞둔 시점이었던 5월 말은 해마다 온통 당신과 다툰 일들로 얼룩져 있군요. 작년 이맘때까지만 해도 작은애의 대치동 학원과 큰애 압구정동 인턴십 쪽에 신경을 곤두세우고 있었지, 문정동 심리상담 클리닉으로 가게 될 줄은 우리 누구도 알지 못했어요. 그때 문정동에서 당신은 심신에 치명상을 입고 말았고, 결국 문정동은 우리 가족에게 영원히 지워지지 않을 깊은 상처로 남았어요.

당신이 말했던 또 하나의 문장이 떠올라요.

"당신은 좋은 아빠인지는 모르지만, 좋은 남편은 아니다."

내가 아이에게 터무니없이 관대했어요. 당신을 잃게 될지도 모르고. 아이를 마냥 기다려줬어요. 더는 당신이 기다릴 수 없는지도 모르고. 내가 그만큼 어리석은 인간이었어요. 이런 논리가 말도 안 되는 거짓 명제라 믿고 싶지만, 그게 안 되네요. 안간힘을 다해 발버둥 쳐보지만, 도무지 떨쳐버릴 수가 없네요.

오늘은 '뽕이와. 역시 자기관리 문제로. 아이가 엄마의 죽음을 아빠 탓으로 돌리고 싶어 하는 거 같다. 그래, 아빠 잘못이 가장 많은 게 사실이다. 그럴 수 있으면 그렇게 해라. 그렇게 해서라도 네가 엄마에 대한 미안함을 덜 수만 있다면, 아빠 마음도 조금은 편해질지 모르겠다. 가여운 녀석.'이라고 적었어요.

당신을 홀로 공원에 두고 온 다음 날이에요. 당신의 수첩을 꺼내 읽던 아이가 돌연 울부짖으며 했던 말이 생각나네요.

"엄마는 돈 없다고 하고선 지난달까지도 내 적금 넣고 있었다! 흑흑. 엄마는 자기한테 좀 쓰지!"

'그래. 엄마는 보통의 모성 이상으로 널 사랑했다. 엄마에겐 네가 제2의 자아였어. 그래서 네가 특별히 더 아픈 것이고, 우리 중에 미안한 마음 또한 네가 제일 클 게다.'

해마다 당신이 차지하고 있던 '아내와'라는 란에 올해는 작은애를 채워 넣었어요. 넷이 함께 지내며 아옹다옹 다툴 때가 좋았는데. 그걸 새삼 오늘에서야 깨닫네요. 당신과 다투던 그 시절이 그립지만, 이젠 다투고 싶어도 다툴 수가 없네요. 당신에 대한 미안함과 원망스러움이 하루에도 수십 번씩 내 안에 교차하고 있네요.

3장

당신 없이 애타는 남국의 여름

1. '내려놓기' 그 후

캐리어 안에 깨지기 쉬운 물품이 있으면 우리는 'fragile' 스티커를 붙여 수하물로 부치지요. 여행을 하는 동안 깨지지나 않을까 염려하지만, 짐을 찾아보면 깨진 경우는 거의 없어요. 짐을 쌀 때 미리 완충재를 넣어 꼼꼼히 잘 싸기만 하면 그만이에요. 다만 우리의 불안심리가 그들을 수하물로 부치지 못하게 할 따름인 거예요. 그러다 보니 우리는 그들을 기내에 들고 타거나, 작은 기내용 캐리어에 담아 객실 선반 안에 넣어두어야 마음이 놓여져요. 사람으로 비유하자면, 자식을 귀하게만 다루고 품어만 키워 결국 기내용에 불과한 소인배를 만드는 것과 다름 아니지요.

아끼는 물건이건 사랑하는 사람에 대한 애착이건, 우리가 들고 있는 것들은 대개 깨지기 쉬운 대상이에요. 혹여 깨지지나 않을까 하는 조바심에 계속 들고 있어 보지만, 사실 그들은 들고 있는 것보다 바닥에 내려져 있는 상태가 더 안전한 거거든요. 깨지기 쉬운 것일수록 일찌감치 내려놓아 스스로 설 수 있는 힘과 균형감각을 길러줘야 해요. 홀로 설 때 비로소 온전해지니까요.

언젠가부터 우리 사회에 내려놓기가 회자되고 있어요. 그런데 내려놓는 시점에 대해서는 가슴에 와 닿는 명쾌한 답을 찾기가 쉽지 않은 것 같아요. 과연 언제 내려놓아야 할까요? 여기에 다소 막연하게나마 내 생각을 한번 피력해 볼게요.

우리는 더 이상 감당할 수 없는 한계상황에 이르러서야 비로소 고민하기 시작해요. 그것도 언제 내려놓을 건지가 아니라 내려놓을 건지 말 건지를 두고 말이에요. 그러다 보니 그 무게로 인해 손에 피가 통하지 않고, 팔에 쥐가 나는 절박한 상황에까지 내몰리게 돼요. 그제야 우리는 내려놓을 시점을 고민하고, 급기야는 들고 있는 것을 놓쳐버리고 말지요.

내려놓기는 힘이 남아 있을 때 실행에 옮겨야 해요. 역학적으로도 들고 있기보단 내려놓기에 더 많은 에너지가 소모되므로, 무게를 감당할 수 있을 때 내려놓아야 해요. 그래야만 깨뜨리지 않고 사뿐히 내려놓을 수 있어요. 이성이 마비되기 전에 단행해야 하는 것이죠.

내려놓기, 표현은 이렇게 해보지만 참 어려운 거 같아요. 내려놓는 시점이 그렇고, 누구와 상의하기도 쉽지 않으니까요. 또 얼마나 내려놓을지에 관해서도 다분히 주관적인 것 같아요.

병마와의 싸움에서 승세 국면으로 접어들던 지난가을. 당신은 내게 말했어요. 내 편지들 중 요즘 들어 가장 크게 가슴에 와 닿는 글이 '내려놓기'라고요. '힘이 남아 있을 때 내려놓아야 한다'라는 부분에 특히 더 마음이 간다고 했어요. 스스로 내려놓지 못하고 버틸 힘이 다해버린, 떨어트려 버린, 그래서 금이 가버린, 우리 가족의 현 주소와 '내려놓기'라는 글이 당신 눈앞에 겹쳐 보였을 테지요.

당신이 떠나기 불과 일주일 전에 보냈던 편지예요. 핸드폰의 글을 노트북으로 옮기면서, 그동안 '내려놓음'과 관련해 당신과 끝도 없이 대립했던, 똑같은 내용의 대화가 떠올랐어요.

"이제 그만 내려놓자."

"이미 다 내려놨어! 이 이상 뭘 얼마나 더 내려놓으라고?"

내 눈엔 당신이 들고 있는 게 보였어요. 당신은 내려놓기 싫었던 게 아니라, 내려놓을 수가 없었어요. 당신과 아이는 한 몸이었던 거예요. 날 닮은 아들 하나 낳고 싶다고 노래를 불렀던 당신. 핏덩이 때부터 1년 300일을 아픈 아이를 들쳐 업고 이 병원 저 병원 뛰어다니던 당신. 자기 자신보다 뽕이를 더 사랑하던 당신. 아이가 약한 거까지 엄마를 닮았다고 미안해하던 당신. 이젠 미안해하지 말아요. 오히려 난 고마워요. 당신과 가장 많이 닮은 사람을 내 옆에 남겨주고 가서. 당신의 모습을 한시라도 잊지 않게 해줘서.

그때 잠시나마 내려놓기에 성공하고, 당신은 우리 곁에 돌아올 수 있었어요. 하지만 그때의 당신은 우리가 아는 그 사람이 아니었어요. 당신 특유의 우아하고 차분한 모습과는 많이 달랐어요. 통통 튀는 발랄한 사람으로 돌아왔어요. 말이 엄청 빨라지고 또 많아졌어요. 입원 기간 동안 자신의 이야기를 들어줄 사람이 없을까 봐 걱정이 많았다는 듯, 한번 시작하면 멈출 줄을 몰랐어요. 오죽했으면 곁에서 지켜보고 계시던 장모님이 병의 후유증이나 약물 부작용은 아닌지, 고 서방이 의사 선생님에게 한번 물어보라고 했을 정도였으니까요. 범사에 감사함을 느낀다며, 새로 태어난 것처럼 신기하기만 하다며, 그렇게 당신은 지지배배 지지배배 재잘거렸어요.

그래도 난 좋았어요. 어떤 당신이건 그저 당신이기만 하면 그만이었거든요. 황해를 사이에 두고 떨어져 있었지만 행복했어요. 짧아서 아쉬움이 더 남는 건지 모르지만, 당신이 다시 날 사랑하게 된 그때가 지금으로선 제일로 그리워요. 당신은 진정한 사랑을 알게 해줘 내게 고맙다고 했어요. 그러고는 사랑 목록 맨 윗줄에 '우리 신랑, 내 사랑, 그리운 준'이라 써 놓았어요. 그렇게 앞으론 서로 사랑할 시간만 남은 줄 알았는데.

아아! 보고 싶어요!
다시 가슴이 시려와요.

2. 백일 편지

휴대전화 바탕화면의 가족사진 속 당신. 참 아름답네요. 우리가 홍콩에서 보낸 첫 크리스마스 때 찍은 사진이니, 아마 오 년 전인 거죠? 그러고 보니 오 년째 같은 샷을 폰 배경사진으로 걸어놓고 있는 거군요. 사진은 그간에도 바꿀 생각이 없었지만, 앞으로도 계속 이걸 사용하지 않겠어요? 문득 현실의 나는 도리언 그레이의 초상처럼 하루하루 늙어갈 테지만, 전화기 속 당신의 모습은 늘 그때 그대로일 거라 생각하니, 한편으론 마음이 흐뭇해지네요.

당신 명의로 된 중국 이동통신의 요금이 당신이 한국 들어간 작년 여름 이후로도 계속 나가고 있어요. 벌써 1년 가까이 됐지만 난 당신 번호를 없애지 못해요. 당신이 내게 전화를 걸 순 없겠지만, 어쩌면 그곳에서 사용할 수도 있겠다는 무슨 뚱딴지 같은 상상에서요.

당신은 채팅사이트에서 '솔리'라는 닉네임을 쓰고 있어요. 큰애가 태어날 무렵 우린 아이의 이름을 공모했어요. 솔리는 그때 물망에 올랐던 것들 중 하나고요. 결국 최종후보로만 그쳤지만, 당신은 내내 그 이름을 마음에 들어 했어요. 당신과의 대화창은 내 전화기 속에 항상 열려 있어요. 그날 이후 한 번도 닫은 적이 없어요. 난 대답 없는 대화상대 솔리에게 백 일째 하루도 빠짐없이 편지를 보내고 있고요. 당신이 있는 그곳에 집배원 아저씨는 있는지 알 수 없는데. 우체국이 있는지조차 장담할 수 없는데 말이에요.

당신이 만들어 둔 중국 현금카드도 네 장 다 그대로 있어요. 세 장은 당신 이름으로 된 것이고, 나머지 한 장은 장모님 명의로 된 거예요. 당신이 사용하다 만 잔액들이 고스란히 남아 있지만, 쓰지 않고 가지고만 있어요. 당신이 있는 그곳에선 쓸 일도 없겠지만, 혹여라도 여비가 없어 당신이 돌아오지 못하는 불상사가 생겨서는 안 되잖아요.

당신이 돌아오면 읽으라고 보면대 위에 올려놓았던 세 권의 책. 누이들이 와서 읽던 며칠 동안 잠시 두 권이었다가, 지금은 다시 세 권으로 돌아와 있네요. 그 한 권은 『죽고 싶지만 떡볶이는 먹고 싶어』예요. 작가가 10년 넘게 약물과 상담 치료를 받으며 정신과 의사와 나눈 대화를 엮은 수필이에요. 이젠 당신이 읽을 수 없겠지만, 보면대 위의 책에도 난 선뜻 손을 대지 못해요.

주위에서는 남자만 둘이 사는 집에 일하는 아줌마를 쓰라고들 하지만, 난 대꾸도 하지 않았어요. 그냥 심드렁하게 넘겼어요. 아직은 누가 우리 공간에 들어오는 게 싫어요. 당신 물건 만지는 것도 싫고요. 당신이 들어오면 우리 내외가 같이 쓰라고 당신의 형님들이 사준 레이스 달린 하얀 이불. 딱 당신 취향이라고, 당신이 너무 마음에 들어 했다고 들었어요. 결국 당신은 한번 덮어보지도 못했네요.

〈신과 함께〉, 방학 때 한국에서 당신이 아이들과 먼저 보고는 내게 추천해 주었던 영화지요. 이승을 떠난 사람이 칠 일마다 일곱 번의 재판을 받고 돌아올 수 있는 마지막 날이 사십구재라고 했어요. 두 번의 칠칠일이 허무하게 지나갔어요. 이제 백 일이건만, 나는 당신이 돌아오지 않을 거라는 사망신고도 못 하고 있어요. 이렇게라도 억지로 당신을 내 둘레 곳곳에 칭칭 동여매어 두고 싶은가 봐요. 나 참 미련하죠? 내가 원래 성격 질척한 사람은 아닌데. 당신의 이름과 당신의 사진과 당신의 유품들로 당신을 이렇게 오래도록 붙잡아 두려는 거 좀 봐요. 이제라도 당신이 홀가분해져야 하는데. 이젠 당신 가야 하는데 말이에요.

3. 부치지 못한 편지

"당신의 쓸쓸한 생일입니다. 죄송합니다. 이런 날 좋지 못한 소식, 오늘은 종합병원에 갑니다."

오늘이 내 생일인가요? 중국에 남아 혼자 아침을 맞게 될 내게 당신이 메시지를 남겼군요. 당신이 보낸 슬픈 메시지를 보고서야 오늘이 내 음력 생일인지 알았어요. 하루 종일 당신이 오늘 병원 간 건 어떻게 됐을까 노심초사했어요. 일이 손에 잡히지 않았어요. 최근 우리가 매일 통화하던 저녁 시간에 전화를 걸었어요. 당신은 받지 않았어요.

눈물이, 이튿날 새벽에 일어나 글을 쓰는데 눈 앞을 가리고, 명상을 하는데 볼을 타고 흘러내리더니, 아침밥 위로도 뚝뚝뚝 떨어졌어요. 당신이 미치도록 보고 싶어졌어요. 시차를 감안하면 이른 아침이지만 전화를 걸었어요. 우리의 핫라인 070 속에 당신은 없었어요. 수화기에선 당신의 입원 소식만 장모님 목소리로 흘러나올 뿐.

한국으로 나가기 전 당신은 내게 옷장 깊숙이 몇 군데에 나누어 숨겨놓은 현금 카드의 위치를 일러주었어요. 각기 다른 카드 비밀번호를 내가 외우기 쉽도록 친절하게 가르쳐주었어요. 침대 밑에 보관해둔 중요한 물건들도 일일이 다 짚어주었어요. 다시는 돌아오지 않을 사람처럼 말이에요.

당신은 준비해왔어요. 내가 알아차리지 못하게 그간 준비하고 있었어요. 이렇게 심하게 아플 줄 알고 있었던 거예요. 부드럽고 여린 당신 안에서 가파르고도 강렬하게 일어나고 있는 변화들을 당신이 그때 이미 감지하고 있었을 거라는 생각에 휩싸이자, 가슴이 시려오고 다시 눈이 뜨거워져 와요.

기다릴게요. 사랑하는 사람아! 돌아만 와요.

부치지 못한 편지를 꺼내 읽는 첫 줄부터 눈물이 흘러요. 그렇게 정신이 혼미한 상황에서도 당신은 문자를 남겼어요. 또박또박 단정하고 예의 바른 초등학생 말투로 내 생일을 챙겼어요. 음력 생일까지 기억하고 있었어요. 공교롭게도 내 생일이 당신의 첫 번째 입원 일자가 되고 만 거예요. 당신은 이 편지를 읽지 못했어요. 읽을 수가 없었어요. 당신의 그 새하얀 얼굴과 비단결 같은 속이 새까맣게 딱딱하게 타들어 가고 있던 시점에 어떻게 이런 슬픈 편지를 보낼 수 있었겠어요.

다시 6월이에요. 한국 다녀오겠다고 문을 나선 게 엊그제 같은데, 벌써 일 년이에요. 일 년이 다 되도록 당신은 돌아오지 못하고 있어요. 아침이 밝으면 가족들의 축하 메시지가 들어 오겠죠. 해마다 돌아오는 생일이지만 오늘은 느낌이 많이 다를 거 같아요. 몇 안 되는 축하메시지 속에 당신 것만 없을 거라면 더욱 허전하겠죠. 슬퍼지네요. 이제 나의 노트에 '생일은 슬픈 날'이라는 등식이 새로이 추가되는 건가요? 6월 ○○일은 앞으로도 계속 슬픈 날로 남게 되는 건가요?

4. 사랑의 승자

사랑에 패한 자에게 이별은 끝이 아니라, 헤어지고 나서부터 이별이 시작된다고 해요. 이별의 아픔으로 그는 상당 기간을 사랑의 불구자로 살게 되고요. 지나온 길 끝에 주저앉아, 다시 아플까 봐 좀처럼 새로 난 사랑의 길로 들어서지 못해요. 이렇듯 사랑의 패배자는 제때 사랑을 다 쏟아 넣지 못해 미련이 남은 자예요. 다시 사랑하는 데까지는 많은 시간이 소요될뿐더러, 사랑을 하게 되더라도 그 사랑은 반쪽짜리일 수밖에 없어요.

사랑의 승자에게 이별은 새로운 사랑의 출발점이에요. 그는 이미 사랑에 모든 열정을 쏟아부었기에 뒤돌아보지 않아요. 더는 미련이 남아 있지 않거든요. 툴툴 털고 일어나 심기일전 새로운 사랑에 도전하고, 놀라운 적응력과 집중력을 발휘해요. 그러고는 또다시 온전하고도 건강한 생명을 지닌 사랑을 창조해낼 수 있고요.

사랑에서의 승리는 물론 싸워서 쟁취하는 건 아니에요. 사랑이라는 경주에선 결국 많이 사랑한 자가 승자인 거예요. 그런 연유로 부모 자식 간의 사랑에서는 자식이 항상 패자일 수밖에 없어요.

지난번 원고의 제목은 '이제야 사랑인 줄 알았네'였어요. 출간이 성사되지는 못해 가제로 그치고 말았지만요. 탈고를 도와주던 당신과 큰아이는 제목이 아무런 느낌 없이 그냥 밋밋하다고 했어요. 하지만 이후로 점차 그리고 은근히 마음에 들고 있다고 했어요. 내 삶을 한 문장으로 잘 요약한 것 같다면서요. 퇴고가 한창 진행 중이던 어느 시점에 당신은 말했어요. '사랑의 승자'라는 이 글 마지막 문장에 격한 공감을 느낀다고요.

마지막 몇 달 동안 당신은 아이들에게 그렇게 미안해하는 모습을 보이지는 않았어요. 아이들에겐 당신이 가진 사랑 대부분을 쏟아부었기에 미련이 남아 있지 않은 것 같았어요. 아니면 당신은 아이들에게, 아이들도 당신에게 상호 간 아쉬움이 남지 않도록 당신이 온 힘을 다해 정을 떼려 한 건지도 모르고요. 비록 함께한 세월이 길진 않았지만, 아이들에게 당신은 사랑의 승자로 남았어요

이모님이 말했어요. 당신은 마지막까지도 나한테 사랑받길 원했

고, 더 인정받길 바랐다고요. 이모 눈엔 그만큼 많은 사랑을 받고 있으면서 여전히 목말라했대요. 그보다 더 갈구하고 있었대요. 그랬군요. 과연 당신을 향한 내 사랑의 크기가 당신의 기대치에 미치지 못한 거였군요.

하지만 실제로 당신은 내게 계속 미안해했어요. 뿐만 아니라, 한국에 떨어져 있으며 병세가 다시 악화된 걸 계속 숨기려 했어요. 앞으로 사랑할 날들이 창창한데도, 뭔가에 쫓기는 사람처럼 자꾸 시간이 없다고만 했어요. 나에 관한 한 분명 당신은 스스로를 사랑의 패자라 여겼던 거예요.

그러고 보면 사랑은 한 방향으로 흘러 순환하는 거예요. 주고받는 구조가 아닌 거예요. 전기로 치면 정전기가 아니라 전류인 셈이죠. 짧고 찌릿한 스파크가 아니라 끊임없이 흐르는 강물과 같은 속성을 지니고 있어요. 불가에서 말하는 윤회가 그러할 테고, 기독교의 신과 인간 간의 사랑이 그렇지 않나요? 우리가 부모로부터 받은 사랑을 되갚지 못하고, 결국 아이들에게 물려주게 되는 것과 같은 이치겠죠. 어쩌면 그래서 당신과 나의 사랑도 몇몇 순간을 제외하고는 줄곧 엇박을 내왔던 건지도 몰라요. 우리의 민간 외교관 프로젝트에서도 그냥 주기만 하는데도 행복해졌던 것과 비슷한 맥락이겠죠. 사랑은 주고받는 게 아니라 그냥 흐르는 거였어요.

당신이 날 많이 사랑한다는 거 알아요. 다만 당신은 표현에 서툴렀을 뿐이에요. 당신 스스로는 자신의 감정을 명확히 파악하지 못하고, 늘 자신이 부족한 사람이다, 자신의 사랑이 모자란다고만 여겼던 거예요. 그만큼 당신은 순수한 사람이에요. 비록 살면서 당신에 대한 나의 사랑이 부족하다고 생각한 적은 없지만, 받는 당신이 미흡하다고 느꼈다면 그 사랑은 분명 부족한 게 맞는 거예요. 나와의 사랑에서도 승자는 역시 당신이에요. 당신은 당신을 아는 모든 사람들에게 영원한 사랑의 승자로 남았어요.

5. 하루

장인 장모님께 전해줘요.

따로 인사 못 드리고 와서 죄송하다고,
앞으로는 자주 찾아뵙겠다고.
내가 당신들 둘째 딸 많이 사랑한다고,
둘째 사위가 두 분 사랑한다고.

고기는 내가 구운 게 제일 맛있다고 고집부리자, 마지못해 고기 집게를 내려놓으며 쑥스러워하시는 모습. 내가 굽고 둘째 딸이 싼 고기 쌈을 양손으로 가린 채 수줍게 받아 드시는 모습. 맛있게 드시고 난 시래기 된장찌개가 포장도 가능하다는 말을 듣고는 마냥 행복해하시는 표정. 찌개가 담긴 비닐봉지를 밤새 품고 잔 소풍가방처럼 안고 식당 문을 나오는 해맑은 초등학생의 모습. 우리 내외가 영화표를 결제하려는 순간, 수술받은 지 얼마

되지 않아 여전히 불편한 무릎임에도 불구하고, 빛의 속도로 나타나 경로할인을 받으시는 모습. 양이 너무 많은 걸 샀다며 투정부리던 팝콘을 어느새 빈 통으로 들고 계시는 귀여운 모습. 스크린의 명암을 받으며 다리를 앞뒤로 가위질하고 있는 발랄한 소녀의 모습. 영화를 보는 동안 차 트렁크에 넣어두었던 아까운 된장찌개가 무더운 여름 날씨에 상해버렸다며 못내 아쉬워하시던 표정.

그날 하루가 내 모습이 비치는 출장지 호텔의 새벽 유리창 위로 포스트잇마냥 다닥다닥 붙어 있다고. 폐쇄회로 모니터상의 분할화면처럼 동시에 돌아가고 있다고.

세상에서 최고로 맛있는 소고기는 그날 두 분과 함께 먹은 봉화 한우였다고. 영화 〈하루〉와 함께한 당신들과의 하루는 허니콤보보다 더 달콤했다고. 다시 오지 않을지도 모를 영화 같은 하루를 내게 선물해 주셨다고.

두 분 참 보기 좋으시다고. 당신들 너무 귀여우시다고. 둘째 사위도 당신들 둘째 딸과 함께 당신들처럼 그렇게 귀엽게 늙어가고 싶다고. 부모를 여읜 못난 자식에게는 곁에 계시는 어른이 부모님과 같다고. 이젠 두 분이 내 부모님이라고.

벌써 여러 해 전이군요. 여름방학을 맞아 식구가 다 같이 한국으로 갔던 어느 하루였어요. 그런데 편지 어디에도 아이들 모습이 보이지 않네요. 미루어 짐작건대, 우리 부부가 장인 장모님 두 분과만의 시간을 만들려고 아이들을 어딘가에 보냈던 날이겠군요. 나는 일 때문에 혼자 먼저 중국으로 돌아와야 했고, 그때 출장지에서 편지를 썼어요.

어느 때와 달리 그날 아침엔 당신이 먼저 전화했어요. 아침부터 내 편지가 당신을 울게 만들었다고 했어요. 뜨거운 행복의 눈물이 당신의 그 고운 볼을 적셨다고 했어요. 아침식사 시간이 되면 어른들에게 둘째 사위의 편지를 읽어드리겠다고 했어요.

그해 여름과 같은 하루는 다시 오지 않아요. 아침이 와도 당신에게 전화가 오지 않잖아요. 어른들에게 편지 읽어드릴 둘째 딸이 없잖아요. 고기는 내가 구워드릴 수 있지만, 고기 쌈을 싸서 두 분 입에 넣어드릴 내 짝이 없잖아요. 귀엽게 함께 늙어 갈 동행이 없잖아요. 당신과 함께라면 귀엽지 않으면 어때요. 좀 흉하게라도 당신과 함께 늙어가고 싶단 말이에요. 두 분이 우리 내외에게 선물했던 감동의 하루가 이젠 당신이 내게 남긴 아름답지만은 않은 슬픈 흑백영화가 되고 말았잖아요.

6. 감기, 이별, 시간, 그리고 사랑

감기는 콧물 흐르게 하고, 이별은 눈물 나게 해요. 감기는 호흡기를 타고 들어와 우리 몸을 떨게 하고, 이별은 순환기에 내재된 우리의 슬픔을 불러내 심장을 흔들어 놓아요.

감기는 계절마다 우리를 찾아와요. 매번 다른 바이러스로 무장하고서 우리를 공격해 와요. 수천 종에 달하는 감기엔 예방주사가 소용없어요. 유병 기간을 줄여주는 치료약도 없어요. 그래서 감기는 '약 먹으면 칠 일, 안 먹으면 일주일'이라 하지요. 감기약을 먹으면 칠 일이 좀 편하게 지나가기는 하지만, 그래도 일주일을 꼬박 앓아야 그 바이러스에 대한 항체 하나가 겨우 생겨난다는 뜻이죠. 그러니 다음 계절에 찾아오는 새로운 감기에 우리는 여지없이 걸려들고 말아요.

살아가는 동안 수많은 이별이 우리를 찾아와요. 친구와의 석

별, 동료와의 작별, 연인과의 별리, 가족과의 이산, 그리고 사랑하는 사람과의 사별.

이별이란 감기는 계절을 가리지 않아요. 아무 때나 찾아와 우리를 아프게 해요. 이별 감기 역시 예방 백신이 듣지 않아요. 녀석은 아플 만큼 아파도 항체조차 생기지 않아요. 굳은살이 박여 이제 그만 아플 만도 한데, 무심하게 다시 찾아온 이별은 우리를 다시금 몸살하게 해요.

유병 기간이 따로 없는 이별 감기에 특효약이란 없어요. 일 주가 될지 한 달이 될지 몇 년이 걸릴지 모르지만, 전지전능한 시간만이 많은 부분을 해결해줄 따름이에요. 그리고 우리에게는 이러한 회복의 시간 동안 우리의 고통을 덜어주는 마약과도 같은 진통제가 있어요. 인간에게 처방되는 가장 강력한 진통제, 그건 다름 아닌 사랑이에요. 사랑만이 이별 후의 시간을 좀 더 빨리 흐르게 해주는 것 같아요. 이별이라는 아픔의 시간들이 쌓이며 우리는 진정한 사랑을 깨달아가요.

당신도 기억하지요? '감기와 이별'이라는 초고에선 원래 사랑을 이별의 유일한 치료약이라고 썼어요. 글을 보여주자 당신은, 이별이라는 감기엔 사랑 이외에도 하나의 약이 더 있다고 했어요. 그건 시간이라고 했어요. 신이 인간에게 준 최고의 선물은 시간이라고 했어요. 망각이라 했어요. 난 처음엔 인정하지 않았지만, 숙고 끝에 당신 말이 맞는다는 걸 깨달았어요. 그래서 마지막 문단을 저렇게 사랑보다 시간을 먼저 상정하고, 제목도 '감기, 이별, 시간, 사랑'이라 고쳐서 다시 당신에게 보냈었지요.

지난해 당신이 우리 곁에 돌아왔을 때였어요. 당신은 한국에 난 중국에 있으면서, '가족 간의 이산'을 몸소 체험하고 있었죠. 당신은 내게 무시로 사랑한다고 말하고, 이제야 진정한 사랑을 알아가고 있다고 했어요. 아이들이 아니라 배우자인 내가 당신의 참사랑이라고 했어요. 깨닫게 해줘 고맙다고 했어요. 우리 부부의 사랑에 대한 견해가 길지 않은 이별 감기를 앓고 난 뒤 마침내 일치하는 순간이었어요. 전율이 느껴졌어요. 마치 당신이 나의 세계에 처음 발을 들여놓은 그때처럼 날아갈 듯 기뻤어요. 시선은 내 안으로 향한 채 모자라는 사람처럼 줄곧 입을 헤벌쭉 벌리고는 혼자 웃고 다녔으니까요. 슬프지만 행복했어요.

오늘은 '사랑하는 사람과의 사별'이라는 대목에서 한참을 서성이고 있어요. 그 문구를 쓸 당시에는 그리운 어머니를 염두에 두고 썼지, 그게 당신이 될 줄은 꿈에도 몰랐으니까요. 롤랑 바르트는 어머니를 애도하며, 시간은 슬픔을 가져가지 못한다고 했어요. 다만 슬픔에 대한 예민함만을 줄여갈 뿐이라고 했어요. 맞는 얘기에요. 당신과의 이별은 다른 사랑이 당신을 대체할 수도 없으려니와, 지금으로 봐선 시간마저도 그 슬픔을 지워가지 못할 것 같아요. 당신과의 이별은 결코 감기가 아닌 거예요. 어떤 치료약도 듣지 않을 것 같아요.

7. 큰처남의 편지

매형의 글을 매일매일 기다리는 것은 일상이 되었네요. 생각의 단편들을 따라가다 보면 매형이 누나를 얼마나 사랑했는지, 그래서 그 빈자리가 얼마나 큰 것인지를 가늠해 볼 수 있는 거 같아요.

이번 장례의 일정 속에 매형이 그간 누나와 같이 나누었던 의견들이 반영되지 못했던 것들이 많았고, 그래서 그 섭섭한 마음이 매형의 글 속에 고스란히 스며들어 있네요. 그럼에도 어른들의 목소리에 양보와 배려로 따라주셨음에 감사드려요.

저도 누나가 사람들이 많은 곳을 싫어했다는 거는 알아요. 하지만 누나는 묻힌 곳이 아닌 다른 곳에서 쉼을 쉬고 있으리라 믿어요. 그래서 누나를 기념할 수 있는 장소를 남겨줬음에 감사드리고, 생각날 때마다 찾아뵙고 싶어요.

오늘은 뽕이가 교회에 다녀왔는지 궁금하네요. 혹시 그렇지 못했다 하더라도 너무 나무라지 마세요. 우리가 알지 못하는 사이에 철들어 가는 게 애들이잖아요.

매형! 주위에 많은 사람들이 매형을 응원하고 있어요. 매일 올려주는 글을 볼 때마다 매형은 정말 다정다감한 사랑꾼이라는 걸 느껴요. 누나와의 아름다웠던 순간을 글로 풀어낼 때면 누나가 우리가 숨 쉬는 공간 어딘가에 있다는 느낌이 들곤 해요.

매형! 사랑합니다!

큰처남이 편지를 보내왔어요. 아침마다 당신에게 보내는 편지를 당신을 가장 사랑하는 사람 몇몇이 함께 읽고 있었거든요. 내 마음 속 당신의 빈자리부터, 감성적으로 치우치지 않은 누나의 장례와 장지에 대한 자신의 소견, 조카에 대한 너그러운 사랑, 그리고 응원의 메시지까지. 우리를 구석구석 세심하게 만져주고 있어요. 현이 특유의 긍정적이고도 온화한 마음이 글에 잘 녹아 들어 있네요. 마치 당신이 동생 꿈에 먼저 찾아가 매형에게 알려주라고 한 내용들을 그대로 받아써서 보낸 것처럼 말이에요.

항공사 제복을 입은 승무원 무리들을 눈여겨보고, 저건 어느 항공사 제복인지 궁금해하고 또 맞춰보고, 대한항공을 탈 때마다 조종석을 기웃거리고, 기장의 안내방송을 귀 기울여 듣게 된 것도 다 현이가 우리 가족인 덕분일 거예요. 미루어 짐작건대, 우리 기장님은 캡틴스피킹도 엄청 부드럽고 다정하게 해서, 여행하는 내내 승객들의 마음을 편안하게 해줄 거 같아요. 항상 웃고 있는 스마일 이모티콘처럼, 언제나 사람의 장점을 먼저 찾아 읽어내는 그만의 사랑 가득한 눈빛으로 말이에요.

당신의 사랑스러운 동생. 이제 내 동생이에요.

8. 빨래 건조대와 우산

누이들이 한국으로 돌아갔어요. 졸지에 홀아비 신세가 돼버린 동생을 수발든다고 며칠 전까지 와있었거든요. 아직도 창밖 빨래 건조대 여기저기에는 수시로 이불을 널고 걷는 큰누이의 잔영들이 보여요. 어느 뮤직비디오에서처럼 말이에요.

당신이라면 과연 아파트 주민들과 공동으로 사용하는 빨래 건조대에 빨래를 내다 널었을까 한번 상상해보았어요. 당신은 아마 '저들은 과연 세탁을 한 것인가? 아니면 밤새 덮고 잔 걸 그대로 가져 나온 것인가?' 의심했을 거예요. 오늘 아침 건조대에는 옷가지 하나 걸려 있지 않아요. 그래서 속으로 오늘 중으로 비가 오려나 보다 예보했어요.

빨래 건조대는 맑은 날이 많지 않은 이곳의 원주민들에겐 긴요한 공동 생활공간이에요. 그들이 아침마다 일기예보를 보고 빨래를 내 거는 건 아닌 듯한데, 비 오는 날이 신기할 정도로 딱딱 맞아요. 마치 무리를 지어 사는 일군의 동물들이 기상 변화에 대한 초감각을 지닌 것처럼 말이에요. 빨래 건조대는 우리 같은 이방인에겐 백엽상과도 같은 존재로, 생활의 귀중한 정보를 제공해주고 있어요. 새벽부터 경쟁이 치열한 날은 해가 나는 날. 이불이 대형 빨래집게로 촘촘하게 집힌 날은 바람이 많이 부는 날. 오늘처럼 텅 비어 있는 날은 비가 오는 날.

출근할 때 우산을 챙길까 망설이다 결국 가져가기로 했어요. 현관 수납함을 열자 양동이에 빼곡히 꽂혀 있는 우리의 우산들이 눈에 들어와요. 한국에서 차렸던 마지막 병원의 로고가 큼지막하게 찍혀 있어, 비 오는 날 한번씩 꺼내 들 때마다, 좀처럼 불편한 속내를 드러내지 않는 당신이 싫은 내색을 감추지 않았던 대형 골프 우산을 위시해서. 당신과 아이들 모두가 편하게 썼고, 남녀노소를 가리지 않아 방문객을 위한 비상용으로도 준비해 두었던 투명 비닐 우산. 우리의 수많은 여행과 흐린 날의 외출에 함께했던 휴대용 접이식 곰돌이 우산. 지난 수십 년 동안 집 안의 거의 모든 가구와 인테리어 소품, 당신과 리니의 속옷, 빗과 머리 장신구, 현모양처의 유니폼인 당신의 앞치마를 비롯한 주방 린넨 및 각종 식기, 그리고 침구와 커튼 따위들을 빠짐없이 장식해왔던 당신의 오브제—리본과 레이스—가 달린 흰색 니트 양산까지.

오늘은 검정색 장우산으로 아무거나 하나 빼 들었어요. 비가 와도 이 우산 속으로는 비와 당신에 관한 아무런 추억도 내리지 않을 거라서요. 집을 나서니 어느새 보슬비가 내리고 있네요.

9. 큰아이 생일 편지 위에 덮어쓴 당신에게 보내는 편지

내 인생 최대 사건의 범인은 바로 당신이에요. 첫 건은 내가 아빠가 되게 한 사건이고, 두 번째는 나를 오십 대에 홀아비로 만든 사건이에요. 내 인생을 송두리째 바꿔놓을 만큼 중차대한 두 강력 사건 다 당신이 범인이에요.

23년 전 오늘이에요. 당신과 나의 첫 작품이 탄생한 날이요. '아들, 동생, 그리고 여보'라는 이름에 '아빠'라는 또 하나의 운명을 당신이 내게 선물한 날이에요. 서른에 경험한 내 인생 최고의 감동을 선사한 날이었어요. 나로 하여금 전과는 다른 삶을 살게 할 사랑의 서막이었어요.

초산이었고, 자연분만으로는 난산에 가까운 인고의 출산 직후였음에도 불구하고, 당신은 화장을 곱게 하고 날 맞았어요. 지금 와서 다시 생각해봐도 당신은 정말 대단한 사람이에요. 지금껏 남편에게 흐트러진 모습 한번 보여준 적 없으니 말이에요.

2년 전에는 우리가 오늘을 홍콩에서 보냈어요. 여름방학 동안 인턴십을 하고 있는 큰아이를 위문한다고요. 작은아이 학원을 위해 한국 나가 있던 당신은 한국에서, 난 중국에서 날아갔어요. 그날은 당신이 혼자서는 처음으로 국제선 비행기를 탄 특별한 날이기도 하죠? 홍콩공항에서 수하물을 기다리고 있는 당신을 발견했을 때는 그야말로 눈이 부셨어요. 당신 정말 아름다웠어요. 그해 7월은 그보다 더 행복할 수 없었어요.

꼭 22년 전 오늘이구나. 네가 태어난 게. 당시 병원 체계론 그날 널 안아볼 수가 없었단다. 신생아실 창 너머에서 간호사가 널 안아 보여주더구나. 그게 너와의 첫 만남이었지. 시간이 잠시 멈춘 거 같았어. 정말 특별한 순간이었지.

그때 소아과 레지던트였던 아빠 친구 말로는 네 울음소리가 병원에서 제일 컸다고 하는구나. 목소리와 자신감의 크기 면에서는 넌 지금도 출중하지. 그리고 그날 태어난 신생아 중 여자아이는 네가 유일해서 아이가 바뀔 가능성도 제로였다고 하는구나. 그때부터 너는 이미 뭇 남자아이들 앞에서도 당당했던 거지. 지금과 다름없이 말이다.

너와 네 엄마를 그렇게 잠깐 보고는 아빤 바로 산부인과와 소아과 레지던트들을 불러 밥이랑 술이랑 사 먹이러 갔지. 감사한 마음도 표하고 또 잘 부탁한다는 구실로 말이다. 모녀를 내팽개쳐두고서 말이다. 철이 없었지.

돌이켜보면 그땐 제대로 된 태교도 몰랐어. 양육은 그냥 하면 되는 건 줄만 알았으니, 나는 아빠로서 준비가 안 된 거나 다름없었어. 이토록 환상적인 아이가 태어나리라곤 상상도 못 했던 거지. 고맙고 또 미안하구나.

5년 후에는 손이 많이 가는 병약한 동생이 태어났어. 아빠도 바깥일이 많아지게 되었고. 엄마 아빠가 더 이상 네게 많은 시간을 할애할 수 없게 되자, 주말에는 너를 여행 좋아하는 친가 식구들이랑 같이 보내게 했지. 미안한 일이지만 네게는 오히려 잘된 부분도 꽤 많단다. 우리랑 있는 것과는 또 다른 더 다채로운 세상을 경험할 수 있었으니 말이다.

내가 쓸데없는 말들을 주절주절 늘어놓았구나. 비 맞은 할망구처럼 말이다. 어느새 동이 트고 있어. 창밖으로 관제탑과 비행기들이 보이기 시작하는구나. 조금 있으면 나갈 시간이야.

생일 축하하고. 오후에 만나자꾸나. 사랑한다, 보석 같은 우리 딸!

작년 큰아이 생일에 보낸 편지예요. 오늘은 아이에게 따로 생일 편지를 쓰지 않고 당신에게 보내는 걸로 갈음하려고 해요. 편지를 보냈던 일 년 전 오늘 당신은 친정에 내려가 있었어요. 문정동에서 아이들을 돌보다 급작스러운 병마의 첫 번째 공격을 받고는, 친정엄마와 언니의 손길이 필요한 상황에 처하고 만 거죠. 상하이를 경유해 아이들만 남아 있는 서울로 귀국하는 당시의 내 심경은 뭐라 표현하기 힘들 만큼 착잡했어요. '비통한 심정의 축하 사절'이었다고나 할까요. 딸아이 생일 편지를 그때는 저렇게 축하하는 내용 일색으로 썼지만, 내 맘속엔 온통 당신에 대한 걱정뿐이었거든요. 예정대로였으면 우리 넷이 단란하게 보냈어야 했는데. 우리가 서울 살던 10년 전 이후 처음으로, 다시 서울에서 말이에요. 아아! 다시 가슴이 아려와요.

오늘은 우리 네 사람이 각자의 장소에서 아침을 맞았어요. 천상에서 지상에서, 한국에서 중국에서. 당신이 남긴 나와의 공동 데뷔작이자 우리의 자화상 리니. 리니가 엄마가 없는 첫 번째 생일을 맞았어요.

10. 당신을 만나러 가는 길

취업증 문제가 이제야 정리가 되고 있나 봐요. 취업비자를 만드는데 필요한 일회용 비자를 한국에서 새로 받아와야 해요. 오늘 당신을 만나러 가요.

공항 입구에서부터 당신이 날 기다리고 있군요. 한여름인데도 정장 차림에 굽 있는 구두를 신고 있어요. 당신을 만나러 가는 여행에 마치 당신이 직접 가이드를 서는 것처럼요.

탑승수속을 하고 있어요. 언제나 자기 손으로 해야만 속이 시원한지, 우리 넷의 그 무거운 캐리어들을 당신 혼자서 번쩍번쩍 들어 올려놓고 있네요. 신혼 때부터 당신은 곧잘 괴력을 발휘했어요. 50kg도 안 나가는 가냘픈 몸으로 혼자서도 거뜬히 대형 장롱 같은 가구들을 옮겨 놓곤 했어요. 퇴근해서 돌아온 나로 하여금 "누가 왔다 갔소?"라는 의문을 던지게끔 나를 깜짝깜짝 놀라게 했어요. 지금도 그건 미스터리예요. 그때의 귀여운 당신 모습이 공항 체크인 카운터 앞에 겹쳐지네요.

탑승을 시작하는데 내가 그제야 화장실 간다고, 탑승구 앞에 서서 발을 동동 구르고 있는 모습도요.

으레 당신은 기내 면세품 책자를 보고 있군요. 오늘은 나도 책자를 꺼내 들었어요. 책장을 넘기다 당신이 좋아하는 브랜드 안나수이의 신상 파우더를 발견했어요. 관성에 따라 당신과 리니 것으로 두 개를 달라고 해보지만, 승무원은 소형기종이라 대부분의 아이템이 하나만 실려 있다고 해요. 파우더는 어차피 큰아이 몫이 되겠군요.

당신이 잠든 고국 땅에 내려 맨 먼저 효성동에 왔어요. 당신의 마지막 향기가 고스란히 남아 있는 곳이지요. 장모님과 손잡고 무릎부터 맞대 앉았어요. 양손을 차곡차곡 포개 얹은 채 얘기를 나누기 시작했어요. 장모님은 몇 달 새 내가 너무 야위었다고 마음 아파하셨어요. 순식간에 감정이 밀려왔어요. 내가 흐느껴 울자, 잘 참고 계시던 장모님도 그만 따라 울고 말았어요. "못된 것, 못된 것!" 장모님은 딸을 잃은 엄마의 슬픔보다 아내를 잃은 사위의 아픔을 먼저 헤아렸어요. 내가 많이 미우셨을 텐데. 딸을 잃게 된 일, 그동안 사위가 딸을 고생시켰던 일, 그 말고도 다른 섭섭했던 일 따위와 관련해 나에 대한 일말의 미움이나 원망 같은 감정이 남아있을 만한데 말이에요.

살면서 나는 악마는 보았지만 천사를 본 적은 없어요. 있다면 분명 천사는 장모님의 모습과 닮아 있을 거예요. 맞아요. 장모님은 우리 곁에 살고 있는 인간의 모습을 한 천사가 분명해요. 내가 알던 처음부터 우리 권사님은 천사였어요. 그렇군요. 당신의 아름다운 영성은 어머니에게서 받은 것이군요. 유대인들이 '신이 모든 곳에 있을 수 없어 어머니를 만들었다'더니, 바로 장모님을 두고 한 말이었어요.

일반인의 출입이 통제된 병실에 하루도 빠짐없이 들어온 사람. 그렇게 당신의 병상을 지키며 기어이 당신을 살려내고야 말았던 사람. 의학보다 사랑이 힘이 더 강하다는 사실을 우리 모두에게 보여준 장본인. 그렇기에 누구보다 당신이 더 그리울 사람. 아침마다 도착한 백 일간의 편지를 들고, 매일매일 하루도 거르지 않고 그렇게 울었다는 당신의 언니.

아침에 처형이 왔어요. 당신이 좋아하는 과일 케이크를 사 들고 왔어요. 당신의 깜찍이 조카도 함께 왔어요. 예전엔 사람들이 당신들 자매가 닮았다 닮았다 해도, 나 또한 두 사람을 '마빵 자매'라 부르며 뿔록한 이마가 똑같이 생겼다고 놀리긴 했어도, 속으론 그다지 많이 닮았다 여기지 않았어요. 하지만 오늘은 처형의 이목구비와 표정, 목소리와 말투, 심지어 행동에서까지도 당신의 모습이 보여요. 똑같아요. 당신을 가장 많이 기억하게 하는 또 한 사람이 있군요. 감사해요.

처형은 출근 전 잠시 들렀다 간다며, 이제 빈자리가 된 내 와인 친구를 자처했어요. 언제 와인 한잔하자 말하곤, 총총히 현관을 나서요. 가까운 곳에 당신을 배웅할 때처럼 난 1층 주차장까지 따라 내려갔어요.

교보문고에 왔어요. 그때가 설 연휴였고, 당신은 기력이 많이 떨어져 있었어요. 평소 내가 책을 고르는 동안 날 따라다니기도 하고, 가까운 발치에 서서 책을 읽기도 했던 당신. 그날의 당신은 대부분의 시간을 카페에 앉아 있었어요. 그게 문고에서의 당신의 마지막 모습으로 남았어요. 오늘은 책을 고르는 동안 당신 대신 큰아이가 함께 있었어요. 당신 없이 책을 고르는 시간이 쉽지 않을 거라 염려했지만, 나쁘지 않았어요. 문고에 머무는 내내 지척에서 당신을 닮은 숨결을 느낄 수 있어 고마웠어요.

당신과 함께했던 시간들 가운데 마지막 장소에 왔어요. 헤어샵이에요. 당신과 같이 왔던 그날 이후로 머리를 자르지 않았거든요. 중국 들어가 있던 지난 다섯 달 동안 한 번도요. "너무 짧게 자르지 마세요!" 하고는, 컷트 하는 내내 거울 뒤에 비스듬히 서서 남편을 지켜보던 그날의 당신. 대기실에서 스마트폰을 하며 아빠를 기다리고 있는 오늘의 리니. 두 사람의 샷이 마치 화보의 양면처럼 널따랗게 펼쳐져 보이는군요. 우리의 모든 순간을 지키던 당신.

기어코 당신에게 왔어요. 지난 몇 달 새 당신과 내 자리 둘레로 다섯 기의 새로운 이웃이 들어와 있군요. 당신을 두고 왔던 온통 갈색이었던 언 땅이 새로 심어진 초록의 잔디들로 제법 파릇파릇 물들어가고 있어요. 처형이 손수 만든 꽃다발, 누이가 심어놓은 꽃잔디, 처남의 백합들로 함께 어우러지고 있어요. 무덤마저도 당신은 아름답군요. 까마귀 울음소리에 무심코 쳐다본 하늘은 왜 저리도 푸른지.

리니가 유튜브에서 파헬벨의 캐논 변주곡을 찾아 틀었어요. 작은누이는 G7 커피를 한 잔 올렸어요. G7은 당신이 중국에서 커피가 떨어질 때는 비상용으로, 여행 다닐 때면 휴대용으로 마시던 브랜드지요. 그러고는 곧바로 자리를 비켜주네요. 이제 당신과 둘이군요. 변주곡이 십여 차례 반복 재생되는 동안 난 당신에게 아무 말도 건네지 않았어요. 당신이 떠난 후로 늘어만 가던 혼잣말조차 웅얼거리지 않았어요. 캐논 선율 위로 커피 증기 속으로 그냥 흐르게 두었어요. 음악이, 눈물이, 시간이, 그리고 당신에 대한 기억이. 검지손가락으로 비석에 새겨진 당신의 이름만 한 획 한 획 따라 썼어요. 쓰고 또 썼어요.

내일 또 올게요. 내일은 우리 와인 한잔해요.

11. 잔소리

작은애가 귀를 뚫었어요. 당신이 봤다면 또 기절할 노릇이에요. 양쪽 귓불에 도합 네 개의 귀걸이가 반짝거리고 있거든요.

내가 눈을 동그랗게 뜨고,

"너 귀 뚫었니?"

하고 선제공격을 날리자, 녀석이 어깨를 으쓱해 보이더니

"네, 요즘 친구들도 많이 뚫어서요."

하고 응수해요. 미간을 찌푸리며 내가 다시 물었어요.

"그래? 어떤 친구가 뚫었지?"

답을 기다리며 아이의 표정을 면밀히 살피는데,

"대만 친구 타키타는 원래 했었고, 인도 친구, 독일 친구, 그리고 최근엔 캄보디아 쌍둥이 친구들도요."

나는 고개를 갸웃거리며 다시 따져 물었어요.

"그래? 재질이 뭐지?"

"은이래요." 아이가 다시 한번 어깨를 으쓱하며, "50위안 줬는데 은 맞겠죠?" 해요.

"가격이 좀 애매한데. 좀 좋은 걸로 하지 그랬어?"

속으로는 '참 가지가지 하는구나' 싶어 영 마뜩잖았지만, 그냥 그렇게 넘어갔어요. 녀석이 느낄 상실감 같은 것도 전해져 와서요. 당신이 있었다면 과연 어떤 반응을 보였을지 한번 상상해 보았어요.

아마 난리가 났겠죠. 당신은 상당 기간 동안 뿡이 뿐만 아니라 나와도 서먹하게 지냈을 거예요. 아이를 따끔하게 혼내지 않는다고, 내게도 잔소리 불똥이 튀었을 테니까요. 나는 속으로 '부모 동의나 허락도 없이 자신 몸에 저지른 짓이니, 문제가 생겨도 스스로 감당해야지!' 할 테고, 당신은 분명 '소독은 제대로 한 건지, 저러다 병이라도 옮으면 어떡하려고, 순은이 아닐 텐데' 등등 한 꾸러미의 걱정과 염려가 꼬리에 꼬리를 물고 이어졌을 거예요. 그러다 어느 날 갑자기 당신은 순도 높은 귀금속 귀걸이 몇 쌍을 짠 하고 내놓겠죠. 녀석을 무릎에 눕히고서는,

"귀지도 제때 안 파는 녀석이 무슨 놈의 귀걸이야!"

하며 잔소리해대겠죠. 그러면서도 꼼꼼히 소독한 뒤에 귀걸이를 교체해 주겠죠. 그게 당신과 나, 모성과 부성의 태생적 차이가 아닐까 하는 생각이 드는군요.

이렇게 말하자 녀석은 일고의 망설임도 없이 "맞아요! 엄마는 그랬을 거예요." 하고 맞장구치네요.

근 열흘을 벼르기만 하다가 빨래를 했더니 세탁물 양이 장난이 아니에요. 세탁기를 세 번에 나누어 돌려야 할 정도였기에, 널 때도 힘들었지만 개키려고 하니 더욱 엄두가 나질 않네요. 널어둔 빨래를 매일 출근 전에 짬을 내서 며칠째 개다 보니 이제야 끝이 보여요. 마지막으로 뿡이의 속옷과 양말을 개는데, 당신의 잔소리가 들렸어요.

"우리 집 남자들은 양말을 왜 뒤집어서 내놓는 거지?"

"빨래를 왜 빨래 통에 완전히 집어넣지 않고, 너저분하게 위에다 걸쳐두는 거지?"

사랑의 반대말은 미움이 아니라 무관심이라고 했어요. 사랑이 없다면 밉지도 않을 테고, 미움보다 무관심이 더 무서운 감정이라는 뜻이겠지요. 그렇다면 밉게만 들렸던 당신의 잔소리와 쓴소리는 살아 있는 애정의 다른 이름이라는 말이에요. 거꾸로 말하면 잔소리는 우리 가운데 가족에 대한 사랑이 가장 탁월했던 당신의 전유물이라는 말이 되는 거고요. 타인에게 좀처럼 정을 내지 않지만, 한번 내기 시작하면 엄청 깊게 내던 당신. 아이들이 엄마가 걱정스러운 듯,

"엄마도 밖에 나가서 친구 좀 만나지!"

하면, 당신은

"엄마는 사람 좁고 깊게 사귄다."

라고 반격하곤 했지요. 가족에게는 정말 비교할 수 없을 만큼의, 깊이를 가늠할 수도 없을 만큼의 하해(河海) 같은 사랑을 주었지요.

오이디푸스의 딸 안티고네는 엄마의 죽음을 두고 "불행마저도 그리워진다"라고 절규했어요. 나는 당신의 잔소리가 그리워요. 설령 행복했던 시간이 아니었다 치더라도 그때가 너무 그리워요.

12. 이모의 꿈에 내 꿈 속에

1.

며칠 전 간곡히 부탁드릴 일이 있어 이모님께 전화를 드렸어요. 당신이 이모님을 통해 해왔던 적이 성가시는 일 때문에요. 이모님은 눈물 머금은 목소리지만 흔쾌히,

"고 서방! 고 서방이 이젠 내게 솔리야. 솔리 이제 내 안에 있어. 언제든 연락 주고, 부탁할 게 있으면 뭐든지 얘기해."

하며 날 울렸어요. 내면이 당신과 가장 많이 닮은 사람. 당신의 마지막을 가장 잘 알고 있는 사람. 그래서 내가 당신 이야기를 가장 진솔하게 나눌 수 있는 사람. 당신 곁엔 또 한 명의 천사가 살고 있었어요. 드디어 난 천사를 이모라 불렀어요. 이미 불러놓고 뻔뻔스럽게 불러도 되냐 물었어요. 이모는 되려 내게 고맙다고 감사하다고 했어요. 영광스럽기까지 하다며 농담 섞인 부언도 했어요. 만약 단어에도 향기가 있다면, 아직도 수줍음 많은 소녀와 같은 이모에겐 사랑, 배려, 겸손이라는 향기가 날 게 틀림없어요.

2.

오늘은 이모에게서 편지가 왔어요. 당신이 다녀갔다면서요? 글 속에 마지막 날까지 당신과의 심리적 거리가 가장 가까웠던 이모의 심리 상태와 당신에 대한 그리움이 잘 나타나 있어요. 이모와 당신과 나, 이렇게 세 사람 사이의 교감도 느낄 수 있어요. 당신이 다녀간 꿈 내용이 맞는지 당신도 한번 읽어 보아요.

사랑하는 고 서방.

날마다 오는 글이….

이젠 아침이면 기다려지기까지 하니….

또한 글을 읽으며 고 서방과 뽕이의 근황을 알게 되니 안심도 되고….

어젯밤 내 꿈속에 그녀가 찾아왔었어!

너무 아름답고 예쁜 얼굴로 아무런 걱정 근심 없어 보였고

그전에 보지 못했던, 행복한 미소를 머금은 얼굴이라 더 예뻐 보였어~

둘이서 어느 식당에 들어가서 각자가 먹고 싶은 식사도 시켜 놓고

둘이서 이야기도 많이 했지….

많은 말들을 하면서 그냥 그녀의 말에 수긍했던 것 같아!

내용이 다 생각나지는 않지만,

내가 그녀에게 돌아가지 말고 우리와 여기서 함께 그냥!

이렇게 살면 안 되냐고 했더니, 예쁜 미소를 지으며 말없이 웃기만 하더군….

그러고는 앞에 술이 담겨 있는,

대충 보기에 1.5kg 정도의 무게로 보이는 박스를 가리키더니,

이걸 사가지고 가겠다고

오늘 밤에 고 서방을 만나서 할 이야기가 많다고, 너무 좋아했었어~

내가 길 건너 보이는 건물 지나면 멋진 호텔이 있다고 추천도 했었어….

그러다 새벽녘에 잠에서 깨고 말았어

너무 생생해서 너무 아쉬웠지….

그동안 꿈에서라도 보고 싶었는데….

나는 내가 본 꿈속에서의 예쁘고 행복한 그 얼굴을 기억하며 한동안 살 거 같아!

고 서방은 꿈에서 보았는지 모르겠지만….

내 생각엔 아마도 꿈속에서 조만간 그녀를 보게 되지 않을까….

당신과의 와인 전성시대엔 우리가 와인을 최대 두 병까지도 마셨어요. 1.5kg이면 딱 와인 두 병 용량이군요. 그 정도면 우리가 밤새 얘기 나누더라도 충분한 양이네요. 이모 꿈속의 멋진 호텔은 아마도 당신의 두 남자가 중국에서 새로 이사한 집을 말하는 것 같네요. 혹시라도 당신이 못 찾아올까 봐 이모가 미리 가르쳐준 거라는 느낌이네요. 이모의 꿈속에서 와인 두 병을 들고 출발했다니 이제 곧 집에 도착하겠군요. 기다리고 있을게요. 만나서 우리 이야기 많이 해요. 쌓여 있는 하고 싶은 이야기가 한두 가지가 아니에요. 아! 그렇다고 너무 서두르진 말아요.

3.

새벽 침상에 앉아 허리를 접은 채 얼굴을 양 손바닥에 파묻었어요. 당신은 어젯밤에도 오지 않았군요. 오늘은 누이들이 열흘 동안 동생 곁을 지키다 한국으로 돌아가는 날이에요. 나도 내몽고(內蒙古)로 출장 떠나는 날이고요. 주말을 뿡이가 혼자 지내게 될 테니 당신이 먼저 와서 놀아주고 있어요. 나 얼른 다녀올게요. 사랑해요!

4.

어제 드디어 당신이 내 꿈에 왔어요. 이모의 꿈에서 출발한 지 꼭

석 달 만에요. 당신이 떠난 지 날짜 하나 틀리지 않고 정확히 육 개월 만에 처음으로요. 왜 이렇게 늦게 온 건가요? 내가 미운가요? 설마 내가 싫어진 건 아니겠죠?

당신이 보고 있다면 당장 지우라고 아우성칠 테지만, 아무튼 우린 격정적인 사랑을 나누고 있었어요. 내가 당신의 얼굴을 만지려는 순간, 당신의 얼굴은 내가 당신을 만나기 전에 알았던 한 여인으로 변했다가, 다시 누군지도 모르는 사람으로 바뀌더니, 급기야는 메두사로 변하는 거예요. 난 소스라치게 놀라 잠에서 깨고 말았어요.

'이런! 이렇게 짧게 밖에 만나지 못하다니! 그것도 얼마 되지도 않은 애도 기간 중에 이런 해괴망측한 꿈으로 말이야! 이건 당신이 온 게 아니야. 아아!'

당신을 만나고 싶다는 간절한 염원과 무의식 속 리비도에서 출발한 내 꿈은 당신을 알기 전의 과거로 갔다가, 알 수 없는 불안한 미래로 가 헤매더니, 당신에 대한 내 죄의식이 반영된 마지막 씬에서는 그리스신화 속 괴물에게 벌을 받는 장면으로 시간에 쫓기듯 순식간에 막을 내렸어요. 아아! 이건 내가 당신에게 간 거지 당신이 온 게 아니에요. 이건 걷잡을 수 없이 휘몰아치고 있는 내 감정의 날씨 영상에 불과해요. 나의 실제 경험, 그리고 독서와 영상물 따위의 간접 경험을 통해 저장된 기억들을 그냥 마구잡이로 뒤섞어 놓은 거라고요. 이건 단순히 프로이트식으로 짜깁기해 놓은 영상일 뿐이란 말이에요. 아아! 어제도 당신은 오지 않았어요. 당신은 오지 않은 거예요!

13. 중국으로의 여름 휴가

큰아이가 왔어요. 작은애가 들어오기 전에 아빠와 둘만의 시간을 보내겠다고 혼자 먼저 들어왔어요. 일주일간의 일정인데, 가만히 생각해보니 이렇게 오랜 시간을 부녀가 둘이서만 보낸 적이 없군요. 정말 의미 있게 보내야겠다 마음먹었어요.

그런데 당신도 알다시피 이맘때 여기 날씨가 연일 40°C를 오르내리는 화로인지라, 야외활동은커녕 점심은 외식조차 꿈도 못 꿀 지경이잖아요. 해서 집 가까이에 웬만한 건 내부에서 다 해결할 수 있는 규모의 호텔에 방을 하나 잡았어요. 지난해 당신의 지인이 묵고 있다고 해서, 내가 당신을 데려다준 적 있는 바로 그곳으로요. 먹고, 마시고, 수다 떨고, 시리즈 물 통으로 보고, 자고, 이야기하고, 수영하고, 또 먹고, 마시고. 해외 유명 리조트가 따로 없었어요. 그래서 우린

"올여름은 중국으로 호캉스 왔어!"

하며 한목소리를 냈어요.

화장실 가는 시간만 빼면 우린 밀월여행 온 것처럼 딱 붙어 지냈어요. 폰을 할 때도 같은 공간에서 하고, 아이가 깨어 있는 동안에는 난 책도 보지 않았어요. 책을 읽을 때라곤 아이가 잠들어 있는 동안만이었고, 그것도 머리맡에서 책과 아이의 얼굴이 한 시야 안에 들어오게 자리 잡고 있을 뿐이었어요. 화장을 지우고 잠든 리니 얼굴을 들여다보니 아직 아기 때 모습이 많이 남아 있네요. 당신과 내가 리니에게 했던 표현을 난 항상 기억하고 있어요. 리니도 엄마가 해준 이 말들을 토씨 하나 틀리지 않게 기억하고 있었어요.

"넌 우리가 온전하게 사랑할 수 있었던 유일한 아이야! 정말 거리낌 없이, 원 없이 사랑했어!"

"다시 태어나도 엄마 딸로 태어나줄래?"

일주일이 마치 하루처럼 지나갔어요. 탑승수속을 마치고 으레 출국장 위에 있는 식당가로 향했어요. 으레 일본식 라면 집에 와서, 으레 마라 소고기면, 볶음밥, 새우 병, 그리고 바지락 무침을 주문했어요. 당신 없이 공항에 아이를 배웅 나온 적이 없다는 사실을 깨닫는 데는 그리 오랜 시간이 걸리지 않았어요. 늘 먹던 것들로 주문서를 채웠는데, 음식이 많이 남았거든요. 당신이 이 집 음식 참 좋아했는데.

엄마 아빠와의 포옹을 마치고 나면 항상 눈물을 훔치며 털레털레 출국장 안으로 들어가던 아이는 오늘만은 씩씩하게 걸어 들어갔어요. 모퉁이를 돌아 시야에서 사라질 때까지 밝은 표정으로 손을 흔들며 들어갔어요. 아이에게서 눈길을 거두자 비로소 있어야 할 자리에 당신이 없다는 사실을 다시 한번 알아차렸어요. 혹시 몰라 쓰고 있던 선글라스 아래로 어느새 눈물이 흐르고 있었어요.

'다음 주엔 아빠가 없는데.'

14. 작두, 칼춤, 외줄 타기

7월 초에 병원으로 출입국 관리소 공안들이 들이닥쳤어요. 다짜고짜 내 여권을 보자기에, 여권 지금 없다고 집에 있다고 하자, 그들은 곧바로 공안국으로 연행하겠다며 윽박질렀어요. 난 병원 관리자들을 중간에 내세웠어요. 무슨 일이 있어도 잡혀가는 건 막아야 한다고 호소했어요. 가지 않겠다고 발버둥도 쳤지만 공안들은 막무가내였어요. 한바탕 야단법석 끝에 결국 그들에게 끌려가는 봉변을 당하고 말았어요. 가서도 나는 말이 통하는 제대로 된 통역, 조선족 변호사, 대한민국 영사가 배석하지 않으면 조사를 받지 않겠다고 버텼지만, 공안은 중국에서는 중국 법을 따라야 한다며 한마디로 묵살해 버렸어요. 결국 그들이 원하는 조서를 다 쓰고서야 겨우 풀려날 수 있었어요.

조사를 받고 며칠이 지나는 동안에도 사태가 좋아진다는 낌새는 없었어요. 병원 관리자들 표정이 계속 어두웠고, 내 눈을 정면으로 마주 보지 못했어요. 병원 측에서 제대로 대응하지 못하는 기색이 역력했어요. 급기야 공안 쪽으로 인맥이 빵빵하고, 중국 내에서 가장 믿을 만한 내 지지자인 샤오인의 남자친구가 나섰어요. 그렇게 며칠이 지난 후 사건은 원만히 해결된 듯했어요. 다른 한국 의사에게 불똥이 튄다거나 하는 확산 조짐도 보이지 않았어요. 그래서 난 예정대로 당신을 만나러 한국에 다녀왔죠.

한국 가 있는 동안에도 영 불안감이 없지는 않았지만, 다녀와서 보니 사건이 심각하게 진행되고 있어요. 병원 측이 돕는답시고 나서서는 일을 들쑤셔 놓았어요. 일을 도로 망쳐놓고 만 거예요. 그런 와중에도 난 출장을 가야 했어요. 출장 갈 기분도 분위기도 아니었지만, 오래전에 약속한 일정인지라 다녀오는 수밖에 없었어요. 민간외교관을 자임한 나로서는 중국인들과의 신뢰에 관련한 문제이기도 했으니까요. 이틀간의 출장을 마치고 돌아오는데, 병원 측으로부터 연락이 왔어요. 나더러 대뜸 핸드폰을 꺼놓고 집에 들어가지 말라는 거예요. 맙소사! 공안국 전산망에 내가 불법취업자로 떴다는 거예요. 소정의 벌금과 열흘의 구류처분이 떨어졌고, 출국금지 조치까지 내려졌다는 거예요.

'내일 당장 큰애가 아빠 보러 들어오는데!'

순간 눈앞이 깜깜해졌어요. 명치 한가운데가 뻣뻣해지는가 싶더니

경련이 일어났어요. 같이 일을 시작하기 전부터 비자와 취업증 문제 먼저 진행하라고 했거늘. 벌써 여섯 달째 노래를 불렀거늘! 내가 좀 손해 보는 장사지만, 그들의 끈질긴 구애에 못 이겨 시작한 합작인데. 아니! 평소 내 벌이의 절반밖에 안 되는 악조건임에도 불구하고, 그들 중국인들을 도와준다고 시작한 호의인데. 이것이 결국 독 묻은 부메랑이 되어 돌아오고 말았어요. 나 자신도 안전을 보장받지 못하는 주제에, 누굴 돕는답시고! 오지랖을 부린 내가 바보였어요.

아이에겐 짐짓,

"네가 와 있는 동안 아빠는 월차를 냈어. 우리 둘이서 휴가 잘 보내라고 병원에서 호텔도 잡아줬어!"

라고 거짓말했어요. 아이에게 티 나지 않게 하려고요. 그러고는 그 일주일을 밀월처럼 보냈어요. 아이가 한국 돌아가는 시간에 맞춰 나도 구류소에 들어갈 날짜를 조율하면서요. 이왕 들어갈 거면 잡혀가는 것보다는 내 발로 걸어 들어가는 게 낫다고 판단했어요. 심적인 준비도 하고, 필요한 물품들도 하나씩 챙겨서요. 무엇보다 '아이가 눈치채지 않게 아이부터 한국에 들여보내고 나서'라는 전제가 필요했어요. 아이를 두고는 도저히 들어갈 수가 없었거든요. 그래서 입소일 관련해 담당 공안과 몇 차례 실랑이를 벌였어요. 마침내 아이가 한국으로 돌아가는 비행편의 전자티켓을 보여주고서야 비로소 날짜를 늦출 수 있었어요. 아이가 옆에 있어도 시간은 여지없이 저

벅저벅 걸어왔어요.

“일주일 후에 뽕이 데리고 다시 중국으로 돌아올 때는 아빠가 집에 없을 거야. 아빠가 앞으로 열흘 정도 출장을 다녀올 예정이거든. 중국 변방지역이라 휴대전화 신호가 잘 터지지 않을 수도 있으니, 걱정은 안 해도 돼. 혹시 모르니 샤오인 이모 연락처 남기마. 이모를 통하면 아빠와 연락이 닿을 거야.”

아이를 한국으로 돌려보내고, 나도 구류소로 향했어요. 출국장 안으로 빨려 들어가는 아이의 뒷모습이 계속 눈에 밟혀, 심장을 쥐어짜는 듯한 흉통이 쉽사리 가라앉지를 않았어요.

공항, 우리 치과, 공안국, 담당 파출소, 신검 병원, 다시 파출소, 그리고 구류소. 그날 오후가 어떻게 흘러갔는지 모르겠어요. 하지만 감사하게도, 일단 들어오니까 시간은 흘렀어요. 대신 안에선 자투리 시간이 많았어요. 외국어 서적 반입이 금지되어 있다 보니, 첫 하루 이틀엔 빈 시간을 어쩔 줄 몰라 괴로워했어요. 하지만 뒤로는 명상하는 시간을 많이 가졌어요. 내무반에 있을 땐 틈날 때마다 수시로 명상을 했어요.

나의 청년은 끝 모를 지진과 폭풍의 계절로 점철됐어요. 호메로스의 ‘오디세이아’를 방불케 했어요. 특히 지난 몇 년간은 줄곧 물에 빠져 허우적대고 있었어요. 한순간에 휩쓸려 갈 수도 있었고, 소용돌이 속으로 빨려들 수도 있었어요. 하지만 새벽명상이 번번이 익사 직전까지 갔던 나를 건져주었어요. 그 많은 번뇌 속에서도 내가 평정심을 잃지 않게 지켜주었어요. 명상은 나를 내 몸 안에 잡아두는 훈련이었고, 그 훈련은 무엇보다 삶의 가장 기본적 구동력인 자존감을 길러주었어요. 자존감은 점점 자라 가족과 타인을 존중하는 마음으로 확장됐어요. 명상! 당신과 꼭 같이하고 싶었는데. 아프고 난 후의 당신에게 무엇보다 절실한 게 무너진 자존감을 회복하는 일이었는데.

열흘 동안 그렇게 명상의 도움을 받으며 당신 생각이 많이 났어요. 당신이 너무 보고 싶었어요. 당신이 한 말도 떠올랐어요. 광저우(광주, 廣州) 선양(심양, 沈陽)을 비롯한 내 출장지 몇 군데를 따라와서, 내가 중국인들 틈바구니에서 어떻게 일하고 있는지를 보고 난 후였지요. 당신은 이렇게 말했어요.

"아빠는 밖에서 살얼음판 위를 걷고 있는데! 매일매일 가족을 위해 칼춤 추고, 작두 타고 있는데! 정녕 우리가 이렇게 살아서야 되겠니?"

몇 해 전 당신에게 보냈던 '광대의 외줄 타기'라는 글도 연상되었어요.

광대의 외줄 타기

환자의 수술 부위는 세 군데예요. 두 개 부위를 마치고 마지막 부위 수술을 위해 자세를 바꾸며 습관적으로 바이탈 측정기를 힐끗 훑었어요. 순간 눈을 의심하고 측정기를 다시 쏘아 봐요. 환자의 혈압이 분명 210/160mmHg까지 치솟아 있어요. 위험해요! 모든 처치를 중단하고, 스태프들에게 술 중 응급상황에서 혀 밑에 사용하는 혈압약을 투여하라고 해요. 술 중 바이탈 사인 모니터링은 응당 내가 관장해야 할 사항이긴 하지만, 다섯 명이나 되는 수술실 인원 누구도 노티해주는 사람이 없어요.

이완기 혈압이 90mmHg까지 낮아지면 수술을 계속하겠다고 하고 장갑을 벗어요. 그러자 환자는 괜찮다고, 마저 해달라고 보채네요. 제2술자로 수술을 도와주던 젊은 의사는 다른 임플란트 전문가들은 이래서 바이탈 측정기를 연결하지 않는다고 투덜대고요. 통역은 이 상황에서 머뭇거리기만 하더니 결국 꽁무니를 빼고 있어요. 결국 나만 호들갑을 떠는 모양새가 됐어요. 어처구니없네요.

옆 방에서 간단한 수술 하나를 마치고 십여 분 후에 돌아왔어요. 하지만 이완기 혈압이 여전히 140에 걸려 더는 떨어지지 않고 있어요. 환자에게 혀를 들어보라 하니 넣어둔 혈압약이 녹지 않고 그대로 있어요. 그런데 어째 내 기억보다 약 알이 커 보여요. 스태프들에게 약이 원래 이렇게 컸었냐고 물으니, 지난번에 사용했던 것과 같은 제품이라고 해요. 아무래도 이상해 사용설명서를 확인해보라 하니, 마지못해 그 약은 설하 투여용이 아니라 복용약이라고 실토해요. 그제야 부랴부랴 설하 투여용 혈압약을 찾기 시작해요. 갈수록 태산, 점입가경이네요. 스태프들에게 술 후 처치를 부탁하고, 환자를 다음 날 아침으로 예약해달라 하고는 수술실을 빠져나와요.

벌써 몇 년을 다닌 병원인데. 어떻게 공을 들여 수술시스템을 세팅한 병원인데. 운영책임자가 바뀔 때마다 환자의 안전은 뒷전으로 물러나기 일쑤예요. 이럴 때마다 참 허탈하네요. 사실 중국에 와 있는 외국인 의사들은 중국의 프로스포츠 팀에서 뛰는 용병이나 다름없어요. 스타처럼 띄워서 쓰다가, 쓸모가 다하면 버려지는 소모품 같은 처지 말이에요. 이럴 땐 마치 내가 중국 남사당패 속의 광대가 된 기분이에요. 박자가 맞지 않는 장구 소리를 들으며, 안전장비도 없이 달랑 부채 하나만 든 채 홀로 외줄 타기 하고 있다는 느낌을 떨쳐버리기 힘들어요.

일주일이 지났어요. 그렇게 갔다 오면 끝날 줄 알았는데 그게 아니에요. 끝난 게 아니었어요. 집을 드나들 때마다 누가 잠복해 있을지 모른다는 불안감에 소름이 돋았어요. 집에 들어올 때는 매번 계단을 이용했고, 엘리베이터를 타게 되면 두 층 위에서 내려 인기척을 살폈어요. 지키는 사람이 없다는 걸 확인한 후에야 잽싸게 집으로 들어와 문을 걸어 잠갔어요.

새벽 시간에는 스탠드 조명을 제외하고는 불을 켜지 않았어요. 이중으로 된 암막 커튼을 꼼꼼히 여며야 했어요. 행여 불빛이 새어 나가지나 않을까 두려웠거든요. 새벽부터 누군가 지켜보고 있을지도 모른다는 공포감이 밀려오기라도 하면 모골이 송연해졌어요. 하루를 살 에너지를 생성하는 새벽을 불안하게 시작하다 보니 하루가 엉망이었어요. 번번이 충전이 부족했고, 오후가 되면 어김없이 배터리 잔량이 간당간당했어요. 어쩜 저렇게 예쁘게 노래할까 했던 새들도 어느 날부턴가 지저귀지 않았어요. 뭐가 두려운 건지 창밖 나뭇가지로 찾아오지 않았어요. 이건 아니에요. 이래선 사람이 살 수가 없는 거잖아요.

당신은 알고 있었어요. 중국인들이 벌여놓은 굿판에서 내가 칼춤 추고, 작두 타고 있다는 걸. 홀로 외줄 타기 하고 있다는 것을. 엄연한 사실이건만, 내가 애써 태연한 척하고 있었다는 것을. 다만 곡에

하는 사람보다 그걸 지켜보고 있는 사람이 더 가슴 졸이며 살아가기 마련이었던 거예요. 그래서 나보다 당신이 훨씬 더 힘들었던 거예요.

9년 전 내가 가진 몇 가지 선택지 중에서 나는 최종적으로 '중국' 카드를 뽑아 들었어요. 중국을 선택한 첫 번째 이유는 단연, 가족과 함께 지낼 수 있다는 거였어요. 당신과, 그리고 아이들과 한집에서 살 수 있다는 감사함 때문이었어요.

그렇다면 시간이 흐른 지금은 그 이유와 부합하는 삶이 살아지고 있는 건가요? 과연 우리의 초심은 유지되고 있는 건가요? 우리 넷 중 당신은 하늘로, 리니는 홍콩으로 떠나고 없는데 말이에요.

다음 달이 꼭 9년이 되는 시점이에요. 그래요. 당신이 없는 다음 10년을 위해 안식년을 가져야겠어요. 출장 가는 날이면 문 밖까지 따라 나와, 닫히고 있는 엘리베이터 문틈 사이로 마지막까지 내게 넣어주었던 눈빛. 당신의 그 애잔한 눈빛이 잊혀지지가 않아요. 당신이 그리워요. 당신이 잠들어 있는 대한민국이 그리워요. 늦었지만 이제라도 돌아가야 할 거 같아요.

어디선가 당신이
'여보, 위험해! 어서 나와요!'
라며 손짓하고 있는 것만 같아요.

Q&A 다이어리 3

7월 ○○일 오늘의 질문은 '타임머신을 타고 과거로 돌아가 꼭 바꾸고 싶은 일이 있다면?'이네요.

2016년에는 '새로 이사한 도시에서 가족들이 이제 막 적응하기 시작했는데, 무리하게 다시 수도권으로의 이사를 감행했다. 이사하자마자 아버지가 돌아가셨다. 임종도 못했다. 가족들, 특히 큰아이와 아내를 많이 힘들게 했다.'라고 쓰여져 있네요. 성남에 도착하고 몇 시간도 안 돼 아버지의 부고 전화를 받았어요. 그날 밤 우리는 아버지 곁으로 되돌아 내려와야 했어요. 더욱이 성남과 서울에 사는 동안 당신과 큰애는 정말 지독히도 많이 싸웠어요. 생각하면 그저 당신에게 미안할 따름이에요.

2017년엔 '임상 세미나에서 강사에게 던졌던 건방진 발언. 잘난 체했다.'라고 되어 있군요. 잘난 체는 단편적인 지식만으로 아는 게 별로 없을 때 떠벌리는 짓이라는 걸 이젠 알아요. 지금도 그 장면을 떠올리면 세미니 참가자 중 누군가가 손가락질하고 있을지 모른다는 수치심이 드는군요. 강사에게도 미안하고요.

작년엔 '대학 신입생 때 받은 한 오리엔테이션에서 했던 돌출 행동. 얼굴이 화끈거린다!'라고 쓰여 있고요. 철없던 시절이었어요. 그때는 그게 패기라고 여겼을 법한데, 지금 와서 보니 관심을 끌고 싶어 부린 치기에 지나지 않아요. 쥐구멍이라도 찾고 싶네요. 불현듯 몇 해 전 당신에게 썼던 편지 한 통이 생각났어요.

책 표지를 통해 보이는 내 인생 그리고 우리

서점에 가면 간혹 투명한 비닐 랩으로 싸여 있는 책이 있어요. 내용을 볼 수 없게 하려는 출판사의 의도인데요. 우리의 호기심을 유발해 구매욕을 자극하려는 전략인 듯해요. 집에도 그런 책이 몇 권 있어요. 당신도 본 것들이지요. 그러한 책들 대부분은 제목이 그럴싸하고 표지가 매력적이지만, 당신의 독서 성향이면 서점 내에 서서도 거의 다 읽어버릴 정도로 텍스트 양이 적거나, 내용 면에서 실망스러운 것들이잖아요.

당신이 누구보다 잘 아는 사실이지만, 내 두 개의 인생을 들여다보면 확연히 알 수 있어요. 두 번째 인생에서의 가장 큰 변화는 책을 손에서 놓지 않는다는 것과 미니멀 라이프예요. 독서가 생활화되면서, 삶이 반드시 필요한 최소한만 가진다는 법정스님의 '무소유' 개념에 가까워진 것이지요. 두 번째 인생에선 남들 눈에 띄지 않게 차림을 하고, 행동도 튀지 않아요. 너무 안 꾸민다고, 보기 추하다고, 당신이 볼멘소리했었지만 말이에요.

첫 번째 인생에서의 나는 멋 부리기를 좋아했어요. 명품 두르고 외모

가꾸기를 좋아했어요. 멋을 아는 당신이 부추긴 면도 없지 않지만요. 하하. 어쨌건 그땐 그래야 행복하다고 생각했어요. 하지만 그건 행복이 아니라 행복하게 보이고 싶었던 겉치레였어요. 보이는 곳에 사람들의 시선을 붙잡아, 속이 비어 있다는 걸 감추려 했어요. 스스로를 속이고 사람들을 현혹하기에 급급했던 거죠. 안으로부터 우러날 게 없다 보니, 나를 봐달라고 세상을 향해 애원했어요. 병들어 있었던 거죠.

내가 두 번째 인생에서 발견한 특별한 것들 중 하나는 함께 완주할 내 짝이 당신이어야만 행복할 거라는 사실이에요. 무엇보다 중요한 인생 최고의 통찰이었어요. 지극히 평범하고 마땅하지만 절대적인, 진리를 깨달은 거죠. 그러면서 당신을 더욱더 사랑하게 됐어요. 그때부터는 타인의 시선을 의식하지 않았어요. 세상에 우리 둘만 있는 양 천연덕스럽게, 때와 장소를 가리지 않고 당신에게 애정표현을 해댔어요.

그럴 때면 아들 녀석은

"두 분 여기서 이러시면 안 됩니다!"

하고 놀려댔고, 당신은

"남들이 보면 불륜인 줄 안다!"

하며 날 떼어냈어요.

오늘은 '홍콩에서 큰아이 졸업식을 마치고, 그때 당신과 함께 중국으로 들어올 걸. 누이들이 작은아이 보살피러 중국에 와 있었으니, 며칠 다 같이 머물다 누이들 따라 귀국하게 했더라면. 당신의 두 남자가 잘살고 있는 모습도 보여줄 수 있었는데. 그랬더라면 이렇게까지 한스럽지는 않을 텐데.'라고 썼어요. 그때가 당신과의 모든 시간들을 통틀어 후회가 가장 많이 남는 순간이에요.

아니에요! 후회되는 게 아이 졸업식 그때가 다가 아니라고요! 당신에게 잘못한 게 한두 가지가 아니에요. 누구보다 나의 잘못이 제일 많단 말이에요. 당신과 살아가면서 갚아야 할 게 사과해야 할 게 너무나도 많단 말이에요.

8월 ○○일 오늘의 질문은 '주변인의 죽음 중 가장 슬펐던 사람은?'이에요.

2016년엔 '어머니(우리가 보내 드릴 준비가 전혀 안 되어 있는 상황에서 당신께선 홀연히 떠나셨다.)'라고 되어 있어요. 당신도 알다시피 어머니는 우리 모두가 잠든 사이에 당신 자신도 잠드신 모습 그대로 곱게 가셨지요. 자식들에게 폐 안 끼치고 가겠다고 입버릇처럼 말씀하시더니만, 마지막 떠나면서까지도 우리를 배려하셨어요. 어머니는 참으로 고결한 분이세요.

2017년엔 '이 원장님(한국 사회에서의 중년 가장의 고뇌. 우울증이 정말 무서운 병이구나! 공동개원으로 이어질 수도 있었던 원장님의 각별한 인연)'이라 되어 있고요. 그때 문상을 함께 가진 못했지만, 당신과 따로 고인을 애도하는 시간을 가졌던 건 어렴풋이 기억나네요.

작년은 '아버지(치매 말기까지 고생하시다 지쳐 삶을 놓으셨다. 우리가 이사하던 날)'예요. 그날이 내 인생에서 중요한 변곡점이 됐나 봐요. 과거로 돌아갈 때면 어김없이 그날이 떠오르는 걸 보면 말이에요.

오늘은 '당신(이 생을 통틀어 내가 가장 사랑한 사람)'이라고 적었어요. 지난해 오늘까지만 해도 이 란에 당신을 채워 넣게 될 줄은 몰랐겠죠. 부모님께는 말도 안 되는 불경스러운 일이지만, 당신을 잃는다는 건 정말 무엇과도 비교할 수 없는 큰 슬픔이군요. 중년 이후 겪는 가장 힘든 일이 배우자를 잃는 사건이라고 하더니만 그게 사실이군요. 세상에 이렇게 큰 슬픔도 있었어요.

"당신 두고는 내가 먼저 못 죽는다. 내가 무덤까지 책임져야지."

"맞아 여보! 우리 둘 중 한 사람이 먼저 가야 한다면 그건 나여야 해. 당신 없으면 나는 아이들에게 짐만 될 거야. 걱정만 끼칠 거야."

부부가 가벼이 나눴던 농담은 결국 현실이 되고 말았어요.

4장

당신이 없는 격랑의 가을

1. 책 이야기

새로 이사 온 집에는 붙박이 책장이 없어요. 책 수납이 턱없이 부족해요. 그래서 지난여름 이케아에서 조립식 책장을 새로 하나 샀어요. 당신이 사준 빨간 철제 책장 옆에 나란히 배치하려고 역시 붉은색 계열로 장만했어요. 책들을 이미 꽉꽉 채워 넣었지만, 어느새 다시 차고 넘쳐요. 책장이 하나 더 있어야 할 지경이에요.

중국에 와서 사 모으기 시작한 책들이 벌써 구백 권가량 되네요. 처음부터 모을 요량으로 산 건 아니지만, 나와 가족이 한국 갔다 올 때 사 오고, 지인들이 내가 있는 곳으로 올 때마다 부탁하고 해서, 적게는 몇 권에서 많게는 이십여 권까지 가져온 책들이 쌓이고 쌓여 이제 저렇게 많아졌어요. 도서 운반책 중에서 가장 큰손이었던 당신이 제일 잘 알고 있는 사실이죠.

처음에는 중국 내에서 언제 다시 이사를 하거나, 한국으로 돌아가게 되면 책을 누군가에게 기증할 심산이었어요. 책들이 내게 붙잡혀 있는 것보다는 그들의 본분대로 많은 사람들에게 읽혀지는 게 좋겠다 생각해왔던 거죠. 그건 아마도 책의 대중적 효용에 대한 파울로 코엘료와 피천득 시인의 지론에 착상해서 형성된 견해인 거 같아요. 기증할 곳으로는 아이들의 국제학교, 한인사회, 혹은 한국어학과가 개설되어 있는 현지 대학 등을 후보군에 올려놓았어요. 이 집으로 이사 오기 전 당신에게 나의 이런 의견들을 피력하자, 당신은 "당신이 어떻게 모은 책인데!" 하며 몹시도 아쉬워했지요. 그때를 계기로 책에 대한 내 생각의 좌표도 기증에서 소장 방향으로 모멘텀이 생기기 시작했죠.

그들 중 내가 읽고 감명을 받았거나, 당신이 읽어보면 좋겠다고 느낀 책들은 그때그때 당신에게 건넸어요. 당신이 비교적 거부감 없이 받아들이던 소설과 수필이 주를 이루었죠. 당신도 역시 내게 같은 방식으로 책을 추천해주었어요.

당신은 나와는 달리 속독과 정독을 번갈아 조절해 가며 읽는 스타일이에요. 수시로 건너뛰기와 되돌아오기도 하고, 같은 책을 여러 번 반복해 읽기도 잘했어요. 내 눈에는 소설 읽기에 상당히 특화된 독서법으로 보였어요. 그러면서 당신은 같은 책도 자신이 어떠한 상황에 처해있는가에 따라 다르게 다가온다고 했어요. 전에 안 보이던 부분이 크게 부각되기도 하고, 격하게 공감하던 부분을 모르고 지나치기도 한다고 했어요.

그러던 어느 날부터인가 직접 전달하는 방식에서 탈피해, 추천도서를 거실 보면대 위에 올려놓기 시작했어요. 그게 좀 더 효율적이라 판단한 거죠. '내 권장도서이니 편할 때 가져다 읽어요.'라는 무언의 약속이었어요. 보면대 위에 책이 안 보이면 당신이 가져가 읽고 있는 중이고, 책이 책장에 꽂혀 있으면 다 읽었다는 말이었죠. 드디어 우리가 독서토론을 할 때가 되었다는 뜻이기도 했고요. 더러는 아이들도 함께하는 열띤 토론장을 만들기도 했어요. 독서토론은 한두 권의 책, 오징어땅콩 한 봉지, 그리고 커피나 차 한 잔씩이 고작이었지만, 우리만의 푸짐한 책거리 방식이었어요. 삶의 밀도가 엄청나게 높아졌던 우리의 르네상스였어요. 정말 무엇과도 비교할 수 없는 행복한 나날이었어요.

이제 소설은 잘 읽지 않아요. 읽어도 별 감흥이 없어요. 무엇보다 소설을 읽고 얘기 나눌 사람이 없으니까요. 소설 분야의 토론에서 빅마우스이자, 우리 가운데 가장 도발적 논객이었던 당신이 참여할 수 없으니까요.

지금 보면대 위엔 세 권의 책이 놓여 있어요. 절판되어 몇 년을 수소문한 끝에 어렵게 구한 법정스님의 『무소유』를 포함해서요. 작년

여름 당신이 한국으로 가고 난 후부터 한 권씩 올려 둔 것들이죠. 당신이 돌아올 수 없게 된 후로는 더 이상 추가하지 않고 있어요. 당신이 읽지 않으니 줄어들지도 않아요.

당신의 손때 묻고, 숨결이 담겨 있는 이 책들은 앞으로도 내가 '소유'하기로 했어요. 이 편지를 쓰면서 그렇게 마음을 굳혔어요. 책 소장에 있어서만큼은 이제 '무소유'가 아니고, '미니멀' 하지도 않아요. 훗날 아이들이 아빠를 찾아오고, 책장에 꽂힌 책들을 보며 엄마가 좋아했던 책이 어떤 거였는지 물어오는 상상을 하면서요. 아이들이 아빠가 건넨 책에서 엄마의 잔향을 맡으며 책장을 넘기는 모습을 바라보는 것도 놓칠 수 없는 즐거움이겠군요. 당신의 추천도서들은 이참에 목록을 만들고, 따로 한쪽 코너에 모아두어야겠어요.

당신의 전반적인 삶을 지탱해주어 당신에겐 생명줄과도 같았고, 당신의 격려 속에 떠난 나의 첫 성경통독 탐험에 횃불이 되어주기도 한 『큰글씨 성경』. 중국 생활 첫 고비 때 지인으로부터 선물 받아, 힘들 때마다 늘 당신 손에 쥐어져 있던 혜민스님의 『멈추면 비로소 보이는 것들』. 치료를 위해 홀로 한국에 나가 있었던 때마저도, 중국이 무섭지만 그래도 가족과 함께 살겠다는 의지로 언제나 탁자 위에 펴놓았던 중국어 회화 책들. 중국 생활 초기에 출장 가는 남편의 가방에 넌지시 찔러 넣어주어, 내가 책 읽는 두 번째 인생을 길어 올리는

데 마중물 역할을 하게 했던 김애란 작가의 소설들. 신작이 나올 때마다 빠짐없이 구해와, 딸과 함께 읽던 공지영 작가의 수많은 소설과 수필집들. 내가 사오고 나중에 당신이 선물로도 받아와 집에 같은 책이 두 권이 되자, 한 권을 홍콩에 따로 떨어져 있는 딸에게 보내주었던 이기주 작가의 『언어의 온도』. 이성 간의 사랑은 그렇게 강하지가 않다, 결코 상대를 좋은 사람으로 바꾸어놓지는 못한다, 처음부터 옳은 사람을 만나야 한다,라는 진실을 딸에게 심어주고 싶어 했던 고든 리빙스턴의 임상심리서 『서두르다 잃어버린, 머뭇거리다 놓쳐버린』.

2. 내무반 풍경

열흘 동안 우리 내무반에는 하루도 거르지 않고 한두 사람이 출소하고, 또 새로운 사람이 들어왔어요. 총 서른 명에 달하는 사람을 밀접해서 관찰할 기회가 내게 주어진 거죠. 밖에서는 그들이 어떻게 사는지 모르지만, 이곳에서만큼은 다들 온순하게 지냈어요. 지시도 잘 따르고, 규정도 준수하면서요.

인상적인 점들이 많았지만, 가장 강렬하게 뇌리에 남은 건 문신과 관련된 내용이에요. 그들 가운데 등짝 전체에 용 문신을 한 사람을 비롯해 몸에 큰 문신을 한 사람이 총 네 명 있었어요. 특이한 점은 네 명 모두 화려한 팬티를 입었다는 거예요. 두 사람은 꽃무늬 팬티, 다른 두 사람은 빨간색 팬티. 처음엔 우연히 한두 개쯤은 화려한 팬티를 소유할 수 있는 거 아닌가, 공교롭게 같은 날 입었을 수도 있는 거 아닌가 치부했어요. 밤이 되면 내무반원 전원이 돌아가며 샤워를 했어요. 가장 말석인 바로 내 코앞에서 덜렁거리며 샤워를 하는데,

그 네 명은 갈아 입는 족족 형형색색 화려한 팬티인 거예요. 다음 날도 그 다음 날도 매한가지였어요. 자못 흥미로웠어요. 동물학자가 동물들의 습성을 관찰하다 어떤 일정한 패턴을 발견했을 때의 감격이 이렇지 않을까 싶었어요. 유레카!

그들 중 우리 방에서 서열이 가장 높아 보이는 용 문신을 한 사람의 팬티가 가장 현란했어요. 하루는 붉은색 계열, 다음 날은 푸른 색 계열. 이런 식으로 날마다 다른 컬러 코드의 꽃들로 알록달록하게 장식된 팬티들을 선보였어요. 용 문신은 반바지까지 꽃무늬였어요.

우린 10명이 정원인 침상 마루를 일 평균 14명이 함께 사용했어요. 처음부터 용 문신 혼자서 입구 쪽 침상 두 칸을 차지하고 있었고, 나머지 8칸을 13명이 다닥다닥 붙어서 나눠 쓰는 꼴이었어요.

특식으로 나오는 음식도 일단 용 문신 앞에 놓여졌어요. 그가 충분히 먹고 남은 음식을 나머지 13명이 정해져 있던 알 수 없는 서열에 따라 나눠 먹도록 되어 있었어요. 누가 설명하지 않아도 자연스럽게 그렇게 하고 있었고, 거기에 대해 토를 다는 사람도 없었어요.

마루 맨 안쪽에 자리하고 있던 나와 세 명의 미얀마 근로자들에겐 특식이 돌아오지 않을 때가 많았어요. 오더라도 무슨 음식이 들어 있었는지 알 수 없는 까만 국물만 남은 플라스틱 대접이 전달되어 오기 십상이었어요. 처음엔 '다 먹은 걸 굳이 뭐하러 넘겨주는 거지?' 했어요. 근데 며칠 더 관찰해 보니 까만 국물은 앞 순위의 사람들이 돼지고기나 닭고기를 다 건져 먹고 남은, 기름이 둥둥 떠 있는 간장 국물이더군요. 그거라도 밥 위에 끼얹어 먹으라는 대단한 선심이었더라고요.

넷째 날 밤인가에 들어온 한 사람은 나와는 달리, 두려워하거나 어리둥절한 기색 없이 내부환경에 금방 익숙해져 보였어요. 내부반원들과도 예전부터 서로 알고 지낸 사이처럼 쉽게 친해졌고요. '적응력과 사회성이 참 뛰어난 사람이구나!' 하고 난 생각했죠. 목소리가 얼마나 큰지 그들이 용 문신이 떠나고 난 그 자리에서 하는 이야기가 들려왔어요. 내가 있는 침상 마루 반대편 끝자리에서 그들끼리 나누는 스몰토크까지 다 알아들을 수 있을 정도였어요. 신참의 프로필에 대한 탐색 위주의 대화였는데, 들어본 말인즉슨 이러저러했어요. '구류소엔 5일 만에 다시 들어온 거다. 음주운전으로 현장에서 바로 잡혀 왔다. 지난번엔 5일, 이번엔 15일로 가중처분을 받았다. 아내는 이 사실을 모르고 있고, 알게 되면 틀림없이 자길 죽일 거다.' 하며 너스레를 떨었어요.

자칫 음울해질 수도 있는 내용을 밝고 재미있게 써보려 최선을 다했어요. 생각 많이 하지 않고, 읽는 동안만이라도 유쾌해지길 바라면서요. 처음엔 쓸지 말지를 고민했고, 다 써놓고는 또 보낼 건지 말 건지를 놓고 여러 날을 망설였어요. 그러던 어느 순간 양팔 저울의 눈금이 당신도 이미 다 알고 있을 거란 쪽으로 기울더군요.

위에서 내려다보며 마음 많이 졸였죠? 당신의 문법대로라면 당신은 '심장이 다 쫄깃거린다.'라고 했을 거예요. 당신은 문신이란 글자만 봐도 호흡이 가빠지는 사람이잖아요. 괜찮아요. 다 끝난 일이에요. 그러니 슬퍼하지 마요. 니체는 나를 죽이지 못하는 고통은 나를 더 강하게 만든다고 했어요. 그리고 누군가는 시련만이 사람을 성장하게 한다고 했어요. 나 앞으로는 하지 못할 일이 없을 정도로 더 강해지고 커졌어요. 여생에선 그 어떤 시련도 날 굴복시키지 못할 만큼 배짱도 두둑이 생겼어요. 맷집이 세지고, 체급도 올라간 거예요. 그러니 아이들 걱정도 하지 마요.

당신은 내가 위기상황에서 더 침착해진다 했어요. 그럴 때마다 듬직하다 했어요. 그래요. 나 예전 그 어느 때보다 더 초연해요. 그렇게까지 아프지도 슬프지도 않아요. 이런 건 아픔 축에도 끼지 못하는 일이에요. 내 생애에 당신을 잃는 일보다 더 큰 슬픔은 없으니까요.

3. 존재와 부재

아파트단지 안을 거닐었어요. 젊은 부부가 소리 질러 다투며 지나가는데, 나도 모르게 웃음이 났어요. 초보 부부가 싸우는 모습이 귀여워 보였나 봐요. 또 한편으로는 그게 그렇게 부러울 수가 없더군요. 그러고 보니 최근엔 모녀 혹은 모자가 싸우는 모습들도 눈에 자주 들어왔어요.

'너희는 싸울 수 있어 좋겠다. 그렇게 싸울 수 있다는 자체가 얼마나 좋은 건지 모르지?'

우리도 그땐 그게 행복인지도 모른 채 아옹다옹 살았어요, 여보!

"사랑한다는 것은 사랑하는 사람을 위해 거기 있다는 뜻이다. 사랑하는 사람을 위해 그대가 줄 수 있는 가장 값진 선물은 자신의 존재다. 따라서 그대는 숨을 들이쉬고 내쉬면서, 지금 이 순간에 존재해야 한다."

'존재! 살아오며 무수히 보고 듣고 썼던 단어인데! 물 먹인 한지마냥 이렇게 가슴에 착 와 붙은 적 있었던가? 그 의미와 가치를 이토록 선명하게 느껴본 적 있었던가? 한 번이라도 그 온도와 무게를 헤아려본 적은 없었던가? 그렇다면 지금껏 나는 '존재'라는 단어를 맹물로 쓰고, 눈꺼풀로 보고, 귓등으로 들으며, 허투루 내뱉어 왔었단 말인가!'

눈이 번쩍 뜨였어요. 생활 전반을 명상화 하신 틱낫한 스님의 말씀을 읽고, 다시 한번 머릿속이 온통 당신으로 뒤덮였어요. 당신이 이 세상에 있다는 것만으로도 그동안 얼마나 큰 힘이 됐는지 몰랐어요. 그땐 미처 알지 못했어요. 그게 그렇게 값진 선물이란 것을. 존재만으로도 당신은 우리에게 정말 절대적인 존재였어요. 당신은 사랑이었어요.

당신이 아프기 전까지는 내일 당장 죽어도 괜찮다는 각오로 살았어요. 하루하루 순간순간 최선을 다해 살았고, 죽음이 조금도 두렵지 않았어요. 하지만 당신이 먼저 떠난 지금은 죽음에 대해 더 자주 생각하게 돼요. 솔직히 죽음이 좀 두려워요. 아마도 '나마저 어떻게라도 되는 날에는, 우리 아이들은 어쩌란 말인가?'와 같은 아빠로서의 책임의식 때문이겠죠. '당신에게 헌정할 책을 써야 해!'라는 정인(情人)으로서의 소명감 덕분이겠죠. 사십구재를 지날 무렵이던가 뇌리를 강타했던, 반드시 살아남아야 한다는 강렬한 의지가 다시 한번 활활 불타올랐어요.

내 존재를 당신의 부재와의 함수에 한번 대입해 보았어요. 함숫값이 나오는 데까진 오랜 시간이 걸리지 않았어요.

'내 자리에서 항상 깨어있어야겠구나!'

'내가 사랑하는 사람들, 나를 사랑하는 사람들을 위해 온전히 존재해야겠구나!'

'내 존재의 비중이 곱이 되어야 당신의 부재를 상쇄해볼 수 있겠구나!'

'당신이 없는 삶을 받아들여야 해. 당신의 부재와도 싸우기만 할 것이 아니라, 이젠 사이좋게 지내야 해.'

4. 우리는 청춘 vs 난초꽃 당신

우리는 청춘

벌써 여러 해를 다닌 병원에 평소 나와 친하게 지내는 직원 두 명이 있어요. 하루는 내가 도착하는 날 밤 아홉 시가 되도록 그들이 저녁을 먹지 않고 기다리고 있네요. 객실 체크인 수속만 하고, 우린 바로 스카이라운지로 올라갔어요. 와인과 함께 저녁을 들며 이런저런 얘기를 나눴어요. 둘 다 서른 정도 되는 나이인데, 그들 중 하나가 육아와 간호사 일을 병행하는 게 힘들다고 하소연하네요. 다이어트의 고충도 호소하며 내 몸을 훑는가 싶더니, 대뜸 내 날씬함을 자신의 젊음과 바꾸자는 거예요. 마음 같아선 당장 그렇게 하자고 하고 싶었지만, 그냥 하하 웃고만 지나갔어요.

날씬함은 노력 여하에 따라 나이 들어서도 얻을 수 있는 옵션에 가까운 거라 할 수 있지만, 젊음은 무엇과도 바꿀 수 없는 특권이잖아요. 누구도 한 번밖에 누릴 수 없는 귀한 축복이잖아요. 몰라서

하는 소리가 아닌 줄은 알지만, 젊은 세대들의 가치관에서 다이어트가 차지하는 비중이 요즘 중국에서도 얼마나 큰가를 엿볼 수 있는 장면 아닌가 싶었어요.

물론 나는 나이 듦이 좋아요. 지금의 내가 좋아요. 비록 외모는 변하고 변해 지금 내 나이 때의 쇠락 일로에 있던 아버지 모습을 빼다 박은 듯 닮아 가고 있고, 청춘의 왕성한 혈기도 없지만요. 그땐 늙어 본 적 없지만, 지금의 나는 그 시절을 지나와봤기 때문이겠죠. 청춘을 누려봤으니까요. 노안이 오고 원시가 되면서, 사물을 조금 먼발치에서 바라볼 수 있는 심리적 초점거리가 넉넉해진 덕이겠지요. 사람들에게 다가갈 때와 멀어질 때도, 노련한 마라토너처럼 가속과 감속의 페이스를 능란하게 조절할 수 있게 되어서 그렇겠죠. 사물에 대한 열정 때문에 입어왔던 화상을 미리미리 예방할 수 있고, 냉담으로 인해 겪었던 사람 사이의 꽁꽁 얼어붙음도 녹여낼 수 있는, 나름 성능 좋은 온도제어 장치가 체화되어 있어서 그렇겠죠.

최근에 안 사실인데요. 인류의 평균수명이 가파른 속도로 증가하자, 세계보건기구에서는 일찌감치부터 19세 이전을 유·소년, 65세까지를 청년, 66~85세를 장년, 그 후를 노년으로 분류해 놓았더군요. 그러니까 위의 두 젊은이와 당신과 나, 우린 모두 청년 범주에 속하는 거예요. 65세가 될 때까지 앞으로 최소 십 년간은 늙었다 소리 하지 말고 살아야겠어요. 우린 아직 청춘이니까요.

난초꽃 당신

우리의 청춘은 여기서 멈추었어요.

지난해 봄 당신은 출판사에 보낼 내 원고를 읽고 나더니, 자서전 형식의 글인데 내용만 봐서는 작가가 노인인 듯하다 평했어요. 속으로 난 '필자가 늙는데 자연히 글도 따라 늙는 것이지' 하고 구시렁거렸고요. 그러면서도 은연중에 당신의 의견을 곱씹어왔었나 봐요. 이후론 글 속의 화자가 너무 노티 나는 건 아닌지를 항상 염두에 두고 글을 써왔으니까요.

아름다움을 넘어 우아하기까지 하다고 중국인들도 하나같이 입을 모았던 당신. 도저히 나이를 믿지 못하겠다며 고개를 절레절레 흔들 만큼 동안이었던 당신. 하지만 당신은 청년도 다 살지 못한 채 꽃다운 나이에 졌어요. 우리에게 나이 든 모습을 보이지도 남기지도 않고 떠났어요. 당신은 늙지 않고 시들지도 않는 순결한 난초꽃으로 우리 곁에 살아있는 거예요.

당신은 그 나이까지도 때 하나 묻지 않은, 이 세상에서 가장 순수한 사람이에요. 내가 아는 최고로 여성스러운 사람이고, 마지막까지 단아한 자태를 유지한 채 떠났어요. 다만 작은처남이 그날 빈소에서 당신을 난초라고 표현하기 전까지는, 난 내 곁에 난초가 살고 있다는 사실을 미처 알아차리지 못했을 따름이에요.

이제 정녕 당신은 난초가 되어 우리를 바라보고 있겠지요. 향기를 그리도 사랑하던 사람. 내가 사 온 난초 향을 포함한 일곱 개짜리 휴대용 향수세트를 딸과 둘이서 나누며, 한 개라도 더 갖겠다고 욕심 부리던 귀여운 당신. "향수 앞에서는 딸도 없다!" 하며 당신을 놀리고는 흐뭇한 눈으로 두 여인을 바라보던 나. 그날 홍콩의 한 단골 부티크 호텔에서의 우리 모습들이 머릿속에 조용히 영사되는 순간, 어디선가 난초 내음이 풍겨요. 당신 고유의 향기가 나고 있어요.

당신이 옆에 왔군요.

5. 당신이 좋아했던 것들

누군가가 자신의 옷을 가져다 입을 수도 있다는 게 너무 싫다던 사람. 그래서 중국에서 살아온 지난 십 년 가까이 자기 물건을 한 번도 버린 적 없는 당신. 계절마다 옷을 정리하며 꾸준히 버려왔던 나.

당신의 물건들로 빽빽이 들어차 있던 안방 옷장엔 이제 내 옷들이 드문드문 걸려 있어요. 부지불식 간에 내가 출장 가 있던 언제쯤 누이들이 안방에서 당신 물건들을 치웠나 봐요. 내 옷들은 산 지가 족히 10년은 된 친숙한 것들이네요. 몇 벌 안 남은 것들이지만 이제 당신이 좋아했던 옷에만 손이 가고, 위조품이라고 거들떠보지도 않았던 당신이 사준 짝퉁시계를 차고, 신발도 당신이 마음에 들어 했던 것만 신어요. 그러고 보니 결혼 후에 산 내 옷가지와 잡화들 중 당신과 함께 사지 않은 건 하나도 없군요.

8년 전쯤이던가요? 내가 입어서 편하지 않은 옷은 점점 손이 안

간다고 하자, 당신은 나더러 몸을 옷에 맞추라고 했죠. 하하하 귀여운 사람.

안 그래도 홀로 남겨진 몇 달 사이에 체중이 10kg가량 빠졌어요. 공교롭게도 결혼 전 독신이었던 때의 몸무게와 같아졌어요. 홀아비가 되자 총각시절의 몸으로 돌아간 거예요. 마치 당신이 그동안 불려 놓았던 걸 도로 가져가기라도 한 것처럼 말이에요.

아! 그렇다고 걱정은 하지 말아요. 다이어트한 거니까요. 지금은 배가 쏙 들어갔어요. 당신이 입히려고 했던 옷들이 이제 편하게 들어가요. 몸에 잘 맞아요. 오늘도 당신을 생각하며 그중 하나를 꺼내 입었어요. 아마 6년 전 리니 고등학교 졸업식을 끝으로 입지 않은 비둘기색 양복이에요. 젊어 보인다고 당신이 좋아했어요. 신발은 지난 가을 당신과 로데오 거리를 두 시간 가까이 돌며 샀던 까만 운동화를 신었어요. 당신은 정말 우리의 모든 순간들을 함께했었군요.

한 공간 크리에이터가 말하길, 쓸 수 있을지 없을지 모를 물건들을 사 모으는 건 미래에 대한 불안 때문이래요. 순간, 당신 없이 이사를 하면서 포장 한번 뜯지 않은 소품들이 수두룩했다는 사실이 떠오르더군요. 그때는 '아! 이 사람이 이토록 허전했구나. 그들 하나하나가 뭐로도 채워지지 않는 허기에서 제발 날 구원해달라는, 당신의 간절한 기도들로 빚어낸 십자가 같은 것이겠구나.' 하고 여겼어요. 당신이 많이 힘들어 할 때면 내가 먼저 부채질하기도 했어요. 나로서도 그것 말고는 마땅히 도와줄 만한 게 없다 생각했었나 봐요.

중국에서의 첫 위기였어요. 학교 친구들 사이에는 심심찮게 일어날 만한 큰아이의 일이었어요. 아이들 간 갈등에 부모가 나서서는 일이 커져 버렸어요. 일이 볼썽사납게 변질되고 만 거죠. 나중에 학교가 중간에서 교통정리를 해주어 에피소드로 단락되긴 했지만, 당신이 많이 힘들어 했어요. 이러다간 당신이 큰일 나겠다 싶었어요. 그래서 일이 수습될 기미가 보이자 나는 바로 당신을 상하이 화훼시장으로 데려갔어요. 한나절 발품을 판 끝에, 마음에 꼭 드는 벽시계를 찾아내고서 상기되어 있던 당신 표정이 눈에 선하네요. 덩치가 자기보다 더 큰 녀석을 택배로 부치지 않고, 직접 들고 가겠다고 떼쓰던 모습도요.

시계는 파스텔 톤의 사파이어색으로 빈티지 풍이었어요. 살바도르 달리의 그림 속에 나오는 머리 위로 용두가 달린 회중시계를 연상하게 했지요. 시계는 중국에 살던 내내 집의 한 벽면에 융화된 채 우릴 바라보았고, 우리의 소중한 시간들을 지켜주었어요. 가족의 크로노스였던 셈이죠. 당신과 벽시계가 하나의 구도 안에 들어오면 우리 집은 꼭 포토스튜디오 같았어요. 당신이 우리 스튜디오의 전속모델이었던 건 말할 필요도 없고요.

그때 결국은 내가 택배기사 노릇을 해야 했어요. 기억하지요? 상하이에서부터 녀석을 안고서 기차를 타고 돌아왔으니까요. 당신 눈치 보느라 바닥에 한 번 내려놓지도 못했지만, 틈틈이 발등에 올려놓고 있었던 순간순간도 떠오르네요. 당신은 절대 눈치 줄 사람이 아닌데, 내가 지레 주눅이 들어 그랬던 거였어요. 그래도 좋았어요. 뭐라도 내가 해줄 수 있다는 게 고맙기만 했거든요.

어찌 됐든 녀석과도 잠시 이별을 해야겠네요. 한국 돌아가서도 별탈 없이 다시 만날 수 있으면 좋겠네요. 당신이 보고 싶군요.

6. 바이올린 소나타와 행복전류

여보! 나 왔어요. 나그네 삶 청산하고, 나 완전히 돌아왔어요. 마음먹기가 힘들었지 일단 결심하고 나니까, 실타래처럼 엉켜 있던 일들이 한 올씩 풀려나가기 시작했어요. 환전부터 나와 아이의 중국 탈출, 아이의 전학 결정, 이사업체 선정과 대리 통관, 장인어른 수술 관련 일들, 아이가 스스로 검정고시를 선택해 나가는 과정까지. 매일 매일 기적이 일어났어요. 지난 한 달여가 하루도 빠짐없이 이런 일련의 기적들로 발 디딜 틈 없이 가득 채워졌어요.

내가 오고 열흘 후에 큰아이도 왔어요. 물론 리니는 짧게 며칠 다니러 온 거예요. 리니가 온 그 주일날엔 장모님 교회엘 갔어요. 내 기억으로는 당신이 가장 오랫동안 다녔던 교회지요. 우리의 부부 나이와 교회의 나이가 같아 우리에겐 더 특별한 곳이기도 하지요. 내가 교회를 가는 건 서초 시절 당신 손에 이끌려 다녔던 사랑의 교회 이후 10여 년 만에 처음이군요. 당신 없이 교회를 가는 건 생전 처음이

기도 하고요. 장모님의 영광교회를 가기로 한 건 가능한 한 큰애와 많은 시간을 같이 있어야겠다는 생각이 지배적이다 보니 자연스럽게 도달한 결정이에요. 감사 헌금도 했어요. 당신 이름을 맨 앞에 적고, 당신이 가장 사랑한 우리 세 사람의 이름도 차례로 써넣었어요. 나, 큰애, 장모님이 나란히 한 열에 앉고, 그 뒤 열에 장인어른이 앉으셨어요.

바로 찬양이 시작됐어요. 바이올린이 도입을 맡고, 피아노가 가세하더니, 중창단이 따라 들어왔어요. 바이올린 인트로에서부터 눈물이 흐르기 시작하더니, 피아노가 합류하자 불과 몇 초 사이에 나는 양 어깨를 들썩일 정도로 흐느끼고 있었어요. 보이지 않는 힘에 의해 순식간에 무장해제당한 느낌이랄까요.

내 집요한 설득으로 삼십 년 가까이 놓았던 악기를 다시 잡고, 내가 집에 없을 때만 연습하다가, 내가 있어도 "여보, 들어오지 마!" 하며 문 닫아놓고 연습하더니, 나중엔 내가 문을 열고 들어가 듣고 있어도 개의치 않고 연주에 몰입했던 일련의 당신 모습들. 전공할 때도 힘들어했던 기법이 지금은 무난하게 소화된다며, 들뜨고 상기되어 있던 당신의 목소리와 표정. 리니가 오는 날이면 피아노를 맡겨, 바이올린 소나타를 연주하던 다정한 듀엣 모녀의 모습. 슬며시 두 여인 뒤에 자리 잡아 연주를 보고 들으며, 등줄기를 타고 흐르는 행복전류에 감전된 채 눈을 감고 행복에 젖어있던 나의 모습. 내 관악기와 작은애 타악기를 붙여 가족음악회를 열자고 제안하며 잔뜩 기대감에 부풀어있던 모습. 이런 여러 해 동안의 영상들이 그 짧은 순간에 파노라마처럼 펼쳐졌던 거예요.

"특별한 촌지의 주인공으로 안마사 한 분이 기억나요. 그 지역에서 자기가 안마로는 유명한 사람이라고 자신을 소개하던 50대 여자분이에요. 하루는 그녀가 진료를 마치고 나면 지난번 수술에 대한 감사의 뜻으로 직접 안마를 해주겠다는 거예요. 내가 머뭇거리자, 오늘 시간이 안 되면 다음 달 진료 때 한 시간 정도를 비워두라고 해요. 오늘은 맛보기라며 등 뒤에서 양 어깨 근육을 부여잡는 손이 나를 옴짝달싹 못하도록 완벽하게 제압하네요. 마치 어깨에 매단 줄을 위에서 잡아당겨 달랑 들어 올려진 피노키오가 된 기분이에요. 하하! 과연 달인의 손답네요. 달인의 따뜻한 감사의 마음이 그녀의 손을 통해 내 몸 안으로 들어오더니, 전기가 되어 온몸을 타고 흘러 다녀요. 몸 곳곳에서 찌릿찌릿 터지며 불꽃놀이를 하고 있어요. 이름하여 행복전류예요."

'바이올린 소나타'라는 제목으로 편지를 쓰다가, '행복전류'라는 우리 부부 전용어가 나왔어요. 그러자 중국에 와서 받은 촌지에 대한 단상들을 모은 글이 연상됐어요. '행복전류'라는 표현, 당신이 무척 마음에 들어 했는데. 직업병에 시달리던 남편의 어깨도 곧잘 주물러 주곤 했는데. 당신으로 말미암은 행복전류는 두 번 다시 느낄 수 없겠지요. 우리의 가족연주회도 이젠 기대할 수 없겠지요.

7. 당신과 중국 vs
진작에 돌아왔어야 했는데

싸드, 아이들 학교, 여권과 비자, 새집 계약과 이사, 작은애 여름캠프, 돈과 신용. 당신의 걱정과 불안에 대한 대상은 징검다리 건너듯 끊임없이 옮겨가고 있어요. 며칠을 곰곰이 생각했어요. 그러자 지난 몇 년을 관통해 오던 단어 하나가 보이기 시작했어요. 당신을 줄기차게 괴롭혀왔던 그건 바로 '중국'이에요. 중국에 사는 게 싫고 무섭다는 거예요. 애당초부터 당신은 중국에 어울리지 않는 사람이에요. 나도 그런 당신의 마음을 모르지 않으면서, 애써 외면해왔던 거예요. "작은애 졸업까지는 그냥 이대로 갑시다. 우리 조금만 더 버팁시다!" 하면서요.

자궁근종, 담석증, 역류성 식도염, 그리고 때 이른 폐경. 갖가지 질병들이 당신을 괴롭혔어요. 근종, 담석, 식도염은 모두 중국에 와있는 동안 얻은 것들이고, 최근 몇 년간 들쑥날쑥하던 생리도 작년 여름방학을 한국에서 지내고 돌아온 8월을 기점으로 완전히 끊겨 버렸어요. 이렇듯 몸으로는 이미 수도 없이 말하고 있는데. 온몸으로 중국을 거부하고 있었는데 말이에요.

8년이라는 세월, 당신으로선 정말 많이 버틴 거예요. 그동안 얼마나 힘들었을까? 얼마나 무서웠을꼬? 사태가 이렇게 되고 보니 가슴이 저려요. 여기가 너무 아파요. 시도 때도 없이 당신 생각에 잠기고, 그럴 때마다 나도 모르게 눈물짓고 있어요. 미안해요. 내가 얼마나 나만 생각하는 인간이었는지.

보고 싶어요. 그런데 혹여 당신의 얼굴이 생각나지 않을까 두려워요. 이제부턴 얼굴 보며 전화해야겠어요. 당신과 영상통화 해야겠어요.

새삼 깨달았어요. 내가 가장 보고 싶은 사람이 당신이라는 걸. 내 마지막 사랑이 당신이기를 그 무엇보다 간절히 소망하고 있다는 것을.

지난해 늦여름에 썼던 편지예요. 당신이 정말 극적으로 회복되어 막 퇴원한 후였어요. 폐경에 관한 내용을 보니 우리가 나눴던 대화 한 토막이 생각나는군요.

"여보! 내 생리 언제 나왔는데?"

"이젠 별걸 다 묻네!"

심리적으로는 불안을 넘어 공포감마저 느꼈을 법한데도, 이렇듯 당신은 힘든 상황들을 곧잘 유머로 승화시켰어요. 귀엽기도 하고 안쓰럽기도 한, 보고 싶은 사람.

당신과의 단장(斷腸)의 이별, 내가 중국에서 당한 봉변, 작은애의 지진한 학업과 각종 기행. 지나와서 보니 중국은 우리가 버릴 카드였어요. 작년 초여름 당신이 아프기 시작했을 때, 그때 버리고 나왔어야 해요. 위의 편지를 쓰고 있을 때라도 돌아왔어야 해요. 그랬더라면 당신을 놓치지 않을 수 있었어요. 설사 당신이 떠나는 걸 막지 못했다 하더라도 늦출 수는 있었어요. 아니! 그 시점을 늦추진 못했다 하더라도, 소중한 마지막 시간들을 당신과 훨씬 더 많이 함께할 수 있었어요. 안타까운 통한의 시간들을 당신과의 아름다운 시간으로 돌려놓을 수 있었어요.

영상통화도 차일피일 미루다 끝내 무산되고 말았어요. 당신이 싫어했지만, 그랬다 하더라도 내가 좀 더 밀어붙였어야 해요. 결국 당신을 내 머릿속에 제대로 새겨 넣지 못했어요. 이젠 당신의 얼굴을 영정사진과 휴대전화 배경화면의 가족사진에 의존할 수밖에 없게 돼 버렸어요. 27년이라는 짧지 않은 시간 동안 당신과 함께했던 순간순간에 대한 기억들은 더욱 또렷해지는데, 정작 당신의 얼굴은 풍화되어 조금씩 스러져 가고 있어요. 나는 오늘도 고운 당신의 영정사진을 들여다보고 있어요. 당신의 얼굴을 다시 한번 정밀 스캔한 후, 후두엽 가장 깊은 곳에 아로새겨 넣었어요. 다시는 지워지지 않게요. 언제든 당신을 출력해낼 수 있게요.

내가 눈감을 때 내 눈앞에 있을 사람은 막연히 당신이겠지 믿었어요. 아니면 함께 눈감을 사람이 당신이라 믿었어요. 나의 마지막 사랑이 당신이라 믿었건만. 눈곱만치도 의심해 본 적 없건만. 이렇게 내가 당신의 마지막 사랑이 되어 홀로 남겨질 줄이야.

8. 장인어른과 처형

장인어른 입원기간 동안 장모님, 처형과 번갈아 장인어른 병상을 지켰어요. 난 데이타임을 맡았어요. 그래서 매일 기차로 출퇴근했어요. 학창시절 기차로 통학하던 때가 생각나더군요. 고등학교와 대학을 10년 가까이 기차 타고 다녔으니, 그때부터 본격적으로 시작된 기차와 나의 만남이 예사 인연만은 아닌 거예요. 정기권을 사서 가장 많이 이용했던 통근 완행열차부터, 군인 전용 칸이 달린 야간 군용열차, 고등학교 수학여행 열차, 보급 및 특급열차, 대학시절 전방 병영체험 열차, 지금은 사라진 비둘기호와 통일호, 무궁화 새마을 KTX, 중국 대륙의 수많은 고속철과 야간 침대 열차, 출장지에서 곧장 딸아이를 보러 갈 때 타던 중국과 홍콩을 잇는 동차, 홍콩과 다롄(대련, 大連)의 트램들, SRT, 귀국 후 혼자 다녀온 기차여행의 눈꽃열차까지. 기차에 얽힌 추억들이 참 많네요.

대학병원 울타리를 들어서면 곳곳에서, 의학 드라마처럼 가운을 입고 몰려다니는 의료진들이 눈에 들어왔어요. 그들 사이로 임상실습하던 젊은 내가 보였어요. 돌도 안 된 핏덩이를 품에 안고 응급실로 뛰어 들어가는 새댁 당신의 모습도 보였어요. 당신이 무지 좋아하던 병원 입구 갈매기살 집 앞을 지날 때면, 아이들 손 잡고 양가 어른들 모시고 식당에 들어가는 우리의 모습들도 보였어요.

장인어른은 "고 서방 고마워!"란 말씀을 민망할 정도로 많이 하셨어요. 나는 장인어른에게, 당신의 입원과 수술 기간 동안 아이와 일을 핑계로 중국에 있었다고 했어요. 나쁜 남편이었다고 했어요. 한두 번도 아닌데, 한 번도 당신 옆에 있어 주지 못 했다고 했어요. 그게 항상 마음에 걸렸는데, 이렇게 장인어른이 기회를 주셔서 도리어 내가 감사하다 말했어요. 그리고 당신이 내 부모님을 받들었던 갸륵한 효행에 비하면 이건 새 발의 피에 불과하다는 말씀도 덧붙였어요. 더군다나 장인어른은 당신의 마지막을 손수 거두신 분이잖아요.
막연히 '대속'이라는 단어가 지나갔어요.

"그만 가! 이제 안 와도 돼!"
계속되는 장인 장모님의 만류에도 나는 "예!" 대답만 하고는 아랑곳하지 않았어요. 꿋꿋하게 매일 출근했어요. 마지막 날 퇴원수속까지 도와드리고 나서야 비로소 시름이 놓였어요.

당신이 좋아하는 법원 옆 한정식 집에 왔어요. 뭔가 기념할 일이 생기면 가족이 함께 오던 곳이에요. 예전엔 음식이 가득 차려진 밥상을 상째로 들고 들어와, 언제나 잔칫집 같다는 느낌을 주던 곳이죠. 그러고 보니 지난겨울 당신을 공원에 두고 온 다음 날도 여기 왔었네요. 장인어른 생신 겸해서 온 가족이 함께요. 아무튼 점심특선을 먹으며 5일에 걸친 어른들과의 건강 여행을 마무리했어요. 당신의 자리엔 처형이 있었어요.

처형이 자신의 가정사로 힘든 시간을 보내고 있어요. 당신이 있을 때부터 앓아왔던 염증이 곪을 대로 곪아버린 거예요. 칼을 대지 않고는 회복될 수 없을 지경에 이르렀어요. 올 것이 왔다는 생각이 들더군요. 마음 아프지만, 일견 잘된 일이기도 해요. 그래도 이번엔 어설프게 봉합하지 말아야 할 텐데.

수화기를 놓고 효성동까지 한달음에 달려갔어요. 이번에는 장인어른도 모를 수가 없는 상황이에요. 속이 상할 대로 상한 장인어른은 연일 장모님에게 화풀이를 해대시고, 처형은 죄인처럼 옆에서 울고만 있어요. 주제 넘는 거 아닌가 싶었지만, 옆에서 보다못해 내가 한마디 거들었어요.

"지금껏 처형이 장남 노릇까지 다 해오지 않았습니까!"

"…."

그거면 될 줄 알았는데 그걸로는 안 됐어요. 분위기는 좀처럼 누그러지지 않았어요. 난 주머니 속 작은 주머니에 넣어둔 마지막 카드를 만지작거렸어요. 목이 바짝바짝 타들어 갔어요. 침을 삼키고 또 삼켰어요. 웬만하면 끝까지 꺼내지 않으려고 했던 카드를 종국엔 던져야 했어요. 마지막으로 침을 크게 한 번 더 삼키고는 힘없는 한숨에 실어냈어요.

"그래도 살아있잖아요."

"…"

다행히 1차 수술은 처형이 잘 마친 거 같아요. 숙려기간 동안 드레싱만 깔끔하게 하면 후유증 남기지 않고 잘 아물 수 있을 거예요. 처형을 사랑하는 사람이면 누구나 환영할 일이지만, 그 가운데서도 당신이 "우리 언닌데!" 하며 제일 좋아할 거잖아요.

시인 나짐 히크메트는 어디로 가야 할지 더 이상 알 수 없을 때 비로소 진정한 여행이 시작된다고 했어요. 처형을 우리 같이 응원해요. 진정한 여행을 시작하시라고. 늦지 않았으니 이제라도 행복할 권리를 찾으시라고.

당신은 알고 있었어요. 하루속히 내가 중국에서 나와야 한다는 것을.

당신은 알고 있었어요. 처형이 새로운 인생을 찾을 거라는 사실을.

9. 생일 편지들

1.

메일을 확인하다 난데없이 편지 한 통이 튀어나왔어요. 당신에게 보냈던 생일 편지예요. 당신의 생일이 바로 코앞인지라 우연치고는 참 신기하네요. 꼭 8년 전이에요. 중국에 혼자 와 있을 때였어요. 이 도시가 가족과 함께 살 만한 곳인지, 내가 먼저 들어와 지내보고 있었지요. 편지를 써놓고 당시엔 꽤 만족스러워했던 것 같은데, 지금 다시 읽어보니 글이 촌스럽고 투박하네요. 문맥이 안 맞고 비약도 심하고요. 여기저기 다듬어 봐요. 마음에 들지 않아요. 이리저리 자르고 붙여도 보고요. 여전히 마음에 들지 않는군요. 며칠을 골몰한 끝에 결국엔 거의 다 지워버렸어요. 이럴 줄 알았다면 처음부터 새로 쓸 걸 그랬어요.

최근 어디선가 들었다. 이적의 목소리다. 이적이 말하는 그대가 내겐 누구일까? 두말할 거 없이 아내다. 나는 원래 가사보다는 멜로디를 탐하는 편이다. 그런데 그날은 특별했다. 가사 전 구절이 가슴으로 들어왔다. 그리고 오늘 아침 머릿속으로 올라왔다.

그대를 만나고
그대의 머릿결을 만질 수가 있어서
그대를 만나고
그대와 마주 보며 숨을 쉴 수 있어서
그대를 안고서
힘이 들면 눈물 흘릴 수가 있어서
다행이다
그대라는 아름다운 세상이 여기 있어 줘서

거친 바람 속에도
젖은 지붕 밑에도
홀로 내팽개쳐져 있지 않다는 게
지친 하루살이와
고된 살아남기가
행여 무의미한 일이 아니라는 게
언제나 나의 결을 지켜주던
그대라는 놀라운 사람 때문이란 걸

- 이적, 「다행이다」 중에서

당신의 쉰 번째 생일이에요. 나는 작은아이와 중국에서, 당신은 큰애와 한국에서 오늘 아침을 맞았네요. 벌써 몇 번을 함께하지 못했는지 이젠 기억조차 나지 않아요. 내 자신의 생일에는 무심하다 하더라도, 당신의 생일에는 두 번 다시 이래선 안 되겠다는 생각이 들어요. 남아있는 당신의 생일들, 무슨 일이 있더라도 당신 곁을 지키는 사람이어야 한다, 오늘 또 한번 다짐해 봐요.

신혼 시절에 종종 당신에게 했던 우스갯소리가 생각나요. "우리 생일은 다르지만, 기일이 같은 삶을 살자. 우리의 제사가 일 년에 꼭 두 번일 필요는 없잖아? 한 번이면 족해. 마음대로 된다는 보장은 없지만 말이야. 어쨌든 병으로 누구 한 사람이 먼저 가지 말고, 살 만큼 살았다 싶으면 그때부터 마구 여행 다니는 거야. 그러다가 그렇게 손 잡은 채로 한날한시에 떠나는 거지!"

2.

이적은 그대를 만나고 할 수 있는 일들이 많아 다행이라고 했어요. 다행인 이유가 할 수 있는 일이 많아서라기보다는 그대를 만날 수 있다는 사실이에요. 편지를 보낸 지난해는 나도 그랬어요. 이적처럼 당신을 만날 수 있었어요. 당신이 있어 다행이었어요. 고마웠어요. 하지만 올해는 당신을 만날 수 없어요. 만날 수 없으니 그 많은 사소한 일들도 할 수 없게 되었네요. 이젠 이적이 부럽네요.

지난해 오늘은 함께하지 못하는 아쉬움이 짙게 묻어나는 생일 편지를 보냈었네요. 그래도 그땐 당신이 받을 수는 있었는데, 오늘은 이렇게 받을 수 없는 편지를 쓰고 있어요. 당신의 쉰한 번째 생일 아침을 당신과 내가 각자 다른 세상에서 맞았다고요. 당신의 모든 생일을 반드시 함께하겠다고 맹세해놓고서는, 고작 첫 번째 생일인데. 당신이 먼저 와 있던 조국에 나도 돌아왔는데. 이젠 전화로 얘기할 필요조차 없는데 말이에요.

무심한 사람! 당신이 먼저 떠나버리다니. 그런데 생일 편지에 부부의 기일과 제사 이야기는 굳이 왜 썼을까요? 당신과 함께는 아직 살 만큼 살지 못했는데. 당신과의 여행은 아직 시작조차 못했는데. 생일파티는커녕 당신이 떠난 날을 추모하게 되다니요. 우린 결국 기일마저 다른 커플이 되고 말았구려.

그날은 당신이 먼저 전화를 걸어왔어요. 당신은 편지 고맙다고 했고, 나는 생일 축하한다고, 사랑한다고, 같이 있지 못해 미안하다고, 많이 아쉽다고 말했어요. 그리고 나는 장인 장모님을 바꿔 달라고 하고선 말했어요. 당신을 낳아주셔서 우리가 이렇게 부부가 될 수 있었다고, 감사하다고. 두 분께 차례로 녹음기처럼 반복해서 들려 드렸어요. 다시 전화를 이어받은 당신은 재차 고맙다는 말을 내게 돌려주었어요. 마치 감사와 칭찬 릴레이를 벌이는 것처럼 말이에요. 함께 있지 못했지만, 뜨거워진 전화기를 통해 당신의 체온을 느낄 수 있었어요. 행복했어요.

당신의 생일날 이제 더 이상 전화가 오지 않아요. 답장도 오지 않아요. 당장 내년부터는 당신의 생일에 내가 생일 편지를 쓰고 있을 거라 장담할 수조차 없잖아요. 이젠 당신을 볼 수 없는데. 들을 수도, 만질 수도, 느낄 수도 없는데. 아직도 그 엄연한 사실이 도저히 받아들여지지 않는데 말이에요.

어젯밤 효성동에 왔어요. 지난해에 이 자리에 있었던 당신을 오늘의 내가 대신하려고요. 당신의 엄마 아빠와 미역국이라도 한 그릇 하면서 오늘 아침을 지내려고요. 당신의 생일날 당신 없이 두 분과 보내는 것도 처음이네요. 날이 밝으면 오늘도 똑같이 말씀드리겠죠. 당신을 태어나게 해 주셔서 감사하다고. 우리의 아름다운 시간들을 쌓아 올릴 수 있는 초석을 놓아주셔서 감사하다고. 비록 내 옆에도, 두 분 곁에도 이제 당신이 없지만요. 당신의 쉰한 번째 생일을 우리가 서로 다른 세상에서 맞았지만요.

3.

송환법 반대 시위로 홍콩이 연일 시끄러워요. 시위 한복판에서 혼자 지내고 있을 큰아이가 걱정이라 아이에게 며칠 다녀왔어요. 아이에게 꼭 필요한 생필품 같은 것들도 있고 해서 당신 생일 전에 미리 다녀왔어요. 위험하다는 주위의 만류에도 아랑곳없이 그냥 다녀왔어요. 당신 대신 아빠가 모성을 좀 발휘했죠.

돌아오는 기내의 면세품 책자 속에서 지난해 당신에게 생일선물로 주었던 향수를 발견했어요. 향수라면 자다가도 벌떡 일어날 만큼 좋아하던 사람인데. 당신이 받을 수 없으니, 대신 장인 장모님 그리고 처형과 이모 걸로 준비해야겠다 싶었어요. 향수 대신에 볼펜과 핸드크림을 샀어요.

저녁을 먹고, 철관음 차 마시고, 선물 드리고, 뜯어 보고 하는 동안 어느 누구도 당신 이야기를 꺼내지 않았어요. 당신 생일에 대해서도 얘기하지 않았어요. 당신이 태어난 오늘 아침에도 마찬가지였어요. 나도 선불리 입을 떼지 못했어요. 아침 상에는 덩그러니 힘이 하나도 없는 토란 줄기가 든 육개장이 놓여있었어요. 미역국은 없었어요.

두 분의 손에 안긴 당신의 생일선물은 내가 큰아이에게 갔다 오면서 사 온 여행 선물 정도로 여기신 건가요? 당신이 내게나 전부였지,

어른들에겐 자식 손주 열여섯 중 한 명에 불과했던 건가요? 설마 오늘이 당신 생일인지 모르고 계시는 건 아니겠죠? 공연히 생일 얘길 꺼내면 당신 생각 더 나게 할까 봐 사위를 배려하신 거겠죠?

결국 감사하다는 말은 입 밖에 꺼내지도 못한 채 돌아오고 말았어요. 당신이 오지 않는데 당신의 생일은 돌아오겠죠. 내년에도 후 내년에도. 당신의 생일에 당신이 없는데. 당신에겐 이제 생일이 없을 건데. 있다 하더라도, 천국에서 다시 태어난 당신의 생일은 오늘이 아닌데. 우리에겐 기일이 천국의 당신에겐 생일일 수 있는데 말이에요. 1년 후 오늘에는 슬픔이 좀 줄어들어 있을까 생각해 본다면, 나 많이 이기적인 거겠죠?

10. 쭈여사의 샤오미

효성동에서 당신 물건들이 든 가방을 가져왔어요. 고양이 그림 파우치 안에는 각종 전화기와 충전기들이 가득 들어있어요. 당신의 중국 전화기를 넋 놓고 들여다보다가 다량의 사진을 발견했어요. 천 장이 넘는 많은 분량이네요. 번뜩 정신이 들어, 내가 당신에게서 이어받아 쓰고 있는 당신의 노트북에 새 폴더를 만들었어요. 그러고는 사진 파일들을 그 안에다가 냉큼 옮겨 담았어요. 몇 군데에 중복 보관을 해서 분실도 막아야겠고, 무엇보다 우선 당신의 흔적들을 큰 화면으로 보고 싶었어요. 폴더명은 내 중국 전화기의 전화번호 목록 안에 있는 당신의 이름, '쭈여사의 샤오미'라고 붙였어요.

우리와 함께했던 많은 순간들을 남겨두었군요. 아이들의 국제학교 풍경부터, 친정식구들과의 부산여행, 장인 장모님과 처형의 중국 우리 집 방문 실황, 방콕 가족여행의 사전 정보와 실제 여행사진, 작은 애 생일 때의 홍콩, 우리가 살던 집 내부, 더 넓은 집으로 이사 가게 되면 쓰려던 각종 인테리어 소품의 사진들까지.

우리 가족이 나오지 않아 더는 불필요해진 사진들을 정리해 나가다, 나와 둘이서 찍은 사진들을 발견했어요. 행여 달아날세라 그중 몇 장을 잽싸게 내 개인 사진폴더에 복사해 넣었어요. 휴대전화에도 옮겨 담았어요. 계속해서 정리해가다 보니 갤러리 끝 부분에 동영상 파일들이 모여 있어요. 하나씩 열어 나갔어요.

동영상파일은 대부분이 학교 행사 내용들을 담고 있고, 장모님 칠순 잔치의 오래된 동영상도 있어요. 마지막 파일을 열었어요. 누군가가 식탁 맞은편에서 내 모습을 촬영한 영상이에요. 조각 케이크 세 개가 아무렇게나 놓여져 있고, 촛불이 켜져 있어요. 청춘 분식 것으로 추정되는 일회용 플라스틱 도시락도 몇 개가 보여요. 이윽고 당신 목소리가 흘러나와요. 아아! 당신이 노래를 부르고 있어요! 내 생일축하 노래를요!

눈물이 하염없이 흘러내렸어요.

조금 진정이 되고 나서 파일 정보를 확인했어요. 2018. 06. ○○. 바로 지난해 내 생일날 녹화한 거예요. 당신의 육성이 들어 있는 유일한 파일이에요. 식탁 위에 미역국도 한 그릇 없는 걸 보니, 이미 당신은 음식을 만들 수 없을 정도로 심신이 무너진 상태였어요. 손수 만든 음식을 식구들에게 먹일 때 가장 행복해했던 당신인데 말이에요. 아이가 정학 처분을 받은 직후였고, 또한 아이와 함께 심리치료 여름캠프에 참가하는 게 권고 사항이 아니라, 다음 학기에 학교로 돌아오기 위한 전제조건이라는 방침이 이미 확정된 시점이었어요. 아이에게 상담기록이 남는다고, 당신이 지옥 가는 것보다 더 싫어했던 캠프를 불과 며칠 앞두고 있었던 때였어요. 그런 상황에서도 당신은 내 생일을 챙겼어요. 내 생일 축하 노래를 불렀어요. 아아! 사랑하는 사람아! 보고 싶은 사람아!

노트북 배경화면으로는 와인 잔을 부딪치며 건배하고 있는 우리 부부의 사진을 깔았어요. 2년 전이지만 역시 내 생일에 찍은 사진이에요. 내 몸과 바짝 밀착하고 있는 교태, 너무나도 자연스러운 미소와 행복에 겨운 눈빛, 토실하게 오른 볼살 등으로 보아 당신이 나와 살며 가장 행복해 했던 몇 해 중 한때였음을 사진은 말해주고 있어요. 마치 사진을 찍는 사람에게 우리의 이 행복한 순간을 제대로 담아내라고, 영원히 남겨달라고 속삭이는 듯하네요. 디오니소스 축제를 즐기는 그리스 여신의 자태가 따로 없군요. 당신은 그때가 그립다고 했는데. 담석수술을 받고 나서 당신이 의사 선생님에게 한 첫 질문이 "언제부터 와인 마실 수 있나요?"라는 거였다고 했죠? 당신이 보고 싶어요. 그 말을 내게 전하며 웃고 있던 귀여운 당신이 보고 싶어요.

11. 금반지와 곰탕

어머니의 금반지가 없어졌다. 집 안이 발칵 뒤집어졌다. 가슴이 두방망이질하기 시작한다. 온 집안을 이 잡듯 살살이 뒤졌지만, 반지는 나오지 않는다. 짧은 절망감 뒤로 집채만 한 공포감이 해일처럼 덮쳐온다.

어머니는 아들을 불러 앉혔다. 사극풍의 날 선 목소리로,

"반지 어떻게 했느냐?"

"제가 안 만졌어요."

어머니는 눈을 부라리며,

"나는 도둑질에 거짓말까지 하는 자식은 둔 적이 없다! 종아리 걷어!"

아들은 양손으로 손사래를 치며,

"진짜 저 아니에요, 엄마! 엄마!"

싸릿대 회초리가 채 아물지도 않은 딱지를 파고들자, 여린 살

위로 선혈이 흐른다. 무심한 회초리는 아랑곳하지 않는다. 피가 튀기 시작한다. 아들은 기도하듯 두 손을 모아 싹싹 빌며,

"엄마, 잘못했어요!"

"사흘 말미를 줄 테니 제자리에 갖다 놔라!"

어머니의 목소리는 여전히 서슬이 퍼렇다.

"으으으으…. 네."

아들은 눈앞의 위기는 모면했지만, 다시 어떻게 둘러대야 할지 막막하다. 다음엔 종아리로 그치지 않을 거란 기시감에 고통스럽기 짝이 없다. 그 삼 일이 마치 지옥과도 같다. 기어코 그날은 왔고 어머니는 아들과 다시 마주했다. 이번엔 아들이 선수를 친다.

"친구 엄마가 엄마 반지 좀 보자고 해서 친구 집에 들고 갔다가 도로 가져왔는데, 집에 오니까 없었어요. 아마 그 집 뜨락 어딘가에 떨어뜨렸나 봐요."

어머니는 숙인 고개 아래로 흔들리고 있는 아들의 눈빛을 한동안 아무 말 없이 바라만 본다.

"나가자."

어머니는 팔꿈치를 접어 아들에게 팔짱을 허락한다. 학교 방향으로 가는가 싶더니, 이윽고 정문 앞 문방구에 다다랐다. 어머

니는 아들이 평소 갖고 싶어 하던 학용품과 군것질거리 따위를 한 아름 안겨준다.

"엄마, 제가 며칠 내로 친구 집에 가서 반지 꼭 찾아올게요."

어머니는 애잔한 눈빛으로 아들을 내려다본다. 하지만 이내 외면하듯 고개 돌려 하늘을 본다. 아들은 우연이라도 어머니와 눈을 마주치지 못한다.

"누나, 이것 좀 먹어봐."

"어디서 났어?"

"엄마가 사줬어."

"그래?" 누나는 과자 하나를 집어 입으로 가져가더니, "반지" 하고는 천천히 씹어 삼킨다. 마침내, "찾았대." 한다.

금반지는 미닫이 문짝이 달린 어머니의 전축 안에서 나왔다. 배호와 이미자의 레코드판 사이에서.

"엄마! 반지 친구 집에서 찾아가지고, 제가 전축 안에 갖다 놓았어요."

금반지는 얼마 후 다시 사라진다.

글을 보낸 날 아침, 당신은 여느 때보다 조금 늦게 거실로 나왔어요. 늦은 밤까지 아이 곁을 지키느라 잠을 설친 모양이었어요. 책을 보고 있던 내게 당신은 눈빛과 손짓만으로 앉아도 되겠냐고 물었고, 난 책에서 시선을 떼지 않은 채 고개 끄덕여 허했어요. 당신은 우리가 '벽돌 폰'이라고 놀리곤 했던 태블릿 PC만 한 스마트폰을 내 맞은편 공용 책상 위에 올려놓고는 의자를 당겨 앉았어요.

"당신, 글 보냈네요."

난 다시 고개만 두 번 끄덕여 그렇다고 답했어요. 글을 단숨에 읽어 내려 가던 당신의 예쁜 눈에선 눈물 한 방울이 또로록 흘렀어요. 감각적인 당신의 거울뉴런이 즉각 반응을 했어요. 그제야 난 책을 덮고, 당신과 눈을 맞췄어요.

"왜 울어요?"

"초등학생 어린 당신이 겪었을 불안과 공포 같은 감정이 느껴져서요. 아프디아팠을 몸과 마음, 세월이 많이 지난 지금도 지워지지 않았을 상처 등을 상상하니 가슴이 먹먹해와서요."

"그게 나라는 게 표 나요? 미니 소설이라고 썼는데."

"그럼요."

소설과 수필, 드라마와 영화 속의 인물이나 작가와의 대화를 즐기던 당신. 그들과 교감한 내용을 토대로 나와 토론하길 좋아하던 당신. 감정이입 능력이 남다른 당신. 내가 아는 어느 누구보다 거울뉴런 시스템이 잘 발달되어 있는 당신.

어느 날인가 당신은 가족들 먹일 곰탕을 사 오고 있었지요. 집까지 신호등 한두 개만 남겨둔 지점에서 차가 신호에 다소 급하게 멈춰 섰다고 했어요. 그러자 조수석에 비스듬히 기대어 세워둔 곰탕 봉지가 쓰러졌고요. 바로 설 리 없는 비닐봉지를 곧추세운다고 브레이크 밟은 발이 느슨해졌을 테고, 당신은 그만 신호 대기 중이던 앞차를 들이박고 말았어요.

"죄송합니다! 다친 데 없으세요? 죄송합니다! 괜찮으세요? 죄송합니다!"

당신은 차에서 뛰어내려 굽신굽신거리며 죄송하다는 말을 연발했어요. 눈물 날리며 끝도 없이 미안해했어요. 그러자 피해 차량의 운전자를 비롯한 동승자들은 당신이 안쓰러웠던 나머지, 모두 밖으로 나와 오히려 당신을 위로해줬다고 했어요. 마치 자신들이 잘못해서 당신을 가해자로 만들었다는 것처럼 말이에요. 게다가 사고 수습도 그들이 양측 보험사를 다 불러서는 대신 처리해주기까지 했다고 했어요.

자신에게 적용되는 당신의 사전에 '가해자'란 단어는 없어요. 비록 교통사고라 할지라도, 당신은 절대 가해자가 되면 안 되는 사람으로 스스로를 규정하고 살았어요. 그만큼 도덕적으로 깨끗한 사람이었던 거예요. 어린아이처럼 맑고 순수한 사람 같으니라고. 당신은 남편에게서 이어받아 낡긴 했지만 얼마 몰지 않은 차를 그날의 사고로 폐차시키게 되자, 정든 사람 떠나보내듯 폐차장 하늘을 올려다보며 눈물짓던 감수성 넘치는 사람이에요.

고백할 게 있다고, 먼저 용서부터 해달라고, 며칠을 뜸을 들이더니. 치과의사 아내가 어떻게 이가 아플 수 있냐고, 울며 내게 미안해하던 당신. 당신은 순백의 도화지처럼 영혼이 깨끗한 여인이에요. 김남조 시인의 「편지」에 나오는 시구처럼, 당신만큼 나를 정직하게 만든 이는 없어요. 영롱한 당신의 눈을 지나고 나면 어김없이 내가 맑아져 있었으니까요. 그래서 난 당신에게 한 조각의 비밀도 만들지 않았어요. 청초한 당신 앞에서는 어떤 궁색한 변명이나 거짓말도 지을 필요 없이 살았어요.

자신의 온유함을 연약함이라 간주해 그걸 들키지 않으려 항상 강한 척하며 살았던 사람. 냉정해 보이려 무던히 애쓰지만, 근처만 가도 우러나는 내면의 온기를 쉽게 감지할 수 있었던 영혼 따뜻한 여인. 생각하면 가슴 아픈 당신.

이젠 괜찮아요. 그곳에선 힘들게 척하며 살지 마요. 그러지 않아도 돼요. 착한 당신 그대로 있으면 돼요. 당신은 예뻤어요. 마음씨는 더 예뻤어요. 당신은 정말 좋은 사람이란 말이에요.

아아! 나한테 좀 못되게 굴지 그랬어요. 그랬더라면 당신을 놓아주는 일이 조금은 수월했을지 모르잖아요. 이 착하디착한 보고 싶은 사람아!

Q&A 다이어리 4

9월 ○○일 오늘의 질문은 '가족 중 가장 가까운 사람은?'이에요.

2015년부터 3년을 내리 '아내'라고 썼었군요. 그리고 해마다 괄호를 쳐서, 각각 '선팔이', '파뤼', '역류여사'라고 썼고요. 각 시점마다 당신의 다른 별칭들을 적어 놓았군요. 그땐 당신을 그렇게 불렀었군요. 언제는 당신의 귀여운 행동을 가지고 놀리던 때의 별명을 썼고, 또 언제는 당신이 원인을 몰라 쩔쩔매다가 한국에서 역류성 식도염 진단을 받고 약을 먹던 즈음에 붙였던 애칭을 썼었네요.

오늘은 '당신'이라고 적었어요. 그리고 괄호 안에는 '혹부리 할멈' 하고 썼다가 퍼뜩 지웠어요. 당신이 근종 수술을 앞두고 있을 때 붙여준 별명인지라, 당신이 느꼈을 극도의 공포감 같은 것들이 연상되어서요. 한참을 생각하다 '불멸의 사랑'이라고 다시 썼어요. 근데 이건 베토벤의 연애편지들을 흉내 낸 것 같기도 하고, 당신에 대한 마음을 제대로 나타내지 못하기도 하네요. 며칠을 골몰한 끝에 결국엔 괄호와 별칭을 다 없애고, 그냥 '당신'이라고만 남겼어요. 이제 내게 '아내'는 없어요. 아내의 이름도 별칭도 없어요. 오직 '당신'만 있고, '그녀'만 있어요.

9월 ○○일 오늘의 질문은 '사랑과 우정 중에 하나를 고른다면?'이에요.

2016년에는 과거엔 '남녀 간의 사랑보단 우정'이었는데, 지금은 '가족에 대한 사랑이 최우선' 쪽으로 옮겨가고 있다, 2017년엔 애초에 고민할 여인을 만들지 않겠다, 그 어떤 젊음과 재색도 날 유혹하지 못한다, 아내와의 사랑 외엔 그 무엇도 필요치 않다, 2018년엔 사랑 >= 우정. 이렇게 각각 적혀 있네요.

오늘은 '당신과 나는 연인으로 출발해 아이들이 태어나면서 친구가 됐어요. 아이들이 장성하며 우린 다시 친구에서 연인으로 탈바꿈했어요. 중국에 와서 함께 있는 시간이 예전에 비해 엄청나게 많아진 것, 부부의 인문 독서량이 크게 늘어난 것 등도 한몫을 했지요. 한마디로 우린 사랑을 나누는 지음(知音)이었어요. 다른 어떤 친구도, 별도의 우정도 필요치 않은 나날이었어요. 살며 당신에게 길들어 가족밖에 몰랐는데. 사랑밖엔 몰랐는데.' 하고 썼어요.

당신은 일깨워주었어요. 가정에서 행복하지 않으면, 밖에선 어떤 즐거움을 찾더라도 그건 행복이 아니라고. 단지 행복 대용품일 뿐이라고.

10월 ○○일 오늘의 질문은 '국경일로 정하고 싶은 날이 있다면?'이네요.

2016년과 17년 2년 연속으로 '한글날'이라 썼네요. 올 10월 9일은 한국으로 돌아오고 난 이후여서 한글날이 국경일인지 명확히 알게 됐는데, 그전엔 그날이 국경일인지 몰랐었네요. 이런! 포털로 검색해보니 한글날은 꾸준히 국경일이었고, 2013년부터 다시 법정공휴일로 복원됐군요. 한글날의 근황도 몰랐고, 국경일과 법정공휴일도 구별 못하다니. 대중교통 이용방법도 잘 모르고, 기본요금이 얼마이고 요금체계는 또 어떻게 되는지도 모르니 가히 '신조선족'이라 할 만하군요.

지난해엔 '아내와의 결혼기념일'이라고 썼네요. 그땐 당신이 아팠어요. 우리에게 돌아오지 못하고 한국에 남아 있었어요. 좀 더 정확하게 말하자면, 당신이 얼마간 회복되긴 했지만, 우리와 합류하게 되면 혹시 병세가 다시 악화되지나 않을까 하는 염려로, 내가 당신을 한국에 머물게 했어요. 그러면서 당신의 복귀 시점을 저울질하던 때였어요. 당신에 대한 그리움과 연민이 절절했던 바람 부는 계절이었어요. 그때는 당신과의 결혼기념일이 적어도 내겐 일 년 중 가장 중요한 날이었어요.

오늘은 '아이들의 생일'이라고 적었어요. 마음속 당신의 자리 하나를 오늘 아이들에게 내어주고 있군요. 참 현실적이군요, 나. 앞으로는 당신과의 수많은 기념일들 중에서 기념하지 않을 날이 하나씩 늘어나겠죠. 안타깝지만 부정할 수 없는 사실일 테죠. 오늘도 내가 가장 사랑하는 사람은 당신이에요. 시간이 더 흐르면 내 심장 바로 옆, 당신이 있는 그 자리를 아이들이 조금씩 가져가겠죠. 언젠가는 당신의 두 아이가 차지하게 되겠죠.

5장

당신을 두고 저만 돌아온 겨울

1. 패딩과 크리스마스 선물

작은아이가 가져가 입던 패딩은 한 시즌 만에 다시 내 손으로 돌아왔어요. 롱패딩이 아니라 친구들 사이에서 유행에 뒤떨어진다는 이유로 녀석에게 버림받은 게지요. 패딩은 이번 겨울부터는 내가 입어야겠다 마음먹었어요. 그래서 한국으로 돌아오며 이삿짐 속에 넣지 않고, 핸드캐리로 내가 직접 들고 나왔어요. 하지만 올겨울에도 난 여전히 여러 해 전 당신과 함께 산, 무겁지만 익숙한 그 야상을 입고 다녀요. 무엇보다 야상은 크리스마스 선물이었고, 우리에게 기념할 만한 좋은 기억만 깃든 단골 아웃렛에서 샀으며, 더욱이 큰애도 함께 봐주고 고른, 이라는 스토리가 넉넉하게 담긴 옷 이상의 상징적인 그 무엇인 까닭이겠죠.

하루는 카페에서 커피 마시며 책이나 봐야겠다 생각했어요. 귀국 후 새로 단골이 된 '마루'라는 곳이죠. 당신도 좋아할 만한 통유리로 된 창에 발코니가 널따란 카페예요. 외투를 가지러 옷장으로 향하던 순간, 탁자 위에 커피잔을 놓고 창가에 앉아 있는 당신 모습, 그리고 패딩이 연속해서 떠올랐어요. 패딩을 꺼냈어요. 패딩에선 당신에게 썼던 편지와 이야기들이 와르르 쏟아져 나왔어요.

1.

누이들이 동생에게 패딩을 하나 선물하고 싶은가 봐요. 작은아이 패딩을 사러 가는데 내 것도 하나 사줄까 물어와요. 하지만 요즘 법정스님의 『무소유』에 감화되어 도통 물욕이 없는지라

"고마워, 마음만 받을게^^"

하고 나도 메시지로만 답을 했어요. 그러고는 얼마 지나지 않아 바로 마음이 편칠 않네요. '누이들 마음인데 받는다 그럴 걸 그랬나?' 금세 미안한 마음이 밀려왔어요.

며칠 후엔 방학을 이용해 한국에 나가 있던 당신이 SNS를 통해 패딩 사진 몇 장을 보내와요. 아웃도어 매장에서 찍은 걸로 보이네요. 마음에 드는 게 있는지 물어온 거지요. 알아주는 팔랑귀인 내가 최근 읽은 책에 솔깃해서 한창 미니멀리즘에 젖어 있다 보니, 당연히 눈에 들어오지 않지요. 그래서 답도 하지 않고 무반응으로 지나갔어요.

다시 며칠 후 당신과 아이들이 개학을 앞두고 돌아왔어요. 현관문

을 열고 들어서기가 무섭게 가방 보따리를 풀어내더니, 한국에서 새로 산 아이템들을 하나씩 끄집어내요. 당신은 아이들에게

"아빠 패딩 사 왔다고 입어보시라 해라~."

해요. 내 성질머리를 아는 당신이 내게 직접은 하지 못하고, 아이들 입을 통해 말하는구나 하는 느낌이 전해왔어요.

당신은 한국 가기 전부터 패딩 얘기를 꺼내왔어요. 벌써 수차례 나도 거절해온 터라 패딩을 사 올 거라고는 생각지도 못했는데, 당신은 자기 고집을 꺾지 않았어요. 애들 성화에 마지못해 대충 끼우듯 입어보지만 영 탐탁지가 않아요. 허물 벗듯이 바로 벗어내서 딸에게 아들에게 입혀보고, 몸에 맞는지 마음에 드는지 물어보지요. 곁눈질로도 당신 눈에서 레이저가 나오는 게 느껴졌어요.

당신은 몇 년째 낡고 무거운 야상을 입고 출장 다니는 남편을 안쓰러워했어요. 출장지가 삭풍이 불고 영하 27도까지 내려가는 북방이면 더욱 가슴 아파했어요. 패딩을 고르며 내던 당신의 따뜻한 마음을 이해는 하면서도 달갑지 않기는 어쩌기 힘드네요. 당신은 내 눈을 피하고 있고, 불편한 기색 또한 역력하네요. 참 난감하네요.

선물은 많이 혹은 자주 한다고 해서 좋은 것이 아니라, 적절한 순간에 적합한 걸 해야 값지지요. 주는 사람의 따뜻한 마음에 받는 사

람의 감동이 더해져 선물의 의미가 완성되는 거죠. 이렇게 공감의 매개체인 선물은 서로의 관계를 살찌우는 활력소 역할을 하는 거고요. 행위가 될 수도 있고 말 한마디가 될 수도 있는 그것은 상호교감의 전령사 역할을 보통은 무난히 해내는 듯해요.

반면에 그렇지 못한 선물은 받는 사람의 마음을 불편하게 해요. 받는 이가 불편함을 느끼게 되면 선물의 가치는 퇴색될 수밖에 없어요. 그렇게 되면 선물은 주는 사람만의 반쪽짜리로 전락하기 십상이에요.

심지어 마음에 들지 않지만 어쩔 수 없이 받아준다는 느낌이 전해지거나, 아예 받지 않아버리면 주는 사람의 기분마저 상하게 해요. 그러면 그때까지 유지해 왔던 주는 이의 따뜻한 마음도 부글부글 끓다가, 이내 싸늘히 식어 버리고 말지요. 이쯤 되면 선물의 의미는 그 반쪽마저도 남지 않아 차라리 하지 않은 만 못하게 되는 것 같아요. 선물에 대한 생각의 단편들을 글로 써 내려가다 보니, 선물! 결코 쉽지 않다는 사실을 새삼 깨닫게 되네요.

2.

당신이 사 온 패딩은 지난겨울 간사이 가족여행에서 제 역할을 톡톡히 해냈어요. 우선 가벼웠고, 내 몸을 따뜻하게 했으며, 패딩 입은 나를 바라보는 당신을 비롯한 가족들의 표정과 마음을 흐뭇하게 데워주었어요. 그런 가족의 모습은 다시 한번 내 마음까지 훈훈하게 재가열해주었고요. 비록 당신이 선물한 지 일 년이 지나서야, 그것도 단발로 그쳤지만, 당신의 예쁜 마음에서 비롯된 다자공감이 완성되던 순간이었어요.

그때부터 눈독을 들여왔던 아들 녀석이 세 번째 겨울이 오자 기다렸다는 듯이 패딩을 꺼내 입고 다니고 있어요. 패딩은 선물로서의 빛은 바랬지만 재화로서의 가치는 되찾고 있는 셈이에요. 당신의 호의를 기꺼운 마음으로 받지 않으면서 생긴 다소 이기적이었던 내 안의 어떤 부채감도 이제 조금은 덜어진 듯하네요. 패딩을 입고 다니는 아들 녀석을 바라보는 지금 당신의 심경은 어떠할지 다시 궁금해지지 않을 수 없네요.

우리는 의도가 좋으면 막연히 결과도 좋을 거라 지레짐작하고, 내가 정성 들여 준비한 선물은 상대도 만족할 것이라 맹신하는 경향이 있어요. 실제로는 받는 사람과 함께 고른 선물이 더 소중한 것인데. 더 만족스러운 결과를 가져오고, 더 오래도록 서로의 기억에 남기 마련인데. 언제 어디서든 주문만 걸면 그때 그곳으로 함께 타고 날아갈 수 있는 마법의 양탄자가 되어주는 것인데 말이에요.

그건 아마도 각자가 마음을 내고 또 함께할 시간을 서로 맞추고, 만나고, 함께 사러 가고 고르고 추천해주고, 어울리는지 아닌지 앞에서 봐주고, 옆에서 기다려주고, 그러면서 서로 교감하고, 하는 일련의 스토리들을 장바구니 안에 모조리 다 쓸어 담기 때문일 거예요. 그런 선물 안에는 바꾸려야 바꿀 수 없는 값진 시간들이 고스란히 남겨지기 때문일 거예요.

지금껏 내게 가장 만족도가 높았던 선물은 어린 시절 크리스마스에 받은 선물이에요. 당신도 알다시피, 나는 소년시절 대부분을 캠프캐럴 기지촌에서 자랐어요. 그 시절 그곳 사람들은 미군과 달러를 바라보며 하루하루를 살았어요. 그들에 기대어 하루는 웃고, 다른 하루는 한숨 지으며 살았던 거죠. 우리 집도 그들에 대한 의존도가 대단히 높았어요. 자그마한 가게 하나에 다섯 식구가 대롱대롱 매달려 살았으니까요.

12월이 오면 동네는 온통 축제 분위기로 바뀌었어요. 집집마다 크리스마스트리와 트리 장식이 내놓여졌고, 거리마다 캐럴이 울려 퍼졌어요. 특히 동네 아이들이 모여 놀던 공터에 미군들이 뿌려준 과자 뭉치들을 앞다투어 차지하려던 풍광과 그날이 크리스마스이브였다는 사실을 난 아직도 기억하고 있어요. 크리스마스 시즌은 어떤 명절보다 풍요로웠어요. 그런 기지촌의 환경에서 성장한 소년의 기억 속 크리스마스는 그 어떤 기념일보다 단단하게 자리 잡고 있어요. 크리스마스 선물이 눈과 함께 내리는 몽환적 축제로 남아있을 수밖에 없는 거죠.

더욱이 크리스마스에는 내가 받고 싶은 선물목록에서 최상위에 있던 걸 받았기에 그야말로 환상적이었어요. 그것도 누구에게도 말하지 않은 나만의 비밀 목록에서 말이에요. 나의 산타할아버지는 아무도 모르는, 내 머릿속에만 들어 있는 선물목록을 귀신같이 알고 있었지요. 크리스마스 선물은 엄마와 내가 가상의 공간에서 함께 고르고, 산타 아빠가 배달해준 감동의 스토리였던 거예요.

아아! 선물에 대한 내 편견들로 가득 찬 글이군요. 당신을 훈계하겠다는 의도로 얼룩진 가슴 아픈 편지예요. 두 번 다 아는 체하느라 당신의 마음은 헤아리지도 글에 담아내지도 못했어요. 당신의 심기는 물어보지조차 못했네요. 당신의 마음을 이젠 영원히 알 길이 없는데. 그게 이유가 됐는지 알 수 없지만, 이후로 당신은 내게 선물을 하지 않았어요. 결국 패딩은 당신이 내게 준 가장 의미 있지만 마지막인 선물로 남고 말았어요.

사실 당신에게 면목이 없어 하지 못한 얘기지만, 첫해부터 나 그 패딩 당신이 없을 때 여러 번 입어봤었어요. 혼자 있을 때 집안에서 입고 다녔단 말이에요. 입고 안 입고를 떠나서 그냥 고마워~, 하고 받을걸! 맘 편하게 받아줄걸! 사랑하는 사람의 마음인데. 나 정말 한심하기 짝이 없는, 나만 생각하는 모난 인간이었군요.

며칠 전에도 누이가 소리도 없이 패딩을 하나 사 왔어요. 누이들이 쇼핑 간다 할 때마다 내 건 사 오지 말라 신신당부를 하건만.

물론 이번에도 난 단호하게 거절했죠. 그러자 곧 집 안에 차가운 기류가 흐르더군요. 며칠 마음이 편칠 않았어요. 결국 누이가 차로 왕복 한 시간이 넘는 거리를 반품하고 왔다는 얘길 듣고서야 비로소 미안한 마음이 생기더군요. 그래도 여전히 안 받길 잘했다는 생각에는 변함이 없지만 말이에요.

보잘것없는 내 경험에 비추어 보면, 많이 가진다고 해서 행복감이 오래가지는 않았어요. 오히려 가장 기본적인 것만 가져 불편함이 없을 때가 더 여유로웠어요. 그들이 차지하고 있던 자리를 비워내자 마음에 자유 공간이 늘어났어요. 덕분에 심리적인 활동성 면에서 훨씬 더 풍성해진 느낌을 받았던 것 같아요. 또한 가진 것이 몇 개 안 되다 보면, 그들에 대한 거리감이 상대적으로 가깝게 느껴져, 좀 더 쉽게 감사한 마음을 갖게 되는 건지도 모르겠어요. 감사하는 마음만큼 우리를 풍요롭게 만드는 것도 없으니까요.

다시 크리스마스예요. 당신이 떠난 지 꼭 열 달이 되는 날이에요. 기억 창고 속에 당신과의 첫 크리스마스가 몇 편의 영상으로 저장되어 있군요. 공중보건의 시절이었어요. 그날도 난 관할근무지를 이탈해 당신을 만나고 있었네요. 내 인생의 첫차 엑셀은 과열로 인해 보닛을 연 채 길가에 퍼져 있고, 새벽까지 한숨도 못 잔 당신은 그 옆에 쪼그려 앉아 토하고 있군요. 조금 더 앞으로 가보니, 스포츠용품 매장에서 서로에게 티셔츠를 골라주는 장면도 보이네요. 중화반점 앞에 오들오들 떨며 줄 서서 차례를 기다리는 모습도요. 그날 결국 우리가 야끼우동을 먹긴 먹은 건가요? 영상이 거기서 끊어져 버렸네요.

내 생애 최고의 선물은 이제 더 이상 어린 시절의 크리스마스 선물이 아니에요. 팔공산, 동해안, 해운대와 광안리, 경주, 용평 무주 수안보의 스키장들, 제주도, 상하이, 홍콩, 싱가포르와 빈탄, 그리고 수많은 호텔과 뷔페 식당들. 지구 곳곳에서 당신과, 그리고 아이들과 함께 만들었던 크리스마스 이야기들이 바로 그것이에요.

이따가 나 아이들 보러 서울 가요. 압구정에서 만나 점심도 먹고, 가로수길 가서 선물도 함께 고르려고요. 패딩 입고 갈 거예요.

사랑해요 여보! 메리 크리스마스!

2. 이기찬의 '미인'

예전에 내가 많이 좋아했던 곡이에요. 함께 즐겨 들었지만, 당신은 나에 비해 그렇게까지 좋아했던 것 같지는 않아요. 아마 노랫말 속의 화자가 남자로 보이기도 하거니와, 당신이 항상 주장한 대로라면 당신은 당신의 첫사랑인 나와 결혼했기 때문일 것이기도 해요. 첫사랑이면 노랫말과 같은 가슴 아픈 실연의 상처가 없어야 하잖아요. 당신이 떠나고 난 어느 순간부터인가 이기찬의 '미인'은 끊임없이 내 안을 맴돌고 있어요. 나의 미인은 당신이에요.

내친김에 인터넷에서 '미인' 가사를 찾았어요. '제발 가지 말라고' 부분을 옮겨 적다가 감정이 북받쳐 올랐어요. 순간 당신이 미치도록 보고 싶어졌어요.

헤어질 때 늘 하던 짧은 인사가

오늘따라 왜 이렇게 서글픈 거니

눈물이 두 뺨 위로 흘러내릴 때

그때서야 이별인 줄 알았어

제발 가지 말라고 차갑게 떠나지 말라고
가슴 아프도록 외쳐 보지만
(…)

다시 사랑한다 해도 다른 누군갈 만나도
나는 너와 같은 사람 다신 만나지 못해
(…)

모두 꿈일 거라고 깨면 다 돌아올 거라고
아픈 마음을 위로해 보지만
(…)

(…)
이것 하나만 알고 가 이 말 하나만 듣고 가
나보다 더 좋은 사람 만나도 날 잊으면 안 돼

- 이기찬, 「미인」 중에서(작사: 안영민)

이 노래를 들을 때면, 살아오면서 내가 이런 애틋한 사랑을, 이런 슬픈 이별을 해본 적 있는지 회상해보곤 했어요. 하지만 이 노래가 우리 이야기가 될 줄은 몰랐어요. 24년을 함께 살았는데, 당신과 헤어질 때 늘 하던 짧은 인사도 한마디 못 나눴어요. 제발 꿈이기를 바라며, 어떻게든 하루를 빨리 끝내보려고 저녁 여덟 시만 되면 잠을 청해보지만. 깨고 나면 어딘가에 당신이 있을 거라고, 새벽 3시 자명종이 울기도 전에 잠에서 깨어 사위를 둘러보지만. 당신의 모습은 보이지 않아요. 침상에 앉아 두리번거리고 있는 혼자인 나를 발견할 뿐이에요.

이건 꿈이 아닌 거예요. 당신과 같은 사람 만날 수도 없으려니와, 난 다시 사랑에 빠지지도 못해요. 당신은 우주에 다시없는 하나뿐인 존재니까요.

아직 모르겠어요. 진정 당신이 내게 듣고 싶은 말이 무엇인지요.

"나보다 더 좋은 사람 만나도 날 잊으면 안 돼요!"

인가요? 아니면

"다시 태어나면 나 같은 사람 만나지 마요."

인가요? 오늘도 알고 싶어요.

나라를 떠돌다 이젠 조국에 돌아와 있어요. 강산도 변한다는 기나긴 유랑이었어요. 당신이 먼저 와 있는 이 땅을 다시는 떠나지 않을래요. 한 도시에서 나서 곱고 귀하게 자란 사람이 집시 치과의사 만나 많이도 흘러 다녔어요. 뭘 사는 거보다 쓰고 저질러봐야 직성이 풀리는 철부지 만나 힘들었어요. 안정보다 모험을 탐하는 어른아이와 결혼해 고생만 실컷 했어요. 기독교인이 유대인처럼 떠도는 고요한 따라다니느라 사는 내내 하루도 숨 차지 않은 날이 없었을 터예요.

언젠가 하루는 당신과 차를 마시다 문득 살아온 세월이 하도 미안해,

"대학교수처럼 존경받고 안정적인 사람 만났더라면. 장모님과 처형이 계시는 고향 도시에서 그분들과 함께 쭈욱 살았더라면. 당신이 이렇게까지 고생하지는 않았을 텐데."

내가 말을 채 끝맺기도 전에 당신의 예쁜 눈망울엔 눈물이 가득 차올랐어요.

미안해요, 여보! 천국에 가 있는 기독교인인 당신이 다시 태어날 일은 없겠지만, 만에 하나 다시 태어나더라도 나 같은 사람 만나지 마요.

3. 작은처남이 왔어요

“누나가 병마와 싸우다 갔다는 걸 이성적으론 모르는 바 아니지만….”

작은처남이 왔어요. 과연 처남은 누나가 그토록 일찍 우리 곁을 떠난 것과 관련해 매형을 원망하고 있었어요. 당신이 떠나고 해가 바뀌었지만, 매형에 대해 불편했던 심리적 흔적들이 그대로 남아 있었어요. 당신이 떠나간 날의 ‘그날의 눈빛’들이 단순히 내 죄책감에서 비롯된 망상만은 아니었던 거예요. 맹장염으로 응급수술을 받은 큰아이의 병상을 이틀 동안 지켰어요. 제법 피로가 쌓였을 법한데, 처남이 다녀가고 밤을 하얗게 지샜어요. 당신과의 가슴 아픈 사연들이 밤새 나를 붙들고 있었어요.

날이 밝자 나는 바로 휴대전화를 꺼냈어요.

“날 미워해도 괜찮고, 원망해도 상관없네. 다만 덕이 자신을 위해 그만 내려놓으시면 좋겠네. 누나도 그러길 바라고 있을 거네.“

문자를 보내고 마음이 좀 후련해졌어요. 그러다 어느 순간부터 다시 마음이 불편해지기 시작했어요. 성마르게 보낸 문자가 방향을 돌려 오히려 날 공격해온 거예요. 시간이 지날수록 깊어지는 자괴감에 넌더리가 났어요. 그렇게 극심한 고통 속에서 지내던 나날 중, 불현듯 몇 년 전 당신에게 보내고 얘기 나눴던 '스마트폰'이란 글이 떠올랐어요.

전화가 걸려오면 수신이 끊길세라 하던 일을 멈추고 전화를 받아요. 스마트폰은 무의식 속에 내게 주문을 걸어놓고, 뭔가에 홀린 듯 자신을 받아들이게 해요. 받지 않으면 무슨 큰일이라도 낼 것처럼 요란하게 울부짖어요. 매혹적인 목소리로 노래하고, 온몸을 흔들며 아양을 떨기까지 하지요.

실제 전화를 걸어온 대상도 그렇고, 통화 내용 또한 대개가 특별할 게 없는 일상적인 것들이잖아요. 그리고 내게보다는 전화를 건 사람에게 더 중요한 일이 대부분이고요. 급한 일이면 다시 걸려올 것이고, 중요한 일이면 문자를 남기기 마련인데 말이에요. 하지만 우리의 궁금증과 조바심이 문제를 어렵게 만들어요. 무심코 저지르는 성급한 대응이 결국 후회를 낳고 낭패를 자초하기도 하지요.

전화기 속으로 빨려 들어간 말, 우체통 안으로 던져진 편지, 발송버튼이 눌러진 문자와 이메일, 그리고 SNS상에 한번 올려진 글. 간발의 차로 놓쳐버린 막차처럼 내 손을 벗어난 말과 글은 순식간에 우리의 통제 범위를 훌쩍 벗어나 버려요. 때론 걷잡을 수 없는 기세로 퍼져나가 파국적인 결과를 초래하기도 하고요.

스마트폰은 우리에게 요구하는 것이 많아요. 친구에서 노예로, 요구를 넘어 복종으로. 스마트폰의 욕망은 진화하는 것 같아요. 돈 들여 고용한 손 안의 비서가 상전 노릇을 하고 있어요. 어느새 갑이 되어 나를 지배하고 있어요. 자신은 스마트할지 모르지만, 주인님은 주문을 걸어 멍추로 만들어놓고 있는 거죠.

당신도 알다시피 얼마 전부터 난 '가족과 함께 있을 때, 환자와 상담할 때, 수술실에 들어갈 때, 책 읽을 때, 침대에서 등 특정한 시간과 장소에 휴대전화 휴대하지 않기'를 설정해 놓았어요. 그러자 즉각 변화가 일어났어요. 사람이 한순간에 신중해졌고, 뇌의 정보처리 속도가 오히려 빨라졌어요. 신기하게도 온라인은 물론 오프라인의 언어 생활까지도 한 걸음 스마트해지고 있는 거예요.

당신은 평상적인 문자를 보낼 때도 마음에 들지 않으면 썼다 지웠

다를 반복했어요. 중요한 내용이면 초안을 작성해서 항상 내 의견을 들었고 또 반영했어요. 그런 당신은 '스마트폰'이란 글 세 번째 문단에 공감한다고 했어요. 지금 내 심정이 딱 그래요. 문자는 이미 전송되었고, 돌이킬 수 없는 상황으로 몰렸어요. 그래도 새로 써서 다시 보내야겠다는 생각에는 변함이 없었어요. 하나하나 수정하고 또 수정했어요.

'덕이 입장에서 보면 매형인 내가 미울 수밖에 없을 걸세. 십분 이해가 되고, 오히려 그게 마땅하네. 날 원망해도 할 말이 없네. 다만 쉽지 않겠지만 덕이 자신을 위해 그만 내려놓으시면 좋겠네. 누나도 그러길 바라고 있을 걸세. 우리도 누나가 여기 신경 그만 쓰고, 이젠 안식을 누리길 바라지 않는가? 그것이 남겨진 우리가 취해야 할 길 아니겠는가?'

한 달 가까이 문자를 고쳐 써놓고는 보내지 않았어요. 결만 하염없이 쓰다듬었어요. 그러던 어느 순간부턴가 문자를 꼭 보내야겠다는 마음이 사그라들기 시작했어요. 조금씩 휘발되어 날아가더니 지금은 그 형체조차 남아있지 않아요. 생각을 글로 써 내려 가자, 마음이 정리가 된 거예요. 마치 콜로이드용액 속을 어지러이 떠다니던 그 많던 앙금들이 죄다 가라앉은 듯 마음이 맑아졌어요.

대답하지 않고 입에 머금고 있는 답은 스스로에게 던지는 질문이에요. 보내지 않고 가지고 있던 문자는 곧 내 자신에게 보내는 문자였어요. 그랬어요. 처남이 아니었어요. 정작 내려놓지 못한 건 나였어요. 내겐 미움받을 용기가 없었던 거예요.

4. 커피 이야기 2

이모가 금방 커피 한 잔을 내려줘요. 헤이즐넛이군요. 향과 맛 모두 환상적이네요. 당신이 정말 좋아했을 텐데…. 잔에 코를 박자, 당신과의 글로리아진스 커피에 대한 추억이 헤이즐넛 증기와 함께 올라왔어요. 머릿속에서 기억 파편들이 서로 먼저 나오겠다고 아우성을 치네요. 글로리아진스는 탁월하고도 다양한 향과 풍미를 지녀, 향기라면 사족을 못 쓰는 당신이 단번에 반해버린 커피예요. 지금은 한국 시장에서 자취를 감추어버렸지만, 우리에겐 잊을 수 없는 강렬한 인상을 남긴 커피브랜드지요.

당시 중국에는 스타벅스를 빼고 나면 커피를 마실 만한 곳이 없었어요. 그마저도 대도시의 도심 한복판을 제외하고는 매장을 찾기가 쉽지 않았고요. 설상가상으로 당시 중국의 별다방 커피는 마시고 나면 위벽을 후벼 파듯 속을 뒤집어 놓았고, 커피 맛마저 끔찍했지요. 그래서 그땐 내가 한국을 다녀갈 때마다 원두를 사가지고 갔어요.

닥치는 대로 사 날랐지만, 그래도 글로리아진스 인천공항점을 지나친 적은 없을 만큼 그 브랜드를 사랑했죠.

당신은 아메리카노를 즐기고, 하루 서너 잔은 너끈히 마시는 본디 커피를 좋아하는 사람이에요. 한국 출장에서 돌아와 집에 들어서는 남편의 얼굴보다 손을 먼저 보는 게 아닌가 하는 의구심이 들 만큼 커피를 사랑했어요. 대체 누굴 기다리는 건지 싶을 정도로 사람이 아닌 대상에게 내 질투심을 유발하기도 했죠. 그만큼 중국생활 초기부터 커피는 당신에게 각성제가 아니라, 향수를 달래는 신경안정제 역할을 해준 고마운 존재였던 거예요. 카페인의 약리학적 견지에서 보면 얼토당토않은 소리지만, 그래도 그랬어요. 그렇게 당신을 감염시킨 글로리아진스 커피는 다시 당신을 매개로 삽시간에 바이러스처럼 확산됐어요. 아이들 학교를 비롯해 한인교회와 교민사회로 번져 들어갔어요.

아, 참! 그러고 보니 원두를 가는 분쇄기는 이모 집에서 강탈한 걸 중국에 가져다 썼었네요. 탑승시간이 촉박해 커피를 원두째 가져간 적이 더러 있었고, 그때마다 중국 내에서는 원두를 가는 데 애를 먹어야 했어요. 때마침 이모 집에 수동 원두분쇄기가 보이길래 이걸 어디서 살 수 있냐고 물었더니, 이모는 두말 않고 싸 주었죠. 내가 커피원두와 분쇄기를 함께 들고 집에 들어선 날의 당신 모습을 난 잊지 못해요. 먹을 걸로 가득 찬 소풍가방을 통째로 선물 받은 유치원생의 잔뜩 흥분된 표정이었으니까요. 덕분에 나도 당신에게 사랑을 듬뿍 받았지요.

처음에는 까맣고 딱딱한 커피콩이 분쇄기 밖으로 튀어 나가고, 하얀 대리석 거실바닥에 통통 튀고, 때굴때굴 굴러다니고, 우리가 주우러 좇아가고, 하는 우스꽝스러운 장면들이 거의 매일 연출됐어요. 그래도 즐거웠어요. 행복했어요. 사랑하는 사람이 좋아하는 일이었으니까요. 분쇄기는 이후로 차츰 손에 익으며 부부의 소중한 친구 노릇을 톡톡히 해주었죠. 당신이 아파 한국에 나와 있던 기간 동안에는 장식용으로 전락하고 말았지만요. 차를 마시는 내게 커피분쇄기는 무용지물일 수밖에 없으니까요. 그래도 그는 중국에서의 임무를 무사히 마치고 돌아왔어요. 지금쯤은 아마 부산항 이삿짐 컨테이너 속 어딘가에 잠자고 있겠네요.

나 커피 다시 마시기 시작했어요. 한국 돌아온 후로 가슴에 얹혀져 있던 이만한 돌덩이가 없어졌어요. 가슴앓이가 감쪽같이 사라졌거든요. 하루 한 잔 정도는 마셔도 속이 괜찮아요. 어린 시절 당신과 한집에 살았고, 우리가 수도권에 살 때도 가족들 중 가장 가까운 곳에서 당신과 아이들을 보살펴준 고마운 이모. 생김새는 다르지만, 당신과 내면이 가장 많이 닮은 사람. 목동에서 직접 카페를 운영하신 커피전문가로서 커피 사랑마저 당신과 똑같은 사람. 당신을 보내고 커피와 함께 내게 온 선물 같은 존재. 이모가 귀한 초콜릿 향 커피 한 봉지를 손에 쥐여주네요.

5. 유언

1.

대기업 회장님이 몇 년째 의식이 없는 상태예요. 얼마 전에는 생을 마감했다면 겪지 않았어도 될 추문으로 자신을 비롯한 측근 사람들이 곤혹을 치르기도 했어요. 도대체 그는 누구를 위해 살아있는 걸까요? 자신을 위해? 가족을 위해? 아님 회사의 이익이나 그를 돌보고 있는 의료진의 명성을 위해? 본인은 과연 계속해서 연명치료를 받고 싶은 걸까요? 회장님의 유언장에는 정작 본인의 마지막 모습에 대한 중요한 내용이 빠져있지는 않을까요?

말기 질환(말기암, 말기 심장질환, 신부전, 말기 간질환, 말기 뇌질환) 환자가 중환자실에서 연명한 경우와 집에서 가족과 호스피스의 도움으로 최후의 시간을 보낸 경우를 비교해 보았을 때, 죽음까지의 시간이 집에서 보낸 경우가 1.5배 정도 길게 나타났고 삶의 질도 훨씬 높게 평가됐다. 또한 6개월 후 유가족이 우울증을 겪을 확률도 집에서 보낸 경우가 1/4 정도로 낮게 나타났다.

- 아툴 가완디, 『어떻게 죽을 것인가』

언젠가 내가 뇌에 산소가 공급되지 않은 채로 골든 타임을 놓친다면. 혹은 내가 말기질환을 앓고 있고 그때 심정지나 호흡정지 상태에 빠진다면. DNR(Do Not Resuscitate), 즉 심폐소생술을 시행하지 마시기 바라요. 연명치료 여부는 본인이 결정해야 함에도 불구하고, 안타깝게도 대부분의 사람들이 그렇게 해두지 못하고 있는 현실이에요. 나는 스스로가 이미 판단능력을 상실한 상태에서, 나의 의도에 반하는 결정을 내릴지도 모를 힘든 상황으로 가족과 의료진을 내몰고 싶지 않아요.

내가 먼저 가면 장례식은 따로 치르지 말아줘요. 가족끼리 며칠 내가 마지막에 살던 집에 머물며 함께 지내기를 바라요. 나 미련 없이 조용히 떠나고 싶어요.

법정스님은 죽은 후의 육신은 우리가 벗어버린 헌 옷이라고 했어요. 나도 스님과 같은 생각이에요. 불교에서는 윤회를 통해 다시 태어나면 다른 육신을 입는다고 하고, 기독교에선 나 같은 사람은 부활하지 않는다고 하잖아요. 어찌 됐든 이 몸뚱이는 쓸모없다는 말이잖아요. 따라서 성한 장기가 남는다면 그 또한 내 것이 아니니 기증해주세요. 그러고도 남겨진 육신은 화장해 주시고요. 나 서서히 썩어가기보다 일순간에 (불)살라지고 싶어요.

묘는 쓰지 말아줘요. 어차피 시간이 지나면 잊혀지기 마련인데, 찾고 가꾸지 않는다고 공연히 후손들에게 불효의 빌미를 남기고 싶지 않아요. 사라질 빈 껍질로 안 그래도 비좁은 국토를 차지하고 싶지도 않고요.

유골은 조국의 강이나 바다에 뿌려 주기 바라요. 강이면 낙동강이 좋겠고, 바다라면 동해도 좋고 제주 해안도 좋겠네요. 나 갇혀있기보다 흐르고 싶어요.

간직하고 싶은 유품이 있으면 가족이 먼저 취하고, 그다음에 친지들 중 뜻이 있는 분들이 있다면 와서 가져가게 하면 되겠네요. 그러고 나면 유품은 거의 남지 않을 테니 태우거나 버리시면 될 거예요.

쓰던 글이 있을 테니 정리해서 책으로 만들어주면 고맙겠네요. 인세 수익이 난다면 한국의 벽지나 북한에 있는 청소년들에게 도서로 보내주면 좋겠고요. 막연한 얘기지만 공부하고 싶은데 가난한 학생들도 돕고 싶네요.

몸은 데려가지만 사랑은 두고 갈게요. 육신은 사라지지만 사랑은 당신들 마음속에 살아있을 거예요. 그대들을 영원히 사랑하고 싶어요.

2016-03-07 업데이트

2017-05-10 업데이트

2018-07-03 업데이트

2.

죽음 강의로 유명한 정헌채 교수님은 본인의 장례식 날에 틀 음악을 200곡 정도 준비해 두었다고 해요. 책을 읽다가 반짝하고 머릿속에 전구가 켜졌어요. 늦기 전에 나도 내 장례기간 동안 나와 내 가족들이 들을 음악을 준비해야겠다는 생각이 켜졌어요.

우선 나의 우상 베토벤의 전집에서부터 한 곡씩 추리기 시작했어요. 태어나 처음으로 감상한 오페라 〈사랑의 묘약〉의 아리아 '남몰래 흘리는 눈물'. 대학 초년병 시절 민속주점의 숱한 밤들을 수놓았던 김수철의 '내일'. 대학축제의 단골 초대가수 이문세의 '가로수 그늘 아래 서면'. 전국 투어콘서트가 한창이던 시절, 김현식의 하모니카 연주곡 '한국사람'. VTR 영화광이었던 공중보건의 시절의 마크 노플러의 〈브루클린으로 가는 마지막 비상구〉 테마 곡과 엔니오 모리코네의 주옥같은 영화 음악들. 당신과 나의 노래방 듀엣시대 적 세레나데, 한동준의 '그대가 이 세상에 있는 것만으로'. 클래식 음악에 심취했던 개원의 시절, 파헬벨의 '캐논'과 사라 장의 바이올린 협주곡 '로맨스'. 곡들이 하나둘 쌓이더니 어느 순간 크리스마스트리 위를 떠다니기 시작했어요. 박자에 맞춰 깜박이는 꼬마전구들을 연결하는 캐럴로 변한 듯한 환상에 빠져들었어요. 지금으로써는 계절이 언제가 될지 알 수 없지만, 크리스마스트리 준비해 줄 수 있죠? 부처님이 태몽에 나온 사람이라고는 믿기 어려울 만큼 나는 크리스마스가 좋아요. 지금 이 나이에도 크리스마스트리가 그리도 좋아요.

지난 편에 장례식은 치르지 말라고 썼었는데, 문득 내가 너무 독단적인 것 같다는 생각이 들더군요. 향 연기 피어오르는 영정사진 앞에 놓고 나와의 추억을 함께 나누고 싶은 친지들이 있을 텐데. 어찌 보면 장례라는 예식은 산 자들의 축제일 수도 있는데 말이에요. 예식을 치르고 안 치르고, 또 치른다면 어떻게 치를 건가에 대해서는 감 놔라 대추 놔라 하지 않을게요. 그냥 그대들에게 맡길게요.

제사는 지내지 말아줘요. 첫 기일 때만 식구들끼리 모여 밥이라도 한 끼 먹으면 좋겠고, 그 후로는 그날을 기억하지 않아도 그만이에요.

2019-01-11 업데이트

3.

"혼자 치료받는 거
당신에게 무거운 모든 짐 다 안기고 나만 여기 있는 거
그게 이루 말할 수 없을 만큼 큰 무게로 다가오고
지금껏 당신이 그러해왔듯
이젠 내가 당신을 보호해야 한다는 생각이 드는 지금….
'유언'이란 글을 받아보기 전에도 문득 요즘 느낀 거지만
당신은 담담히 운명에 당신 몸을 맡기며
당신이 할 수 있는 최선의 오늘에 충실하며
오늘을 살아내고 있다는 느낌을 받았습니다.
이후의 일은 이후의 몫으로 남긴 채
'유언'이라는 글을 쓴 것 같아서
글이 많이 많이 슬프게 다가옵니다."

내가 네 번째 유언을 쓰고 당신의 답장을 받았어요. 그러고는 불과 달포 만에 당신을 잃고 말았어요. 유언을 남기지 않은 당신에게 난 뭐든 할 준비가 되어있건만, 장황하게 남긴 내 유언은 당신이 듣기만 하고 옮길 수 없게 돼버렸어요.

4.

지난 몇 년 동안 수차례에 걸쳐 당신을 비롯한 식구들에게 유언을 남겼어요. 다시 읽어보니 이것저것 요구하는 게 많았네요. 역설적이게도 유언을 남긴 나는 이렇게 멀쩡히 살아있고, "저 사람은 삶과 죽음에 대해 참 담담하구나."라고 자신의 감상을 말해준 당신은 가고 없어요. 27년간 수도 없이 주고받았던 잘 다녀오겠다는, 조심해서 다녀오라는, 은혜 많이 받고 오라는, 먼저 가 있으라는, 도착하면 문자하라는, 사랑한다는, 잘 자라는, 내일 만나자는, 내일 또 통화하자는, 보고 싶을 거라는 그 흔한 작별인사 한마디 못했는데. 당신을 당신의 빈소에서 만나야 했어요. 내 손으로 묻어야 했어요. 그렇게 당신을 떠나보내야만 했어요.

유골은 조국에 뿌려 달라는 문장이 제일 먼저 눈에 들어오네요. 첫 번째 유언을 쓰고 있을 당시엔 당신과 내가 함께 중국에 살고 있었어요. 그때는 내가 과연 어디에서 죽음을 맞게 될 건지에 대한 믿음이 없었던가 봐요.

당신은 '갇혀있기보다 흐르고 싶어요'라는 문장을 마음에 들어 했지요. 그래서 난 유골 처리 부분에 관한 한 당신도 나와 생각이 같을 거라 이해했고, 또 그렇게 기억해 왔어요. 하지만 유족 다수의 의견에 따라 당신을 공원에 모시게 됐어요. 유감스럽게도 흐르지 못하게 홀로 가두어둔 셈이 되고 말았어요.

묘는 쓰지 말라 당부했는데, 당신이 떠나던 날 이미 당신 바로 옆에 내 자리도 함께 받아두었어요. 당신의 양편 모두에 당신이 모르는 사람이 와서 묻히지 못하도록 미리 한쪽을 내 자리로 비워둔 거죠.

파헬벨의 캐논 변주곡도 눈에 들어오네요. 캐논은 당신과 내가 원래 따로따로 좋아했던 곡이에요. 각자가 좋아했다는 사실을 우연히 알게 된 어느 날부터는 함께 들었고요. 내가 캐논이라고만 알고 있을 때 당신은 캐논 변주곡이라고 제목을 정확히 알려주었어요. 작곡가의 발음하기 어려운 이름이 파헬벨인지 파벨헬인지도 친절하게 가르쳐 주었고요. 캐논은 발인을 앞둔 새벽녘 빈소에서 당신의 육신과는 마지막으로 함께 들었어요. 그간 내가 당신이 있는 곳에 갈 때는 공원 하늘에도 높이 울려 퍼졌고요. 그렇게 캐논은 우리 부부의 인생곡으로 남았지요. 차이코프스키, 유키 구라모토, 이루마, 시크릿 가든도 당신이 참 좋아했는데.

얼마 전 TV를 보다 보니, 한 말기암 환자가 죽기 전에 미리 자신의 장례를 치르는 장면이 나왔어요. 나도 내 제사에는 불가능하다 하더라도, 내 장례식엔 참석할 수 있으면 좋겠다는 생각이 들더군요. 만약 갈 날이 미리 정해지는 행운을 누린다면, 내 장례는 내가 주관하면 어떨까 하는 욕심 말이에요. 예식에 초대할 사람을 내가 정하고, 초대장도 내가 직접 쓰고요. 파티하듯이 드레스코드도 정해주면 좋겠네요. 참석자 모두가, 미리 선별해 둔 음악과 영상들을 가슴으로 듣고 슬라이드쇼로 함께 보면서, 저마다에 얽힌 사연들도 서로서로 리뷰해 주면서요.

이젠 이루어질 수 없는 바람이란 걸 알지만, 누굴 초대할 건지 당신과 머리 맞대 상의할 수 있다면 좋으련만. 느닷없이 당신은 직접 초대손님 명단 속으로 들어가 버렸어요. 내가 초대한다고 하더라도 당신은 올 수 없는데. 참석은커녕 영상메시지조차 보내올 수 없을 텐데 말이에요.

인간은 누구나 울며 태어나지만, 웃으며 떠나길 바란다고 해요. 나도 때가 되면 가겠지요. 당신이 남겨준 숙제 다 하고 나면, 이생에 내게 주어진 몇 가지 소명들도 완수하고 나면 그때 갈 거예요. 박완서 선생님의 표현을 빌리자면, 최선을 다해 살다가 '신이 나를 솎아내는 그날'이 오면, 마지막 날숨은 나 미소 지으며 내쉬고 싶어요. 그때 우리 웃는 얼굴로 다시 만나요.

6. 박카스 vs 마지막 선물

박카스

어머니는 젊어서부터 수십 년을 두통으로 고생하셨어요. 하루라도 진통제와 박카스 한두 병을 드시지 않으면 힘들어하셨어요. 집에 박카스가 떨어지는 날은 있을 수 없었고, 냉장고 안에는 한 박스 정도가 상시 쟁여져 있었어요. 히로시마 원폭의 후유증과 순탄치 않은 가정사로 얼룩진 젊은 날의 어머니에게 박카스는 삶의 청량제 역할을 해주었어요.

당신과의 연애 시절, 날씨 좋은 날이면 우리는 소풍을 즐겼어요. 당신은 등나무로 짠 피크닉 바구니에 손수 만든 음식을 예쁘게 채워 오곤 했지요. 그러던 어느 날 나는 바구니 맨 안쪽에서 박카스 두 병을 발견하게 됐어요. 당신도 박카스 마니아였던 거예요. 그 시절 데이트를 마치고 당신을 바래다줄 때에는 당신의 손에 박카스 한두 병을 들려 보냈던 기억도 나네요. 때로 만나지 못한 아쉬움을 뒤로 하고 돌아서야 했던 날에는 당신이 살던 주택 현관문 앞에 박카스를 박스째 두고 오기도 했지요.

결혼을 하고 우리 부부는 내 직장이 있고, 친가에서도 그리 멀지 않은 중소도시에 신혼살림을 차렸어요. 당신은 독신인 두 명의 손위 시누이가 시부모와 같이 살고 있는 시댁을 그리 부담스러워하지 않는 거 같았어요. 신혼 때부터 호랑이 굴처럼 보일 수도 있는 그곳을 혼자서도 씩씩하게 걸어 들어갔어요. 불자들이 득실대는 절간 같은 시월드에 기독교인 홀로 내던져진 느낌일 수도 있는데 말이에요.

남편이 세미나 가고 없는 주말에도 당신은 혼자 시댁에 갔어요. 집에서 쉬거나 친정에 다녀오라고 해도 좀처럼 고집을 꺾지 않았어요. 하기야 쇠심줄 같은 고집이 당신의 아이덴티티이긴 해요. 인간의 도리 면에서만큼은 홍정이나 에누리가 없는 사람이니까요. 내가 세미나를 마치고 당신을 픽업하러 본가에 들러보면 당신은 시댁식구들과 어울려 행복해 보이기까지 했어요. 마치 호랑이들과 한패를 먹고 내 흉을 보고 있었다는 듯 말이에요. 어린 새댁으로선 쉽지 않은 일인데. 기특하고도 감사한 일이에요. 당신은 사랑스러운 며느리요 올케이자 아내였어요.

그러던 어느 날 어머니는 며느리를 따로 부르셨어요. 며느리를 냉장고 앞으로 데려가 박카스 두 병을 꺼내시더니 한 병을 돌려 따셨어요. 어머니는 말씀하셨어요.

"아가, 피곤해 보이네. 박카스 한 병 마시거라. 우리 재미나게 살자!"

시어머니와 며느리는 한 남자를 사이에 두고 연을 맺는 이방인들이에요. 그 집 안의 원주민들과 성(姓)이 다른 두 사람으로, 묘한 경쟁심과 동질감을 동시에 느끼는 특이한 관계이기도 하고요. 박카스의 약효와 점성은 어머니와 당신 사이를 좀 더 빠르고 끈끈하게 묶어 주었어요. 고부는 자신들과는 진폭이 다른 고 씨들 틈바구니 속에서 같은 주파수대에 공명하는 두 대의 무전기처럼, 서로의 방송에 귀 기울이는 애청자로 살아가게 되지요.

마지막 선물

원고를 정리하다가 문득 박카스 이야기가 이번에 포함되지 않으면 앞으로 세상에 나오지 못할 수도 있겠다는 생각이 일었어요. 소설 속에나 나올 법한 어머니와 당신의 아름다운 고부관계가 우리 몇 사람만 알고 묻혀버리는 게 아깝게 느껴지더군요. 당장 외장하드에서 그 훈훈한 이야기가 담겨 있는 박카스를 끄집어냈어요. 먼지를 탈탈 털고, 뽀득뽀득 닦아냈어요. 뚜껑을 열어 당신에 대한 기억들을 건져 올렸어요.

당신은 탄산음료보다는 박카스를 좋아해요. 세련되고 서구적인 외모와는 대조적으로 당신의 식성은 동양적이에요. 당신은 빵보다 떡을 좋아하고, 쌀밥보단 보리밥, 고구마나 밤, 옥수수를 좋아해요. 우아한 당신의 이미지와는 어울리지 않게 순대와 돼지 귀, 삶은 소라, 납작만두, 양대창과 막창 따위도 즐겼어요. 커피 좋아하는 것만 빼면 완전 토속적이죠. 큰애 가졌을 때 질펀한 시장바닥에 쪼그려 앉아 산더미 소면을 한 그릇씩 후루룩 뚝딱 해치우던 장면도 떠오르는군요.

당신은 소풍 바구니에 대해선 기억이 가물가물하다 했어요. 순간 난 혹시 그게 당신이 아니라 예전에 내가 알던 다른 여인이면 어쩌나 당황했었고요. 기억을 꼼꼼히 더듬어 보았지만 그건 당신이에요. 바구니의 주인공은 분명 당신이 맞아요. 지금 당신이 있는 그곳은 날마다 소풍이고 축제인 거죠?

당신은 '같은 주파수대에 공명하는'이란 표현이 좋다고 했어요. 어머니가 먼저 떠나실 때까지 당신은 그렇게 어머니 말씀에 공명하였고, 어머니 방송의 애청자로 살았어요. 어머니 또한 아들 말은 안 들어도 며느리 말에만큼은 귀 기울여 사셨고요. 며느리 정말 사랑하셨는데….

당신은 며느리들이 다들 꺼려한다는 '시어머니와 목욕탕 가기'도 서슴없이 실행에 옮겼어요. 말로만 그치지 않았어요. 그렇게 서로의 등을 밀어주고 나와서 박카스 한 병씩을 나눠 마신 게 어머니가 당신에게 준 마지막 선물이 되고 말았지만 말이에요. 어째서인지 당신은 어머니가 떠나시고는 박카스를 찾지 않았어요. 두 사람의 화학적 결합을 촉매했던 박카스의 약리작용이 더는 필요치 않다는 듯 말이에요.

며칠 전 당신의 첫정 큰조카와 대화를 나누다, 당신이 조카가 사는 이태원으로 찾아갔던 얘기가 나왔어요. 순간 과장님이 퇴원 결정을 내리며 했던 말이 뇌리를 스쳤어요. 과장님은 당신처럼 그렇게 빨리 좋아지는 경우는 없다고 했어요. 그러니까 퇴원과 동시에 당신이 돌아왔던 그때는 우리에게 선물을 주기 위해서였다는 말이에요. 그 3개월 동안 우리 모두를 만나려, 당신은 홍콩과 도쿄를 포함해 대한민국 한 바퀴를 다 돌았어요. 산타클로스처럼 우리 한 사람 한 사람에게 일일이 선물을 나눠주러 왔던 거예요. 그중에서도 큰아이 졸업식 때의 홍콩여행은 당신이 우리에게 준 마지막 선물이에요. 알고 보니 우리 부부의 졸업여행이었던 거예요.

마침내 다이얼식 금고 자물쇠의 마지막 홈이 철커덕하고 일렬로 섰어요. 홍콩공항에 홀로 남겨졌던 당신의 눈빛, 아마 난 평생 기억하게 될 거예요. 고마워요 여보! 마지막 선물을 나에게 줘서.

7. 꽃과 사진 이야기

“식사할 때 꽃이 있으면 밥맛이 좋고, 소화가 잘돼. 왜, 파티하는 것 같고, 뭔가 축하하는 기분이 들잖아. 꽃은 사람의 기분을 차분하게 가라앉히고, 마음의 눈을 밝게 해줘. 책상 위에 꽃이 한 송이라도 있으면 책을 좀 더 편안하게 볼 수 있어. 행간이 잘 읽히고, 감정이입도 잘 되는 거 같아.”

누이도 그렇다고 말하더니, 하루는 튤립을 한 다발 사 왔네요. 당신이 좋아하는 보라색으로요. 보라색 튤립을 책상 위에 올려놓았어요. 꽃의 기운 덕이었는지, 꽃이 피어있는 며칠 사이 책을 네 권이나 독파했더라고요. 며칠 후 누이가 이번엔 꽃을 주황색으로 한 다발 사 왔어요. 그건 식탁에 놓았어요. 거실을 오가며, 그리고 식사하며 꽃과 함께 누리는 3,000원의 행복이 제법 쏠쏠하더군요. 아니나 다를까 당신과의 꽃 이야기가 탁자 위에 피어났어요.

새벽 세 시. 나만의 새벽의식 순서에 따라 다이어리를 펼쳤어요. 오늘은 어머니에게 보내는 편지를 쓰는 날이군요. 어느덧 삼 년째 접어들고 있어요. 오늘은 5월 8일이에요.

책장 안에 접어두었던 두 분의 폴더식 앨범을 찾았어요. 오늘 하루만이라도 온전히 탁자 위에 꺼내두어야겠다고 마음먹었어요. 영정사진을 펼쳐 벌써 몇 달째 책장 속에 갇혀 있던 두 분을 소환했어요. 근데 사진 속 두 분 표정이 오늘은 왠지 화 난 것처럼 보이는 거예요. 어떻게 풀어드릴까 고심했어요.

맞아! 마침 집에 꽃이 있었어요. 바둑무늬 리본을 나비넥타이처럼 목에 두른 채 빨간 장미를 물고 있는 코발트색 리슬링와인 병을 찾아왔어요. 꽃병을 두 분 사진 옆에 놓고 책상으로 돌아왔어요. 그런데 와서 보니 구도가 안 맞고, 뭔가 어색해 보이는 거예요. 꽃병 위치가 잘못됐나 싶어 이리저리 옮겨 보지만, 마음에 들지 않기는 매한가지예요.

궁리 끝에 꽃병을 다시 맨 처음 놓았던 위치로 되돌려 놓자, 희한하게도 구도가 잡혔어요. 마침내 두 분은 웃으시며 꽃병과 함께 액자 속으로 들어갔어요. 꽃병이 아니라 내 마음이 갈피를 잡지 못하고 있었던가 봐요. 그제야 집 안이 그득해진 느낌이 들었어요. 며칠 전 사람이 생기가 없어 보인다며, 나를 위해 당신이 사 온 장미꽃 두 송이가 오늘에 이르러 완벽한 선물로 거듭났어요.

안방에서 당신 기척이 나네요. 거실로 나온 당신은 탁자 위에 펼쳐진 정물화를 발견하고 걸음을 멈추었군요. 그림 속 사진과 꽃병, 그리고 나를 번갈아 보고 있네요. 그림에 시선을 고정한 채 당신은 장미의 미소를 자신의 얼굴에 옮겨 담고 있어요. 장미를 머금은 그윽한 표정 그대로 고개 돌려 나를 바라보네요.

꽃은 내가 좋아했어요. 당신은 내가 사 온 꽃에 대체로 시큰둥한 반응이었고요. 새댁 시절 다년간 전문가 수준까지 꽃꽂이에 심취했던 당신인데. 내가 모르는 어떤 계기라도 있었던 건가요? 내 머리로 겨우 짐작해 볼 수 있는 건 당신 자신이 꽃이기 때문이었을 거예요. 꽃보다 당신이 아름다웠으니까요.

꽃들이 너무 예뻐 오늘은 당신의 영정사진을 끄집어냈어요. 처형과의 도쿄여행에서 조카가 찍어준 사진이지요. 그땐 이 컷이 당신의 영정사진이 되리라곤 상상 안 했겠죠. 포즈를 취하던 당신도, 찍어주던 조카도, 곁에서 지켜보던 처형도. 맨 먼저 책상 뒤 벽에 당신을 기대 세웠어요. 정면이 아니라 당신 특유의 매력적인 반 측면 흉상이에요. 손등으로 턱을 괴고 있고, 전체적인 얼굴 표정은 기품 있게 웃고 있어요. 눈도 미소 짓고 있고요. 화장공원 유족 대기실의 많은 영정사진들 중에서도 당신은, 타의 추종을 불허할 만큼 젊고 아름다워서 모든 사람들의 시선과 발걸음을 멈추게 했었지요.

그런데 눈동자 뒤로 비스듬하게 그늘이 드리워져 있어요. 시선을 줌아웃해 나오자 사진 전체에 짙은 안개가 끼어 있어요. 슬픔이 뚝뚝 묻어 나와요. 카메라를 정면으로 향하면 욱여넣어 두었던 자욱한 아픔까지 찍혀 나올까 봐 두려웠던 건 아닌가요? 순간 슬픔이 파도처럼 밀려 나와요. 아아! 다시 가슴이 아파와요.

정신을 가다듬었어요. 튤립들을 이리저리 배치해 가며 꽃도 감히 넘보지 못할 만치 아름다운 당신을 꾸미고 있어요. 보라와 주황에 오늘 새로 사 온 연분홍색 튤립까지 당신의 은은한 미소를 예찬하고 있어요. 경배하고 있어요.

마침내 난 의자를 당겨 앉았어요. 그러고는 며칠 전 예복함 속에서 발견한 우리의 결혼사진들을 한 장 한 장 찬찬히 들여다보고 있어요. 웨딩드레스 입은 당신은 눈부시지만, 영정사진 속 당신이 더 마음에 드는군요. 당신은 나이 들수록 아름다워졌어요. 사랑하는 사람은 해를 거듭할수록 더 아름다워진다는 사실을 나로 하여금 일깨워주었어요.

중국에서 시작된 내 두 번째 인생과 맞물려 당신에 대한 사랑은 깊어만 갔어요. 사랑이 깊어질수록 당신은 아름다워졌어요. 끝도 없이 아름다워졌어요. 사랑받으면 예뻐진다는 말이 사실이라는 걸 증명이라도 하듯 말이에요. 당신을 품에 안은 채 나는 앉은키 높다란 듀오백 의자 깊숙이 몸을 파묻었어요.

8. 그날의 눈빛

1.

당신의 장례기간 동안 내게 비추었던 눈빛들. 비록 지금은 많이 옅어졌지만, 좀처럼 뇌리를 떠나지 않았어요. 내 눈과 직접 마주치지 않고, 네 시 혹은 여덟 시 방향으로 떨어트린 그 눈빛 말이에요. 당신이 있을 때 당신을 가운데 두고 양방향으로 서로 사랑하던 사이인데. 입장을 바꿔 놓고 생각하면 이해가 안 가는 건 아니지만, 그렇다고 해서 내가 그런 눈빛을 받아 마땅한 거는 아니잖아요. 우리 부부가 얼마나 사랑하는지, 우리 사랑의 크기가 과연 얼마만 한지, 사람들은 감히 상상도 못 할 정도잖아요.

김 박사는 "유가족은 누구나 자신을 '방조자' 내지 '가해자'라고 생각합니다."라고 했어요. "하지만 최근 임상심리학에서는 그들을 '생존자'라 하고, 심지어 '피해자'라고까지 표현합니다."라고도 말했어요. 유가족 누구 하나 힘들지 않은 사람은 없어요. 그들 가운데 마지막까지 당신과 가깝게 연결되어 있었던 사람일수록 더 사무칠 것이고, 더 오래도록 당신이 그리운 법이에요. 누가 뭐래도 가장 깊고도 긴 슬픔을 안고 가는 사람은 분명 당신의 배우자, '우리 신랑'일 거잖아요.

정 없는 부부가 어디 있으랴만, 그래도 장담하건대 우리만큼 서로를 속속들이 알고 산 부부도 없어요. 특히나 중국에 살던 최근 8년간은 남들이 수십 년 산 것보다 더 많은 시간을 함께했고, 그만큼 깊고 폭넓은 대화를 나누며 살았어요. 여행, 독서토론과 내 글에 대한 피드백, 우리가 주고받은 편지, 성경 공부, 중국어 공부, 길고양이 돌보기와 그들 알아가기, 가족연주회 구상, 우리와 아이들의 미래. 셀 수 없이 많은 이야기들이 있어요. 머릿속에 당신과 나의 이야기가 마치 석류처럼 알알이 박혀 있단 말이에요. 그리고 우린 작은애의 양육에 관한 몇 번의 의견 대립 외에는 단 한 번도 다툰 적이 없을 만큼 서로를 아끼고 존중했어요. 더군다나 처음 만난 1990년부터 27년 동안 연인, 부부, 친구, 다시 연인의 순으로 꿰어온 풀 스토리를 처음부터 끝까지 다 아는 사람은 결국 우리 둘밖에 없는 거잖아요.

2.

날 해하던 그날의 눈빛들이 조금씩 이해되고 있어요. 그땐 당신을 잃은 것만으로도 전신 화상을 입은 것처럼 온몸이 쓰라린 상태였어요. 바람만 스쳐도 소스라치게 아팠어요. 하물며 날 겨냥하지 않으면서도 정확히 내 심장을 향하던 그 눈빛은 너무나 고통스러웠어요. 그땐 견딜 수가 없었어요.

그날의 눈빛은 내 안에 똬리를 튼 채 참 집요하게 날 노려보고 있었어요. 때로는 몸서리쳐질 만큼 아팠어요. 다행인 건지 모르지만 그래도 시간이라는 지우개가 시나브로 많은 부분을 지워내고 있어요. 상처가 아물어 가는지 그때만큼은 고통스럽지 않거든요. 이젠 누구도 원망하지 않아요. 그날의 눈빛 뒤에 가려진 각자의 아픔들이 얼마간은 보이고 있으니까요.

3.

다시 시간이 많이 흘렀어요. 당신을 향한 미안함, 죄책감, 아쉬움, 안타까움 같은 감정들에 대해 생각했어요. 다소 크기의 차이는 있을지언정, 유족 누구나가 품었을 그런 감정들 말이에요. 그러자 우리 모두가 그걸 나누어 가지거나 떠넘길 만한 대상이 필요했을 거란 데에 생각이 닿았어요. 셰익스피어의 비극에 나오는 피치 못할 슬픈 운명 따위에도 기대어 보았을 테고요. 각자도생(各自圖生). 다들 살아야 했으니까요. 그러지 않으면 살 수가 없었을 테니까요. 당장 나부터가 그랬으니까요.

9. 그날, 그리고 벌써 1년

그날은 수술이 많았어요. 새롭게 합작한 병원에서 기록을 경신한 날이에요. 퇴근이 늦었지만 기분은 좋았어요. 퇴근길에 청춘 분식에 들러 평소 당신과 작은애가 좋아하는 목살 스테이크와 비빔 쫄만두를 포장했어요. 앞에 기다리는 사람이 많았지만 지루하지 않았어요. 당신의 분신 뽕이가 맛있게 먹을 모습을 상상하며 집으로 돌아오는 발걸음은 경쾌하기까지 했어요.

"뽕아! 아빠 청춘 분식 사 왔다!"

아이가 대답도 하지 않고 힘없이 거실로 나오는데, 눈자위가 붉어져 있어요. 아이가 울먹이며 하는 말이,

"아빠! 누나 전화 받았어요?"

둘 사이에 섬찟한 기운이 내려앉았어요.

"아니! 전화 못 받았는데! 무슨 일이니?"

"누나가 아빠 들어오시는 대로 070으로 전화 달라고 했어요."

쭈뼛거리며 아이가 하는 말이,

"엄마가…."

통화가 되지 않았어요. 여러 번 만에 연결된 떨리는 전화기에 선 큰아이의 흐느낌만 흘러나왔어요. 마치 외계에서 걸려온 것처럼 비현실적인 소리로 들렸어요.

"엄마가, 엄마가…."

이건 현실이 아니지요? 설마 꿈이겠지요?

청춘 분식엔 그날 이후 가지 않았어요. 근처를 지날 때도 눈길 한 번 주지 않았어요. 학교 바로 앞에 있는 식당인데, 뽕이도 친구들과 어울려도 안 가게 되더라고 했어요. 우리가 딱히 가지 말아야지 다짐한 건 아니지만, 자연히 그렇게 됐어요. 선택의 폭이 제한된 교민 사회의 몇 안 되는 한식당 가운데, 한때는 우리 가족이 첫 손가락에 꼽을 만큼 좋아했던 분식집인데 말이에요.

벌써 일 년이군요. 계절이 한 바퀴를 다 돌았어요. 당신이 떠난 애끓는 겨울, 당신 없이도 꽃이 피던 봄, 당신 없이 애타는 남국의 여름, 당신이 없는 격랑의 가을, 당신을 두고 저만 돌아온 겨울. 다섯 개의 계절이 소리 없이 왔다 제 맘대로 갔어요. 속절없는 계절들을 무심히 바라보다 그 소중한 시간들을 넋 놓고 흘려보냈어요. 속수무책이었어요. 함께했던 27년보다 혼자 남겨진 1년의 시간 동안 당신을 더 많이 생각했어요. 당신이 지상에 남기고 간 것들이 셀 수 없이 많잖아요. 삶터 곳곳에서 만나는 당신의 모습은 여전히 생생한데, 그대로인데, 시간은 매정히도 빨리 지나갔어요. 시간이 존재하지 않는다는 당신이 있는 천상과는 너무나도 다른 시간이 흘렀어요.

참 많이도 울었어요. 나도 내가 이토록 눈물이 많은지 몰랐어요. 사무치게 그리웠어요. 볼 수 없다는 걸 알면서도, 한번 보고 싶은 마음이 움트기 시작하면 걷잡을 수 없이 피어났어요. 개화하는 동영상을 고속재생하는 것처럼 피어올라 당신이 웃고 있었어요. 어찌할 바를 몰랐어요. 보지 않는 것과 볼 수 없다는 건 그야말로 천지 차이였어요. 당신이 있는 하늘과 내가 있는 땅만큼의 차이였어요.

'당신을 좀 덜 사랑할 것을. 웬만큼만 사랑할 것을. 그랬더라면 이토록 아프지는 않았을 텐데.' 이런 생각의 늪에 빠졌다가도 금세 '아니에요, 아니에요.' 하며 헤엄쳐 나오곤 했어요. 시인은 '사랑을 하고 사랑을 잃는 것이 사랑을 아니 한 것보다 낫다.'라고 했나요. 맞는 말이에요. 사랑하지 않았다면 나 틀림없이 더 많이 후회하고 있었을 거예요.

남들이 꿈만 같다고 할 땐 아무 생각 없이 들었어요. 기껏해야 그냥 수사적 표현이겠거니 정도로만 여겼어요. 그런데 그게 아니었어요. 사소한 일상에서 문득문득 당신과의 작은 추억들이 떠오를 때면 당신을 볼 수 없다는 사실이 믿어지지 않았어요. 지금도 꿈을 꾸고 있는 것 같아요. 당신과 함께 있는 모습이 현실이고, 혼자 당신을 생각하는 지금이 꿈이 아닌가 하는 혼돈에 빠지곤 해요.

문득 인생이 참 짧다는 생각이 들더군요. 30년에 이르는 세월이 한 사람을 제대로 알기에도 모자랐으니까요. 턱없이 부족했으니까요. 인간이 하는 일들이 허망하다는 생각도 들더군요. 우주를 알겠다고 덤벼들지만, 실은 가장 가까운 한 사람도 채 알지 못하고 마니까요. 지난 일 년 동안 당신을 생각하지 않은 날은 없어요. 당신이 보고 싶지 않은 날은 더더욱 없었어요. 오늘도 당신이 보고 싶어요. 오후에 당신 만나러 가요. 이모가 준 커피 내리고, 당신이 사준 패딩 입고 갈게요. 당신 사진 안고 리니와 함께 갈게요.

10. 음력 생일

당신이 떠나고 우리의 결혼기념일, 아이들의 생일, 당신의 생일, 우리의 크리스마스, 그리고 당신의 기일이 한 번씩 지났어요. 당신과의 기념일들을 열거하는 가운데 새삼 당신에겐 음력 생일이 없다는 사실을 발견했어요. 당신을 생각나게 하는 기념일이 하루라도 적다는 게 일견 다행스러운 거 아닌가 하는 생각도 들었지만요. 그러다 문득 음력 생일에 대한 내 생각들을 글로 썼던 일이 떠올랐어요. 당신에게 편지로 보내고 의견도 나누었지요.

오늘이 음력 6월 ○○일이네요. 아침에 도착한 누이들의 축하 메시지로 오늘이 내 음력 생일인지 알았어요. 오늘은 누이들과 형제의 인연으로 내가 이번 생에 온 특별한 날이에요. 하늘에 계신 아버지 어머니, 감사합니다!

부모님으로부터 받은 음력 6월 ○○일만이 유일한 생일이었던 때도 있었지만, 음력 생일은 그 의미가 차츰 옅어지고 있어요. 친한 친구 사이에 생일을 서로 챙겨 주기 시작한 건 고등학교 들어가면서부터인 걸로 기억되네요. 내 음력 생일은 항상 여름방학에 걸려 친구들과 함께하기가 마땅치 않았어요. 뿐만 아니라 친구들이 생일을 해마다 환산해서 챙겨주길 바라는 것도 무리였어요. 그래서 친구들과 보내는 생일은 편의상 양력으로 못 박아버렸지요. 이때부터 내 생일은 두 개가 됐어요. 친구들과의 양력 6월 ○○일 가족들과의 음력 6월 ○○일, 이렇게. 이후로는 생일의 비중이 점차 양력으로 옮겨가게 돼요.

당신은 나를 만난 이십 대부터 쭈욱 양력 생일만을 지내고 있어요. 음력 생일이 언제인지는 본인도 모르고, 어려서부터 음력 생일을 가져본 적도 없다고 했지요. 공무원이면서 기독교 신앙을 가진 부모님의 영향이 컸을 터예요.

아이들은 돌잔치부터 어린이집에 갈 때까지 음력 생일을 지냈지요. 불자인 친할머니의 입김이 작용했던 거지요. 후에 공동체 교육을 받으며 생일이 두 개가 됐고요. 교육시설과 우리 집에서는 양력 생일, 본가에서는 음력 생일. 이후로 어른들과의 왕래가 줄어들며 아이들 생일은 차츰 양력만 남게 돼요. 아마 아이들은 자신에게 음력 생일이 있었다는 사실을 지금은 기억조차 하지 못할 거예요.

음력 생일이 멀어지는 이유들은 더 있어요. 거래처, 정례모임, SNS로부터 받는 생일축하 엽서나 메시지는 보통 주민등록번호를 기준으로 해요. 아내인 당신이 내 음력 생일을 놓칠 수 있어요. 아이들이 아빠의 음력 생일을 스스로는 챙기지 못해요. 나마저도 음력은커녕 양력 생일조차 기억하지 못하는 해가 있어요.

스마트한 휴대전화가 내 생일은 알려주지 않아요. 언젠가부터 연간 기념일들을 정리할 때 내 생일만 빼고 표시하고 있거든요. 자연히 타인을 통해 오늘이 생일임을 알게 되는 해가 늘어나고 있는 거지요. 나는 내 생일에 관심이 없고, 오히려 모르고 그냥 넘어갔으면 싶어지기까지 해요. 이쯤 되면 몇 해 전부터의 생일은 더 이상 내 것이 아니라, 나를 기억하고자 하는 누군가가 기념해주는 날이 돼버렸어요.

해마다 지내는 제사로, 돌아가신 첫 몇 년간은 생일과 기일을 둘 다 모시지요. 시간이 흐르며 생일에 대한 의무감은 점차 얇아지고, 후로는 기일만 남게 된다고 해요. 이렇듯 생일에 대한 애착이 줄어들고 있다는 건 인생을 이미 절반 이상 살았다는 의미인 듯해요. '오늘이 생일보다 기일에 가깝다. 태어난 날보다 떠날 날이 더 가깝다. 그러니 너는 오늘을 살라. Carpe Diem!'이라는 누군가의 계시는 아닐는지….

당신은 원래 음력 생일이 없었어요. 당신 없이는 이제 내 음력 생일도 없어요. 매해 다른 날인 내 음력 생일을 나와 아이들 공히 챙기지 못할 테니까요. 당신에게는 이미 몇 년 전에 앞으로 내 생일은 주민증에 나오는 날 하나로 못박자고 했었지요. 아이들이 독립한 후라도 기억하기 쉽게요. 하지만 당신은 당신이 입원하던 날에도 내 음력 생일을 챙겼어요. 결과적으로 그게 내 마지막 음력 생일로 남았군요.

기독교인인 당신의 기일에 제사를 지내지는 않았어요. 그래도 당신과의 기념일들에는 케이크와 음악, 커피와 와인으로 당신을 그렸어요. 내 유언에는 '제사는 지내지 마시라. 첫 기일에만 모여 밥이나 한 끼 하시라. 이후론 잊어버리라.'라고 썼지만, 정작 나는 당신에게 그러지 못할 것 같네요. 당장 코앞으로 다가온 우리 결혼기념일에도 난 당신에게 갈 거니까요.

생일을 겨우 쉰 번밖에 못 쇠다니. 당신의 생명 에너지가 이토록 적게 남았는지 몰랐어요. 나는 그런 줄도 모르고 걸핏하면 당신을 데리고 롤러코스터에 올랐어요. 세상 곳곳을 누볐어요. 나 때문에 당신이 단기간에 너무 많은 에너지를 써버린 거예요. 그런 줄 진작에 알았더라면 속도도 좀 줄이고, 어떻게 충전도 해가면서, 조금 조금씩 아껴 썼을 텐데. 그랬더라면 당신을 이렇게 일찍 잃지는 않았을 텐데 말이에요. 당신이 태어난 날보다 떠날 날이 그렇게까지 가까이 있다는 사실을 그땐 미처 알지 못했어요.

11. 장례식장

휴일 아침 이른 시간인데 당신 한국 전화로 벨이 울려요.

"큰형님인데!"

당신은 수화 버튼을 누르지 못하고 망설이기만 하네요. 불길한 예감이 들었는지 결국 전화기를 내게 건네는군요. 날카로운 전류 한 가닥이 등줄기를 타고 섬광처럼 지나갔어요.

급작스러운 어머니의 타계 소식에 황망히 귀국했어요. 내가 오후 표를 구해 바로 들어오고, 큰아이는 홍콩에서 날아오고, 캠프에 간 작은애를 기다렸다가 당신은 다음 날 저녁 무렵이 되어서야 겨우 식장에 도착할 수 있었어요. 한국을 떠난 지가 벌써 오래고, 몇 번의 휴대전화 교체로 연락처가 다 날아가 버린 데다, 발인까지 시간도 촉박한 상황인지라 지인들에게 어머니의 부음을 제대로 알리지 못했어요. 그렇게 조용히 어머니를 보내드렸어요.

그런 가운데 학교 때 단짝 친구들은 한 명도 빠지지 않고 어머니의 장례에 참석해주었어요. 늦은 시간까지 자리를 지켜주었어요. 잠시나마 당신도 내 친구 무리들 중 당신이 가장 편하게 여겼던 그들과 함께했었지요. 돌아가신 부모님 앞에 불효 아닌 자식은 없다고 하잖아요. 친구들은 불효자인 상주를 학창시절로 데려가더니 연신 즐겁게 해주었어요. 상복 입은 나를 기어코 깔깔 웃게 만들었어요.

한국의 장례는 독특하고도 인간미 넘치는 문화예요. 장례식장에는 영정 앞에서의 짧은 엄숙함이 있고, 음식과 대화가 있는 긴 분주함이 있어요. 이 상충하는 두 개의 공간이 뒤섞이지 않게 배치되어 있어요. 벽 하나를 사이에 두고 절묘하게 한데 담겨 있어요.

조문객은 고인과 유족에게 차례로 애도를 표하고 빈소를 돌아 나와요. 그러고는 곧장 카지노 겸 파티장으로 입장하지요. 엄숙한 얼굴로 들어섰다가 밝은 표정으로 탈바꿈하고서 물 흐르듯 자연스럽게 자리를 찾아가요. 유족의 안내로 지인들과 합류하게 되는 거지요. 문상이 아니면 회합하기가 쉽지 않은 오랜 지인들과 삼삼오오 무리를 지어 공동의 추억을 나누고, 각자의 근황을 교환하며, 함께할 미래를 기약하지요.

이번에는 유족이 예식의 주관자로서 테이블을 돌아요. 문상객이 뜸한 틈을 타 파티 참석자들에게 예를 갖추는 거지요. 그렇게 파티의 주와 객이 한데 어우러진 가운데, 무리마다 각기 공유한 시공간이 다른 추억들을 소재로 시끌벅적 이야기꽃을 피워내고요. 테이블마다 다른 시간이 흐르고, 밤은 깊어가요. 상주도 어느새 떠들고 웃고 있어요.

사랑하는 가족을 떠나보내는 첫 며칠은 그 슬픔과 회한의 무게가 유족들만으로 감당해내기엔 벅찬 시간이에요. 한국의 장례식장은 그 결정적인 시기에 친지들의 자발적 참여와 능동적인 역할분담, 그리고 두 공간의 멋들어진 조화를 통해 비극을 축제로 승화시키는 문화공간이에요. 슬프지만 아름다운 예식장이에요. 장례식장은 이별과 재회의 환승역이에요.

퇴고 작업을 진행하다가 '장례식장'이란 글이 툭 하고 튀어나왔어요. 어머니 장례식을 밑그림으로 양친 두 분의 장례 풍경과 소회를 그려냈던 글이에요. 화자가 예식을 주관하는 상주이면서, 관찰자의 시각으로 서술했네요. 당신에게 편지로 보내고 서로의 기억과 생각에 대해 얘기 나누었었죠.

어머니의 부음을 받기 전날 우리 부부는 이틀간의 항저우(항주, 杭

州) 기차여행에서 돌아왔지요. 호수와 전원의 아름다움을 만끽한 풍경화 같은 여행이었어요. 온갖 푸른색 계통의 물감들을 풀어놓은 팔레트 같은 풍경이었어요. 그러고 보니 아이들 없이 당신과 다녀온 둘만의 여행은 손가락으로 꼽을 만큼 몇 번이 안 되는군요. 기차 안에서 우린 음악을 들었어요. 내가 출장 다니며 먼저 경험했던 감동을 공유하고자 당신 귀에 직접 이어폰을 끼워주었죠. 당신은 열차를 타고, 고전음악을 들으며, 차창 밖 전원풍경을 감상하기는 처음이라고 했어요. 놀라운 감동이라며 몹시 흥분해 있었어요. 그렇게 얼마가 흘렀을까, 당신은 이어폰 한쪽을 내게 돌려주었어요. 우린 하나로 연결됐어요. 나도 덩달아 행복해졌어요. 행복 가운데 타인을 행복하게 할 때 전해오는 이른바 '행복공명'이 가장 값지다고 하지요. 특히나 상대가 사랑하는 사람일 때의 감동은 말 그대로 극치더군요.

여행에서 돌아온 이튿날은 우리가 조금 여유를 부리던 주일 아침이었어요. 이른 시간 한국으로부터 걸려온 전화에 금세 표정이 어두워진 당신은 좀처럼 수화 버튼을 누르지 못했어요. 불안한 기색으로 전화기 화면과 내 얼굴을 번갈아 볼 뿐이었어요. 당신의 그 예쁜 눈망울로 말이에요. 여기까진 그래도 아름답네요. 슬프지만은 않아요. 하지만….

당신의 장례식에 내 친지들은 없었어요. 조문객으로 누구도 초대하지 않았거든요. 당신이 사람 많은 곳 싫어하는 데다가, 사람들에게 알리는 것도 원하지 않을 거라서요. 그보다도 당신의 빈소를 내 두 눈으로 확인하기 전까지는 당신이 떠났다는 말을 믿을 수 없었으니까요. 도저히 받아들일 수가 없었으니까요.

당신의 장례식장에는 떠들썩함도 없었어요. 조화를 이루어야 할 두 공간의 온도 차이도 없었어요. 양쪽 다 추웠어요. 겨울 속의 겨울이었어요. 축제는 없었어요. 아내를 죽음으로 내몰고, 유족을 비탄에 빠뜨린 소포클레스의 비극이었어요. 예식 내내 진혼곡과 바흐의 오르간 소리만 울리는 듯했어요.

당신은 '이별과 재회의 환승역'이란 표현이 좋다고 했지요. 하지만 정작 당신의 장례에는 이별만 있고 재회는 없었어요. 환승도 없었어요. 환승 없이 당신만 내리고, 우린 그냥 돌아와야 했어요.

12. 비밀의 문, 가지치기 vs 나의 베아트리체

비밀의 문

또다시 방 안에 갇혔어요. 뒤로 어슴푸레한 빛이 비치는 몇 개의 문이 딸린 깜깜한 방이에요. 이번에도 나 혼자예요. 뒤로 어떤 길이 나 있을지 모를 비밀의 문을 다시 한번 선택해야 해요.

선택의 순간마다 나는 안쪽으로 손잡이가 달린 문이 있음에도 불구하고, 뒤에 누군가가 서 있을 문을 찾아 두드렸어요. 그러고는 그가 열어준 문으로 어두운 방을 탈출하곤 했어요. 하지만 그렇게 찾은 광명의 기쁨은 오래가지 않았어요. 그런 문 뒤로 난 길들 대부분은 내 길이 아니었거든요. 그건 그 길잡이의 길이거나, 그가 내가 걸어주길 바라던 길이었거든요. 내 운명을 타인의 손에 맡기는 어리석은 선택이었어요.

칠흑같이 캄캄한 방에서, 때론 문의 윤곽을 따라 희미한 빛이 새어 들어오는 방 안에서, 벽을 향해 떨리는 손을 내밀었어요. 빛을 따라 찬찬히 벽을 더듬었어요. 거친 벽에 긁혀 손과 팔이 까지고, 박혀 있는 줄 몰랐던 못에 찔려 손바닥에 피가 나기도 했어요. 하지만 그렇게 손잡이를 찾아 소신껏 열어젖힌 문 뒤에는 어김없이 내 길이 나 있었어요. 무슨 마법의 문이 따로 있는 건 아니었어요. 깨고 나오면 생명을 얻어 날아가지만, 밖에서 깨뜨리면 먹이로 전락하고 만다는 것이 진리인데. 지극히 평범하고도 마땅한 자연의 섭리인데 말이에요.

다만 어렴풋한 빛으로 테 두른 문의 윤곽이 눈에 들어올 만큼 방은 충분히 어두워야 했어요. 손에 난 상처가 아물어, 문 손잡이를 단단히 움켜쥘 수 있을 만큼의 긴 시간이 필요했어요. 지독히 외로워야 했어요.

가지치기

가지치기는 우리가 기대하는 미래의 모습대로 자라도록 나무를 재단하는 수술이에요. 젊은 나무가 균형 잡힌 성장을 할 수 있게 도와주는 적극적인 처치지요. 사람이 올바른 교육을 통해 청소년 시절에 충실기와 성장기를 반복하며 균형 있게 자라나듯, 나무도 가지치기를 통해 더 크게, 더 아름답게, 더 풍성하게 자랄 수 있어요.

나무는 빛이 드는 방향으로 고개를 내미는 속성이 있어요. 그쪽으로 가지를 뻗고, 촘촘해지려는 주광성이 있어요. 하지만 그런 가지들을 그냥 내버려 두게 되면 나무는 한쪽으로 휘어져 자라기 십상이에요. 이때 정원사는 외부의 유혹을 적절히 차단해줘야 해요. 빛을 좀 가려주든지, 아니면 가지치기로 적당한 조밀도를 유지할 수 있게 솎아줘야 해요. 나무가 편향되지 않고 올곧게 자랄 수 있도록 적극 개입해야 하는 거죠.

때로 나무는 하나의 가지에 너무 많은 꽃망울을 맺기도 해요. 꽃이 많이 난 가지는 상대적으로 크기가 작고 당도가 낮은 열매를 맺기 마련이에요. 그렇게 달린 열매는 채 익기 전에 떨어지기도 하고, 전체 무게를 감당하지 못해 가지째 부러지기도 하지요. 농부는 과밀한 꽃과 풋과일들을 제때 솎아 될성부른 열매만을 남겨야 해요. 나무로 하여금 향후 수십 년 동안 건실한 수확을 거둘 수 있게 도와줘야 하는 거죠.

병들어 죽어가는 가지는 가능한 한 빨리 털어내야 해요. 설마 하다 때를 놓쳐버리면 건강한 가지에 갈 자양분이 부족해지고, 병충해마저 번지기 일쑤예요. 영양이 부족한 나무는 좋은 과실을 맺기는커녕 외형마저 흉측하게 변하게 되고, 급기야 고사에 이르고 말지요.

여름이면 짧지만 강력한 폭풍우에 가지가 부러지기도 해요. 하지만 부러진 곳에서는 새로운 순들이 맹렬한 기세로 움터 나오는 법이지요. 반대로 끊임없는 바람이 나무를 흔들어, 뿌리로 하여금 파지력을 길러주기도 하고요. 이렇듯 자연이 주는 시련은 나무가 더 강하고 튼튼하게 자라도록 엄혹한 조련사의 역할을 해주는 것 같아요.

내 주위도 잘 둘러봐야 해요. 내 옆에 있는 사람이 내 열매만 노리는 서리꾼은 아닌지. 날 엉뚱한 방향으로 몰고 가는 모리배는 아닌지. 나무를 좀먹는 독버섯 같은 존재가 아닌지. 날 통째로 자르거나 쓰러뜨릴 벌목꾼은 아닌지. 잘 지키고 섰다가 우리의 둘레도 가지치기를 단행해야 해요. 올곧게 자라 혼자서도 똑바로 설 수 있게. 미래의 푸르고 줄기찬 삶을 위해. 여생에서 꽃과 열매가 되어줄 내 사람만을 '나'라는 나무 위에 남기기 위해.

나의 베아트리체

내 글이지만 내가 봐도 참 어렵군요. 읽다가 중간중간에 숨이 차올라 한번씩 침을 삼켜야 했으니까요. 아무튼 당신이 있을 때의 '가지치기'가 외로운 깨달음이었다면, 당신이 없는 지금은 상실감이요 슬픔이에요. '비밀의 문'이 지독한 외로움이었다면, 지금은 안타까움이요 형언할 수 없는 아픔이에요. 당신을 볼 수 없다는 절망에서 오는 무력감과 글에서 나오는 싸한 슬픔이 겹쳐져 오늘은 더욱 힘들군요. 세상에 이런 슬픔이 다 있었어요. 말과 글로는 표현이 안 되는 이런 어마어마한 슬픔도 있었어요. 더욱이 외로움은 슬픔과는 비교도 되지 않는 감정이에요. 감기 수준의 환절기적 감정에 지나지 않았어요.

내가 고뇌하던 모습, 제때 가지를 쳐내지 못해 후에 쩔쩔매던 모습, 숱한 밤을 악몽에 시달리던 모습, 가위에 눌려 식은땀 흘리며 깨어나던 모습 들을 눈앞에서 오롯이 지켜봐야 했던 당신은 이 글들을 읽고는 너무나 가슴 아파했어요. 한동안 아무 말 없이 한숨만 내쉬었어요. 마치 나를 진짜 피 흘리며 만신창이가 된 사람 보듯 안타까워했어요. 내 길잡이를 자처한 사람들의 면면을 예부터 유심히 관찰해왔고, 언제나 그들과의 관계에 대해 조언을 아끼지 않았던 당신이기에 더욱 가슴 아팠을 터예요. 내 어리석은 선택들과 제때 가지치기를 해내지 못해 가족이 겪게 되는 고난들로 날 원망할 만도 한데, 당신은 그러지 않았어요. 바가지 한 번 긁지 않았어요. 나 때문에 그만큼 고생을 하고도, 당신은 친정식구를 비롯해 당신이 만나는 누구에게도 남편은 좋은 사람이라고 이야기했어요. 그만큼 당신은 나라는 인간과는 도저히 비교도 할 수 없을 만큼 훌륭한 인품을 지닌 사람이었던 거예요. 그릇된 인연은 아예 시작도 하지 말았어야 했는데. 당신 말대로 가족을 먼저 생각했어야 했는데 말이에요.

중국에서 새롭게 시작된 내 인생 2막은 당신과 함께 끝이 났어요. 당신이 떠나며 완전히 암전됐어요. 그간 써왔던 대본은 이제 사용할 수가 없어요. 애초에 2막까지밖에 없었던 데다가, 더 이상 내 상대역이자 주인공인 당신이 등장하지 않으니까요. 예고도 없이 모든 조명이 나가 초점 없는 눈으로 망연자실 널브러져 있었지만, 몇 달을 지나며 시나브로 암적응이 일어나기 시작했어요. 내게 남겨진 소명의 문들이 어느새 흐릿하게나마 하나씩 눈에 들어오고 있었어요.

'그래! 일단 주저앉은 채로라도 『부치지 못한 편지』를 완성하자.', '아이들이 제 궤도에 들어갈 수 있게, 밟고 올라설 손깍지를 받쳐주자.', '우리 넷 외에는 모조리 조연급으로 배역을 주어 한편에 밀쳐두었던 당신과 나의 가족들을 챙기자. 삶의 중심으로 가져오자.', '지난 십여 년 동안 외면해 왔던 대가족 구성원으로서의 역할들을 기꺼이 떠맡자.'

당신과 몇 번을 돌려가며 읽고, 수차례에 걸쳐 열띤 토론을 펼쳤던 소설 『참을 수 없는 존재의 가벼움』에서 밀란 쿤데라는 말했어요. 우리네 인생살이는 리허설도 없이 무대에 오르는 배우와 같다고요. 마치 당신 없이 혼자 살아가야 할 나의 페르소나에게 하는 말처럼 들리네요. 흘려만 듣던 그 말이 이제야 가슴에 묵직하게 와닿네요.

누군가는 또 이렇게 말했어요. 인생길이 너무 불친절하다고요. 어느 쪽으로 얼마나 더 가야 하는지, 얼마나 빨리 달려야 할지 아니면 얼마 이상의 속도로는 달리면 안 되는 건지, 길이 왼쪽으로 휘는지 아니면 오른쪽으로 돌아가야 하는지, 급커브인지 아닌지, 평지인지 내리막인지, 언제 과속 방지 턱이 나오는지, 여기서 멈춰 쉬어가면 되는지 쉬다간 위험에 처할 수 있는지 따위를 알려주는 그 흔한 표지판 하나 없다고요.

이정표 없는 여행길에 나침반과 지도가 필요하다면, 무대에선 대본이 필요하겠죠. 삶의 약도가 되어줄 쪽대본이라도 있다면 무대 위에서 덜 떨리겠죠. 조금은 덜 막막할 테죠. 이제 인생 3막을 준비해야 해요. 상상조차 해본 적 없는 당신이 나오지 않는 설정으로 새 판을 짜야 해요. 무대는 이미 한국으로 옮겨졌으니, 거기에 맞는 각본 작업부터 차근차근 다시 시작해봐야겠죠.

아! 그런데, 무대 위에서 사는 삶은 더 이상 살고 싶지가 않아졌어요. 그곳은 연기하는 곳이지 사는 곳이 아니었어요. 표현은 저렇게 그럴싸하게 했지만, 내가 살 데가 못 되더라고요. 혼잡한 도심을 떠나 한적한 곳으로 가고 싶어요. 당신과 나를 아는 이 없는 곳으로. 날 쳐다보는 사람조차 없는 곳으로.

단테의 뮤즈 베아트리체는 어느덧 단테의 손을 놓고 단상으로 돌아갔어요. 하느님 오른편에 앉아 하느님을 응시하고 있어요. 당신도 이젠 내게서 시선을 거두고, 하느님만 바라보고 있는 거죠?

Q&A 다이어리 5

12월 ○○일 오늘의 질문은 '나는 5년 후에 어떤 모습일까?'예요.

2016년 란엔 '지금과 같은 모습. 글 쓰는 치과의사? 작은아이도 그때면 우리를 떠났을 테고, 우리 부부도 아마 이 도시에 없겠지?'라고 돼 있네요.

2017년 란엔 '지금과 같은 새벽을 보내고 있겠지. 장소는 이 도시가 아닐 수도 있어. 부부가 함께 있을까?'라고 돼 있어요. 오 년 후에 살고 있을 장소에 대한 생각은 여전히 중국 쪽에 무게가 좀 더 많이 실려 있다는 느낌이네요. 그런데 혹시 이때부터 우리 부부가 뭔가 불길한 조짐을 감지하고 있었던 건가요? 왜 함께 있을 건지에 대한 의문을 품고 있었을까요?

지난해엔 '한국? 아님 중국? 아내와 둘이서 지내고 있겠지? 책을 한 권 냈을까?'라고 돼 있어요. 작년 이맘땐 내 원고가 출판사로부터 단박에 퇴짜를 맞았고, 다음을 기약하며 절치부심하던 시기였어요. 글쓰기에 바탕이 없는 사람이 꼴랑 최근 몇 년간의 독서량 하나만 믿고 단어 몇 개로 저글링을 부리다 보니, 출판사 입장에서는 글이 허접스럽기가 마치 엄마 몰래 루주를 칠갑한 다섯 살짜리 소녀의 얼굴을 보는 듯하지 않았겠어요. 식구들에게 사실을 고백하자 그때 당신은 이렇게 말했어요. "당신은 이미 나의 베스트셀러 작가예요."라고요. 찬란한 거짓말이라는 걸 알았지만, 그걸로 충분했어요. 다른 무슨 말도 필요 없는 최고의 위로였어요. 그땐 당신이 한국에 머물고 있었어요. 그래도 조금만 참으면 다시 함께할 수 있다는 희망으로 하루를 살아가고 있었고요. 그때만 해도 한국이든 중국이든 혼자 남게 되리라곤 상상조차 하지 않았네요.

오늘은 '한국! 제주도에 삶의 터전을 마련하지 않았을까? 차 향기 나는 새벽과 와인이 있는 저녁을 누리고 있을 테고. 하지만 오 년이 지난다 하더라도 당신은 내 곁에 없겠지. 우리의 르네상스와 디오니소스 축제는 더 이상 없겠지.' 하고 적었어요. 제주도는 우리 내외에게 여행지 이상의 각별한 의미가 있는 곳이에요. 우리가 함께 걸어온 길의 일상적 둘레들을 제외하고 나면, 아마도 우리의 추억을 가장 많이 품고 있는 장소일 거예요. 그리고 한국 내에선 큰아이가 있는 홍콩을 비롯해 장차 우리의 아이들이 정착하게 될 동아시아의 대도시들과 직항으로 연결된 가장 가까운 국제공항이 자리한 지역이기도 하고요.

당신과 나의 5년 후를 상상하는 게 과연 무슨 의미가 있을까요? 나는 당신에게 갈 수도 있지만, 당신은 내게 올 수 없는데. 당신은 돌아오지 않는 곳에 가 있는데. 5년 후라도 당신은 내 곁에 없을 건데 말이에요.

그래도 다소나마 위안이 되는 건, 제주도는 지금 내 눈 속에 있는 당신보다 훨씬 더 젊은 날의 당신을 간직하고 있다는 사실이에요. 오일릴리 입고, 오동통하게 오른 볼살에 도톰한 장밋빛 입술로 "연애보다 결혼이 좋다!" 하고 외치던 복덩이 새댁의 모습으로 말이에요.

2월 ○○일 오늘의 질문은 '오늘 가장 두드러진 감정은 무엇인가?'네요.

2017년에는 '작은애에 대한 분노, 아내에 대한 연민'이라고 돼 있어요. 구체적으로 무슨 사건이 있었는지 모르겠지만, 대충 어떤 상황인지는 짐작이 가요. 하지만 전쟁 같았던 당시의 일상들을 다시 떠올리고 싶지는 않아요. 이미 아련하기도 하거니와, 보나 마나 가슴 아픈 사연일 테니까요.

2018년엔 '알 수 없는 허전함, 아내와의 사랑, 길고양이 그레이의 부재, 큰아이의 허탈한 평창올림픽 끝맺음.'이라고 돼 있어요. 몇 개의 문구들을 이것저것 나열해 놓은 것이, 한눈에 봐도 감정상태가 산만하다는 게 느껴지네요. 하지만 다시 들여다보니, 허전, 부재, 허탈 따위의 결이 같은 감정들이에요. 뭔지 모르지만 심리적으로 많이 불안한 겨울이었나 봐요.

작년엔 '장모님 무릎 수술받으시는 날이 오늘인데, 혼자 집에 남아 있는 아내. 심신 상태를 감안하면 여기까진 이해할 수 있다 쳐요. 친정엄마가 수술 받고 있는 시간에, 만기가 아직 일 년 가까이 남아있는 작은애 비자 타령이나 하고 있는 당신. 이런 불효가 따로 없어요. 게다가 혼자 용쓰는 거로도 부족해 하루 종일 나를 들볶고 있군요.'라고 돼 있어요.

아아! 그날은 당신이 떠나기 불과 3일 전이었는데. 당신이 그토록 외롭고 고통스러운 상태였는데. 나는 당신이 마귀와 사투를 벌이고 있는지도 모르고, 당신을 원망하고 있었다니. '이런 한심한 인간 같으니라고!' 상황을 되짚어보자 또다시 가슴이 시려와요. 오른손으로 쓰린 왼쪽 가슴을 감싸자, 어깨가 동그랗게 말려 들어가더니, 풍선인형에서 바람이 빠지듯 온몸이 시들어 녹아내렸어요.

오늘은 '코로나를 뚫고 큰아이와 함께 온 청정 제주의 평화로운 새벽. 지난 3년간의 감정과 단상들을 읽어 내려가자, 가슴 어딘가에 커다란 구멍이 나서, 뚫린 구멍으로 강력한 박하 향이 빨려 들어가는 듯 싸한 느낌'이라고 적었어요. 다이어리를 덮고 창으로 향했어요. 커튼을 열고 눈 덮인 한라산을 향해 한동안 우두커니 서 있었어요. 이윽고 가슴 심연으로부터 깊은 한숨 한 덩이를 숨이 끊어질 때까지 토해냈어요. 보고 싶어요.

은혼

지난해 오늘은 아이들과 셋이서 중국에서 보냈어요. 큰아이가 가족 대표음식 낙지볶음 소면을 만들고, 작은애는 미니케이크를 준비했었죠. 당신이 없는 첫 번째 결혼기념일이라고 초는 아마 한 개만 꽂았던 거 같네요.

당신에게 가지 않고, 어제 효성동에 왔어요. 아이들은 같이 못 왔어요. 큰아이는 아직 홍콩에서 학기 중이고, 작은애는 서울에서 고졸 검정고시 준비가 한창이에요. 아이들 소식 들려드리러 올 때마다 그간 당신이 해왔던 일들을 생각했어요. 그러다 문득 당신을 매개로 나와 아이들이 당신의 친정식구들을 만났고 또 만나왔지만, 당신이 없는 세상에서는 아이들이 나와 아이들의 외갓집을 이어주는 구름다리 같은 역할을 하겠구나, 하는 생각이 들었어요. 그동안은 당신의 내레이션을 통해 그분들의 이미지를 구성하고 또 접해왔다면, 이젠 내가 직접 내레이터 역할을 하게 된 거지요. 나와는 남이 될 수 있어도 아이들과는 떼려야 뗄 수 없는 영원한 혈연이구나, 하는 생각도요.

오늘이 당신과의 은혼이에요. 케이크를 샀어요. 초는 몇 개를 준비해야 하나 고민만 하다가, 영혼이 나간 채로 25개를 달라고 하고선 그냥 주는 대로 받아왔어요. 당신의 친정식구들과 먹을 결혼기념일 케이크예요. 앞으로는 내가 그분들과 가족이 된 기념일이라고 하는 게 맞겠군요. 오늘이 당신에게 청혼하기로 한 날인데. 원래 계획대로라면 당신과 자를 큼지막한 웨딩케이크로 준비해야 했는데. 그렇다면 초도 대형으로 1개만 꽂아야 하는데.

반지도 원래는 준비를 했어요. DIY로 은반지를 직접 만들었거든요. 당신의 둘째 조카가 공방을 열었는데, 개업선물 겸해 둘이서 같이 만들어봤어요. 조카는 우리 리니와 불과 보름 터울로 같은 달에 태어난 특별한 아이지요. 한여름에 당신과 처형이 방 한 칸씩을 차지하고서는 친정 집을 산후조리원으로 둔갑시켰던 그때가 생각나는군요. 어쨌든 아무 생각 없이 '은혼 은반지'라는 발상으로 시작했는데, 출발도 하기 전에 당신이 받을 수 없다는 사실을 알아차렸어요. 머저리처럼 말이에요. 그래서 리니에게 주는 걸로 방향을 급선회했죠. 글자도 새겼어요. 모녀 둘 다가 좋아하는 필명, 'GO! JOHAN!'을 새겼어요. 교집합이 될 만한 우리 공통의 추억을 새겨 넣은 거죠. 리니에게 주게 되더라도 문구는 바꾸지 않아도 된다는 걸 감안해서요.

"오늘이 은혼입니다. 두 분께서 저를 허락해 주셔서 우린 부부가 될 수 있었습니다. 감사합니다. 25년 전 오늘 이후로 많은 기적이 일어났습니다. 두 분과는 장인 장모와 사위의 인연으로 시작해, 몇 해 전에는 제가 두 분을 부모님으로 모시겠다고 선언했습니다. 두 분도 저를 아들이라 생각한다고 하셨고요. 이 또한 감사한 일입니다.

처형과도 보통의 처형 제부 관계를 넘어, 형제처럼 친구처럼 지내고 있어요. 이렇게 막역한 사이가 된 건 아마도 몇 해 전 세 분이 둘째 딸 가족이 살고 있는 중국을 다녀간 이후부터인 걸로 기억되네요. 또한 저는 덤으로 이모, 동생 둘, 그리고 조카들까지 함께 얻었어요. 피 한 방울 나누지 않은 사람들과의 이 모든 이야기들이 기적 아니고 무엇이겠습니까?

아이들도 아들딸로, 손자손녀로, 조카와 사촌으로서의 시간들을 계속해서 쌓아가고 있습니다."

'다만 당신이 없다는 사실이 가슴 아파요. 당신만 있다면 더할 나위 없이 아름다운, 그야말로 완벽한 아침일 텐데 말이에요.'

"고 서방도 어서 좋은 사람 만나 새 삶을 꾸려야 할 텐데."

벌써 몇 번을 저렇게 말씀하시지만, 사실 그러는 사이사이에도 전화 잘 안 한다고, 자주 안 찾아온다고, 가서 총선투표만 하고 바로 오라고, 볼멘소리 해오셨어요. 하하!

"그런 말씀 마세요."

나는 쑥스럽기도 하고, 무슨 말을 해야 할지 몰라 대충 이렇게 얼버무렸어요. 최대한 짧게 대답하고 화제를 돌렸어요. 우리는 시선을 떨구고 있었어요. 서로의 눈을 마주치지 않은 채 이 한 짝의 대화를 주고받은 거예요.

면전에서는 차마 꺼내지 못한 말들이 있어요. 세 개밖에 안 되는 단문들이지만, 돌아오는 기차 안에서 혼자 머릿속에 이리저리 배열해보고 있어요. 어른들 앞에서는 여전히 당신 이야기를 꺼내기가 조심스러운 게 사실이거든요.

'제가 눈이 좀 높거든요. 그녀만 한 사람 없어요. 그런 사람 다시 못 만납니다.'

솔직히 이별을 생각하면 만남이 두렵기도 하고요.

당신에게 지키지 못한 약속이 있어요. 새롭게 청혼하기도 못 지켰고, 은혼 여행 가기도 못 지켰어요. 함께 명상 배우기, 다이어리 선물, 『무소유』 읽고 토론하기, 야간 침대열차 4인실로 아이들과 함께 여행하기, 가족연주회 및 그를 위한 호흡 맞추기, 은퇴하면 둘이 여행 다니기, 아이들에게 아이들이 생겨나면 지척에 머물며 돌봐주기와 책 읽어주기, 손주들과의 경이로운 순간들 함께하기, 처형이랑 전원주택 이웃으로 살기. 이래저래 못 지킨 게 많고, 지킬 수 없는 것도 있네요. 내가 원래 못 지킬 약속을 남발하는 사람은 아닌데 말이에요.

그동안 편지에는 담지 않은, 우리 부부만의 비밀도 많아요. 하기야 당신과 함께한 30년에 이르는 세월이 결코 짧은 시간만은 아니니까요. 더군다나 우린 남들보다 훨씬 더 곡절이 많은 삶을 살았어요. 그걸 다 직선으로 펴고 이어 붙인다면 얼마나 길 것이며, 굽이마다 꼬깃꼬깃 숨겨진 이야기들은 또 얼마나 많겠어요. 우리의 내밀한 이야기들을 아는 사람은 이제 지구별에 나밖에 남지 않았어요. 당신은 비밀이 세상에 알려지는 걸 절대 바라지 않을 거예요. 당신은 본디 입이 무거운 사람이고, 프라이버시를 목숨보다 중하게 여기는 사람이니까요. 걱정 마요. 당신과의 비밀들 내가 굳건히 지키고 있을 테니까요. 갈무리해두었다가 잘 챙겨서 가져갈게요. 그곳에 가면 둘이서 함께 열어보고, 그때 우리 얘기 많이 나눠요. 밤새도록.

열차가 도착한다는 안내방송이 나오네요. 내려야 해요. 이제 당신과의 또 다른 동행을 준비해야 해요.

우리에게 당신이 최고였듯이 당신도 우리가 좋았지요? 우리 만나 행복했지요?

당신을 만나 정말 행복했어요.

사랑해요! 나의 베아트리체.